*Stern der Macht*

# Herzensglut

## Elvira Zeißler

1. Auflage
Copyright © 2014 Elvira Zeissler
Lektorat: M. Grundmann
Korrektorat: Dr. Andreas Fischer

© Covergestaltung: Viktoria Petkau unter Verwendung
von Bildmaterialien von eugenesergeev / fotolia, htt-
ps://www.facebook.com/MrsTheaPhotography

Herstellung und Verlag:
BoD – Books on Demand
In de Tarpen 42
22848 Norderstedt

Alle Rechte vorbehalten.
ISBN: 978-3-7481-6870-6

*Die Deutsche Nationalbibliothek verzeichnet diese
Publikation in der Deutschen Nationalbibliografie;
detaillierte bibliografische Daten sind im Internet
über http://dnb.dnb.de abrufbar.*

*Wenn die Herzensglut entflammt und*
*Salomons Fluch Rubin mit Saphir auf ewig vereint,*
*wird aus wahrer Liebe der Stern zur neuen Macht er-*
*wachen.*

# Prolog

Mit letzter Kraft sprang Guy de Monterac in das bereits ablegende Boot. Das kleine Gefährt schwankte bedenklich und er musste sich an der Bordwand festhalten, um, von seinem Schwung mitgerissen, nicht über Bord zu fallen. Die anderen Männer murrten verärgert und maßen ihn mit feindseligen Blicken, als ein Pfeilhagel plötzlich auf sie niederging. Sofort rissen die kampferprobten Kreuzfahrer ihre schweren Schilde hoch, um sich zu schützen. Zumindest diejenigen unter ihnen, die noch einen Schild besaßen. Guy, der den Großteil seiner Rüstung auf der wilden Flucht vor dem Feind verloren hatte, duckte sich noch tiefer in das kleine Boot hinein, bis sein Kopf förmlich zwischen seinen Knien hing. Plötzlich schrie der Mann neben ihm schmerzerfüllt auf und kippte röchelnd nach vorne. Guy schloss die Augen und begab sich in Gottes Hand. Er kämpfte für eine gerechte Sache und der Herr würde gewiss nicht zulassen, dass er so kurz vor dem Ziel scheiterte.

Plötzlich hörte das Schießen auf und der Kreuzfahrer richtete sich vorsichtig auf. Die Ruderer hatten es geschafft, das Boot endlich aus der Gefahrenzone zu bringen. Nur noch vereinzelte Pfeile fielen wirkungslos hinter dem kleinen Gefährt ins Wasser. Doch schließlich versiegten auch diese und ein wütendes Geheul erklang am Ufer.

Mit einem zufriedenen Lächeln lehnte Guy sich entspannt zurück. Wie zufällig strich seine Hand über seine Brust, wo sicher vor allen Blicken verborgen, eingeschlagen in ein ölgetränktes Tuch, der Grund für seine Reise ins Heilige Land lag. Allein dafür hatte er zwei Jahre lang Hunger, Durst, Schmerz und das unendliche Grauen des Kreuzzugs ertragen. Und er hatte es geschafft! Gott war bei ihm gewesen, wie sein Großmeister es ihm vorhergesagt hatte. Er würde außerordentlich zufrieden sein, dachte Guy und ein seliges Lächeln erschien auf seinen Lippen. Denn auf seiner Brust ruhte ein Schatz, der beinahe alle Reliquien des Heiligen Landes in den Schatten stellte – ein Amulett der Macht!

# Kapitel 1

Lautes Reifenquietschen ließ Erin erschrocken zusammenzucken. Ihr Fahrrad schlingerte und nur mit Mühe gelang es ihr, das Gleichgewicht zu halten. Verwirrt blickte das Mädchen sich um. Ihre zu einem Pferdeschwanz zusammengebundenen dunklen Haare peitschten dabei hin und her. Die große Kreuzung war um diese frühe Uhrzeit an einem Sonntag noch menschenleer. Bis auf ein Auto, das auf der anderen Seite gerade zum Stehen gekommen war.

Erins Herz setzte einen Schlag aus, als sie, wenige Meter von dem Wagen entfernt, eine Gestalt regungslos am Boden liegen sah. Ohne darüber nachzudenken, trat Erin entschlossen in die Pedale und raste darauf zu.

Die Autoreifen quietschten erneut, als der Wagen zurücksetzte. Die Fahrertür öffnete sich und ein Mann in einem dunklen Anzug stieg aus. Er machte eine Bewegung, als wollte er auf die am Boden liegende Person zugehen. Doch als er Erin erblickte, die die Unfallstelle schon fast erreicht hatte, zögerte er kurz, dann drehte er sich abrupt um, stieg wieder in den Wagen und fuhr eilig davon.

Empört und fassungslos starrte das Mädchen ihm hinterher. Zu spät dachte Erin daran, sich das Nummernschild des flüchtenden Fahrzeugs zu merken, und jetzt konnte sie es schon nicht mehr erkennen. Schnell legte sie die letzten Meter zurück, sprang von ihrem Fahrrad und kniete sich neben die reglose Gestalt auf den Boden.

Es war eine alte Frau, wie Erin mit Schrecken erkannte. Eine leichenblasse, alte Frau, der ein kleines Blutrinnsal aus dem Mundwinkel lief.

»Hallo, können Sie mich hören?«, fragte das Mädchen, während sie mit panisch zitternden Fingern nach dem Puls der alten Frau suchte. Sie bekam keine Antwort, aber zumindest spürte sie ein leises Pochen unter ihren Fingerspitzen. Die Frau war anscheinend noch am Leben. Rasch kramte Erin ihr Handy hervor und wählte den Notruf. Während sie die Adresse durchgab, behielt sie die alte Frau ängstlich im Auge. »Bitte nicht sterben. Bitte, bitte nicht sterben«, hämmerte es immer wieder in ihrem Kopf.

Plötzlich lief ein leises Flattern über die blassen, faltigen Augenlider und der Blick zweier erstaunlich klarer, grüner Augen heftete sich auf ihr Gesicht.

Erin atmete erleichtert auf. »Hilfe ist schon unterwegs, es wird alles wieder gut«, flüsterte sie aufmunternd. Die Frau erwiderte nichts. Sie fixierte das Mädchen dafür umso intensiver mit ihrem Blick, sodass Erin unbehaglich ihre Augen senkte. »Hilfe ist unterwegs«, wiederholte sie lahm.

Die blutleeren Lippen der alten Frau teilten sich zu einem schwachen Lächeln. »Du hast ein gutes Herz. Ja, es wird alles gut«, hauchte sie, indem sie Erins

Worte wiederholte. Sie hob wie suchend ihre Hand und das Mädchen beeilte sich, diese zu ergreifen. Das Lächeln der Alten wurde breiter. Dann, so als hätte diese Anstrengung ihre ganze Kraft verbraucht, schlossen sich ihre Augen wieder.

Hätte die Hand der Frau nicht weiterhin beruhigend warm und erstaunlich stark ihre eigene gedrückt, Erin hätte sie für tot halten können.

Wann nur würde endlich der Notarzt kommen? Bei jedem Geräusch blickte sie hoffnungsvoll auf, doch die wenigen Fahrzeuge, die tatsächlich schon unterwegs waren, schienen sie entweder überhaupt nicht zu bemerken oder kümmerten sich einfach nicht um das Mädchen, das neben seinem Fahrrad auf dem Boden hockte. Erins Mut sank. Sie konnten sie doch nicht einfach allein lassen mit der sterbenden Frau! Und wo blieb bloß der verdammte Krankenwagen?

Als sie schließlich von Weitem das Tatütata des herannahenden Rettungsdienstes hörte, hätte sie vor Erleichterung beinahe aufgeschluchzt. Gleich dahinter kam ein Polizeiauto.

Beide Fahrzeuge blieben neben der Unfallstelle stehen, Menschen sprangen heraus und liefen auf sie zu.

»Wir kümmern uns jetzt um sie«, sagte ein Mann in weißer Kleidung sanft zu Erin. »Du kannst deine Großmutter nun loslassen.«

»Das ist nicht meine Oma«, erwiderte das Mädchen überrascht, doch der Mann schien ihr bereits nicht mehr zuzuhören. Er war gerade dabei, nach dem

Puls der alten Frau zu tasten. Erin versuchte, ihre Hand aus der der Frau zu ziehen, doch die Alte hielt sie weiterhin krampfhaft fest.

Erst als eine Liege herbeigeschafft wurde, um das Unfallopfer hinaufzuheben, lockerte sich ihr Griff. Die Frau öffnete noch ein letztes Mal die Augen und sah Erin fest an. »Pass gut darauf auf!«, flüsterte sie noch, dann wurde sie fortgetragen. Erst als sich die Tür des Rettungsfahrzeugs hinter der Trage geschlossen hatte, bemerkte Erin, dass die Alte eine Kette in ihrer Hand zurückgelassen hatte. Verwirrt starrte sie dem Rettungswagen hinterher.

»Könntest du mir ein paar Fragen beantworten?«, fragte plötzlich eine Stimme hinter ihr.

Erin drehte sich um und sah in das mitfühlende Gesicht einer Polizistin. Das Mädchen nickte schwach. »Wohin bringt man die Frau?«, fragte sie, während sie der Polizistin einige Schritte folgte.

»Ins St. Servatius-Hospital.«

»Danke.« Erin lächelte schwach. Vielleicht konnte sie die alte Frau ja später mal besuchen und ihr dann die Kette zurückgeben.

»Wie geht es dir?«, fragte die Polizistin und sah ihr forschend ins Gesicht.

Erin zuckte leicht mit den Schultern. »Geht so, schätze ich.« Wie sollte es ihr schon gehen, wenn praktisch vor ihren Augen eine alte Frau angefahren worden war und sie über zehn Minuten lang fürchten musste, dass diese jeden Augenblick neben ihr sterben könnte?

»Gut. Ich muss dir jetzt ein paar Fragen stellen. Wenn es nicht geht, sag bitte Bescheid. Dann müsstest du eben später mal auf dem Revier vorbeikommen.«

»Geht schon«, sagte Erin. Sie wollte auf keinen Fall ins Polizeirevier gehen müssen.

»Erzähl mir jetzt bitte genau, was passiert ist.«

»Viel habe ich eigentlich nicht gesehen«, erwiderte das Mädchen. »Ich war mit dem Fahrrad unterwegs, dort hinten.« Sie wies auf die entsprechende Straßenseite. »Dann habe ich das Quietschen von Autoreifen gehört und den Wagen gesehen, der stehen geblieben war. Die alte Frau lag schon auf dem Boden. Aber zuerst habe ich gar nicht gesehen, dass es die Frau war. Ich habe nur gemerkt, dass jemand angefahren worden war. Ich bin sofort mit dem Rad rübergefahren. Dann setzte das Auto zurück und ein Mann stieg aus. Aber als er mich sah, stieg er schnell wieder ein und fuhr davon.«

»Glaubst du, dass er der Frau helfen wollte?«

Erin sah die Polizistin unsicher an. »Ich weiß es nicht. Wenn er hätte helfen wollen, wieso ist er dann weggefahren, als er mich gesehen hat?«

Die Frau machte sich ein paar Notizen. »Es könnte also Vorsatz oder einfach Fahrerflucht gewesen sein«, murmelte sie. »Hast du dir vielleicht das Kennzeichen des Wagens merken können?«

»Leider nicht. Als ich daran gedacht habe, war es bereits zu spät.«

»Automarke, Farbe?«

»Dunkelgrau, ein Volvo, glaube ich. Er hatte getönte Scheiben. Sie wissen schon, solche, durch die man nicht reinschauen kann.«

»Und der Mann?«

»Er trug einen dunklen Anzug. Ich habe ihn ja nur kurz gesehen. Ich glaube, er war recht groß, so einen Meter fünfundachtzig, und hatte kurze, dunkle Haare.« Erin zuckte mit den Achseln. »Normal halt.«

Die Polizistin lächelte. »Fällt dir sonst noch etwas ein?«

Erin dachte kurz nach, dann schüttelte sie den Kopf. »Tut mir leid. Ich bin wohl keine besondere Hilfe.«

Die Frau sah das Mädchen ernst an. »Doch«, sagte sie. »Du hast der alten Frau heute sehr geholfen. Sie hatte großes Glück, dass du gerade hier warst. Wohin wolltest du eigentlich so früh an einem Sonntag?«

»Zum Turnwettkampf.« Erin deutete mit dem Kopf auf ihre Sporttasche, die auf dem Gepäckträger ihres Fahrrads festgeklemmt war. »Ich bin Kampfrichterin.«

»Ich hoffe, wir haben dich nicht zu sehr aufgehalten. Ich brauche nur noch deinen Namen und deine Adresse. Dann sind wir fertig.«

»Okay.«

Nachdem sie Erins Daten aufgeschrieben hatte, reichte die Polizistin ihr noch eine Karte. »Hier, falls dir später noch etwas einfällt, ruf mich bitte an.«

»Mache ich«, versprach Erin ihr. Dann nahm sie ihr Fahrrad hoch und blickte auf die Uhr. Das Ganze hatte keine halbe Stunde gedauert. Sie würde sogar noch fast pünktlich zum Wettkampfbeginn in der

Sporthalle eintreffen. Erin warf der Unfallstelle noch einen letzten Blick zu, schwang sich in den Sattel und fuhr langsam mit zittrigen Knien davon.

Obwohl der Wettkampf bis zum späten Nachmittag andauerte, saß Erin der Schock noch immer mächtig in den Knochen, als sie schließlich nach Hause zurückfuhr. Wie gern hätte sie mit jemandem darüber gesprochen, was sie am Morgen erlebt hatte. Doch zu Hause würde – mal wieder – niemand auf sie warten.

Als ihr Vater vor rund sechs Monaten eine attraktive neue Stelle in Toronto angeboten bekommen hatte, hatten ihre Eltern lange darüber nachgedacht, ob er diese annehmen sollte. Doch schließlich hatten sie sich dazu durchgerungen, die siebzehnjährige Erin in der Obhut ihrer vier Jahre älteren Schwester Lisa zurückzulassen. Da Lisa, während sie in Köln studierte, problemlos von zu Hause zur Uni pendeln konnte und Erin ihr Abitur auf ihrer alten Schule beenden wollte, schien das für alle Seiten die beste Lösung zu sein. Und normalerweise klappte diese Regelung auch recht gut. Erin machte es nichts aus, öfter mal allein zu Hause zu sein, wenn Lisa bei einer Freundin oder, was nun immer öfter vorkam, bei ihrem Freund Florian übernachtete. Nur heute hätte Erin sich etwas Trost und Beistand von ihrer großen Schwester erhofft. Stattdessen hatte sie, als sie in der Wettkampfpause ihr Handy einschaltete, eine SMS bekommen. »Hab bis 7 Lerngruppe, dann Party. Warte nicht auf mich. Bis morgen. L.«

Natürlich hätte sie ihre Schwester oder auch ihre Eltern anrufen können. Aber am Telefon war es einfach nicht dasselbe.

Entschlossen trat Erin stärker in die Pedale und fuhr, so schnell sie konnte, an der Unfallstelle vorbei. Nachdem sie zu Hause angekommen war, inspizierte sie zuerst hungrig den Kühlschrank. »Wir müssen dringend mal wieder einkaufen«, fuhr es ihr durch den Kopf, als sie die Tür mit leeren Händen wieder schloss. Außer einer Tube Senf und einem Glas Marmelade war da nichts zu holen gewesen. Kurzentschlossen spähte Erin in die Schublade, in der Lisa und sie das Haushaltsgeld aufbewahrten. Es war zwar nicht besonders viel, aber für eine Pizza würde es noch reichen, stellte Erin zufrieden fest und griff in ihre Tasche, um das Handy herauszuholen.

Zu ihrer Verwunderung ertasteten ihre Finger aber etwas ganz Anderes. Irritiert zog sie ihre Hand wieder heraus und starrte verwirrt auf die dicke silberne Kette, die dabei zum Vorschein kam. Die hatte sie in der ganzen Aufregung ja völlig vergessen. Nun sah sie sich das Schmuckstück neugierig an. Die Kette an sich war nichts Besonderes, aber der Anhänger, der daran hing, fesselte ihre Aufmerksamkeit. Er war fast vier Zentimeter lang und schien ebenfalls aus Silber zu sein. Er hatte eine schöne, verschlungene Form, wie eine Schlaufe, die zweimal um sich selbst gedreht war, und enthielt zwei rote Steine. Granate vielleicht, oder auch Rubine, wie Erin vermutete. Der Anhänger war schön, aber vermutlich nicht besonders wertvoll, auch wenn er ziemlich alt aussah.

Sie musste ihn natürlich bei der nächsten Gelegenheit der alten Frau zurückgeben. Gewiss würde sie das Schmuckstück vermissen, das sie zufällig oder aus Schwäche in Erins Hand zurückgelassen hatte.

Das Mädchen holte nun ihr Handy hervor und suchte die Nummer des St. Servatius-Hospitals heraus. Es tutete ein paarmal, dann hörte sie eine geschäftsmäßige Frauenstimme.

»Ja, hallo«, meldete sich Erin plötzlich unsicher. »Heute Morgen ist eine alte Frau bei Ihnen eingeliefert worden, sie hatte einen Unfall. Können Sie mir sagen, wo ich sie finden kann? Ich würde sie gerne besuchen.«

»Wie ist der Name?«, fragte die Frau nach.

Erin stutzte. Sie hatte gar nicht daran gedacht, nach dem Namen der Alten zu fragen. »Ich bin nicht sicher, welchen Namen sie angegeben hat«, erwiderte sie ausweichend.

»Bist du mit ihr verwandt?«

»Nein, aber … «

»Es tut mir leid, aber ich darf dir keine Auskunft geben.« Das Gespräch schien beendet.

»Warten Sie!«, rief Erin, bevor die Frau auflegen konnte. »Ich will doch nur wissen, wie es ihr geht. Ich habe sie schließlich gefunden. Und ich muss ihr auch noch etwas geben … «

»Es tut mir leid«, wiederholte die Frau am anderen Ende. »So sind nun mal die Vorschriften.«

»Ja, verstehe, trotzdem danke«, brummte Erin und legte auf. Vielleicht könnte sie morgen nach der Schule im Krankenhaus vorbeifahren und die Kette einfach auf der Station abgeben.

Doch als sie am nächsten Morgen einen Blick in die Zeitung warf, wurde ihr schnell klar, dass dies keinen Sinn mehr haben würde. Gleich auf der ersten Seite stand eine kurze Meldung, dass gestern eine 88-jährige Frau an den Folgen eines Autounfalls mit Fahrerflucht im Krankenhaus gestorben war. Da stand kein Name, nur dass die Frau keine Angehörigen hinterließ und die Polizei in der Sache bereits ermittelte.

Erschüttert ließ Erin die Zeitung sinken. Sie hatte der Frau also doch nicht helfen können. Unschlüssig tastete sie nach der Kette, die noch immer in ihrer Jackentasche lag. Was sollte sie jetzt bloß tun? Anscheinend gab es niemanden mehr, dem sie die Kette zurückgeben konnte. Flüchtig dachte sie daran, sie der Polizei zu überlassen, aber das hätte wohl auch nichts gebracht. Die würden die Kette vermutlich nur in eine Box packen und in irgendein verstaubtes Archiv stellen.

Und dann kamen ihr plötzlich die letzten Worte in den Sinn, die die Frau zu ihr gesagt hatte: *Pass gut darauf auf.* Vielleicht also, nur vielleicht, hatte sie Erin die Kette ja mit Absicht gegeben.

Die große Pendeluhr im Wohnzimmer schlug plötzlich zweimal und riss das Mädchen aus seinen Gedanken. »Oh Mist«, flüsterte Erin mit einem Blick auf ihre Armbanduhr. Sie musste sich beeilen, wenn sie nicht zu spät zur Schule kommen wollte. Rasch steckte sie die Kette in ihre Schultasche. Sollte jemand danach fragen, konnte sie sie immer noch zurückgeben. Und bis dahin würde sie einfach nicht mehr daran denken.

Der große Mann kniete in dem dunklen Raum, den Kopf respektvoll gesenkt. »Wir haben alles durchsucht«, erklärte er knapp. »Die Wohnung und auch das Krankenzimmer. Es war nicht da.«

»Und das Mädchen?«, ertönte die befehlsgewohnte Stimme des Großmeisters aus der Dunkelheit.

»Noch keine Spur.« Der Mann atmete tief durch. Er wusste, dass er bald Ergebnisse liefern musste.

»Unser Kontakt bei der Polizei wird dir helfen«, sagte die Stimme nach einer Weile.

In diesem Augenblick summte das Handy des Mannes kurz. Er hatte eine SMS mit der Kontaktnummer empfangen.

»Ich kümmere mich sofort darum«, sagte er dankbar.

»Enttäusche uns nicht noch einmal«, erwiderte der Großmeister. Die Drohung in den Worten war unüberhörbar.

Der Mann verharrte noch eine Weile in respektvollem Schweigen. Es gab nichts, das er zu seiner Verteidigung hätte sagen können. Er hatte versagt.

Dann erhob er sich langsam und ging hinaus, um seinen Fehler zu korrigieren.

Als Erin am Freitag nach der Schule nach Hause kam, lief Lisa ihr schon aus der Tür entgegen.

»Was ist passiert?«, fragte Erin alarmiert, als sie das bleiche Gesicht ihrer Schwester bemerkte.

»Ich glaube, bei uns ist eingebrochen worden!«, rief Lisa erschüttert.

»Geht es dir gut?« Besorgt suchte Erin ihre Schwester mit den Augen nach irgendwelchen Verletzungen ab.

»Ja, sicher. Ich bin ja auch erst vorhin nach Hause gekommen.«

»Was wurde denn gestohlen?«

»Das ist es ja«, erwiderte Lisa unsicher. »Nichts. Zumindest nichts, das ich bemerkt hätte. Sogar die paar Euro in der Haushaltskasse sind noch da.«

Erin sah sich aufmerksam um. »Die Tür scheint nicht aufgebrochen worden zu sein. Wurde ein Fenster eingeschlagen?«

»Nein.«

»Und wieso denkst du, dass jemand eingebrochen ist?«, fragte Erin verärgert. Ihre Schwester hatte ihr für einen Moment einen Mordsschrecken eingejagt.

»Na ja.« Lisa druckste herum. »Es scheint alles in Ordnung zu sein, aber irgendwie liegen die Sachen nicht so, wie ich sie hingelegt habe.«

»Was denn für Sachen?«, fragte Erin nach, während sie sich an ihrer Schwester vorbei ins Haus zwängte.

»Mein Schmuckkästchen zum Beispiel. Ich weiß genau, dass es heute Morgen rechts auf meiner Kommode stand, und nun steht es links. Und die Ohrringe, die ich gestern da reingelegt habe, lagen unter der Kette, die ich seit Tagen nicht mehr angefasst habe.«

»Aber der ganze Schmuck ist noch da?«, vergewisserte sich Erin.

»Bei mir schon. Am besten, du schaust auch in deinem Zimmer nach.«

Das wird vermutlich nichts bringen, fuhr es Erin durch den Kopf, als sie nach oben in ihr Zimmer lief. Sie hatte plötzlich ein ganz mulmiges Gefühl.

»Und?«, fragte Lisa gespannt, nachdem Erin sich sorgfältig umgeschaut und den Inhalt ihrer Kommode überprüft hatte.

»Es fehlt nichts«, stellte sie knapp fest.

»Und ist alles an seinem Platz?«

»Ich bin nicht sicher.« Erin ließ ihren Blick durch ihr Zimmer schweifen, in dem es nicht halb so ordentlich war wie in dem ihrer Schwester. »Meine Sachen haben keine festen Plätze«, erklärte sie das Offensichtliche.

»Und was sollen wir nun tun?«

»Wir könnten die Polizei rufen«, erwiderte Erin unsicher. »Aber ich weiß nicht, was wir denen sagen sollten. Immerhin fehlt nichts, es gibt keine Einbruchsspuren und vielleicht hast du das Schmuckkästchen auch selbst verschoben.«

»Du glaubst also, ich bilde mir das nur ein?«, fragte Lisa erleichtert.

Erin zögerte. Konnte ein Einbrecher die Kette der alten Frau gesucht haben? Aber wieso hatte er nicht einfach gefragt? Oder ging ihre Fantasie jetzt völlig mit ihr durch? Hatte sie sich von Lisas Panik anstecken lassen? »Vielleicht bildest du es dir nur ein«, sagte sie schließlich. »Vielleicht auch nicht. Zur Polizei können wir damit auf jeden Fall nicht. Wir sollten aber in den nächsten Tagen die Tür immer abschließen und am besten die Kette davormachen, wenn wir zu Hause sind. Sicher ist sicher.«

»Ja.« Lisa nickte. »Und ich werde Flori bitten, die nächsten paar Tage hier zu übernachten.«

»Davor müssen wir aber auf jeden Fall noch einmal einkaufen gehen«, erwiderte Erin mit einem leichten Lächeln. »Dein Freund isst uns sonst noch die Haare vom Kopf.«

»Ha-ha«, sagte Lisa gutmütig, während sie das Zimmer verließ. Unterwegs hatte sie schon ihr Handy gezückt und wählte Florians Nummer.

Erin wusste, dass sie jetzt mindestens eine halbe Stunde ungestört sein würde, und öffnete ihre Schultasche. Seit dem eigenartigen Unfall waren fünf Tage vergangen und sie hatte gar nicht mehr an die Kette gedacht. Nun kramte sie auf dem Boden ihrer Tasche danach. Als sich ihre Finger endlich darum schlossen, wusste sie gar nicht, ob sie erleichtert oder besorgt sein sollte, dass sie noch immer da war.

Das Mädchen hielt sich die Kette mit dem Anhänger

dicht vors Gesicht. Konnte das Schmuckstück wirklich so wertvoll sein, dass jemand danach suchte und sogar vor einem Einbruch nicht zurückschreckte? War die alte Frau womöglich deswegen angefahren worden?

»Jetzt fange ich wohl endgültig an zu spinnen«, murmelte sie kopfschüttelnd und versuchte, mit einem Lächeln die eigenartigen Gedanken zu vertreiben.

Sosehr sie sich auch bemühte, sie konnte nichts erkennen, das die Kette oder den Anhänger irgendwie besonders machte. Nein, die Kette konnte es definitiv nicht sein. Sie hatte die typische 925er-Prägung, wie jeder gängige Silberschmuck, den man für zehn bis zwanzig Euro bekommen konnte. Der Anhänger war etwas Anderes. Er hatte keine Prägung, obwohl er ebenfalls aus Silber zu sein schien. Und er wirkte alt, sehr alt.

»Kommst du?«, riss Lisas Stimme sie aus ihren Gedanken.

»Wie, schon fertig?«, rief Erin erstaunt zurück.

»Ja. Flori ist bereits auf dem Weg hierher. Wir sollten jetzt also lieber einkaufen fahren.«

»Komme gleich«, sagte Erin und steckte die Kette in ihre Hosentasche. Sie hatte zwar keine Lust, für Florian einkaufen zu fahren, doch allein zu Hause bleiben wollte sie im Augenblick auch lieber nicht.


»Ich muss hier raus!«, sagte Erin gequält. Sie lag bäuchlings auf ihrem Bett und drückte sich ihr Handy ans Ohr. »Ich halte es keine Stunde länger mehr aus.«

»Ist es so schlimm?«, drang die Stimme ihrer Freundin Mia aus dem Lautsprecher.

»Schlimmer«, bestätigte Erin düster. »Es heißt nur noch Flori-Schatz hier und Lisa-Liebling dort. Die halten ständig Händchen, himmeln sich an und fangen ohne Vorwarnung an zu knutschen.«

»Igitt«, sagte Mia.

»Du sagst es«, stimmte Erin ihrer Freundin zu. »Ich muss dringend wieder unter normale Leute.«

»Gut. Wir treffen uns in einer halben Stunde am Marktplatz. Ich verordne dir einen Kinobesuch und danach einen riesigen Eisbecher.«

»Abgemacht!« Zufrieden sprang Erin auf. Manchmal war Mia ein echter Schatz.

Rasch zog sie sich einen knielangen Rock und einen passenden leichten Pulli an. Während sie vorsichtig Lidschatten und Lipgloss auftrug, betrachtete sie sich prüfend im Spiegel. Die schulterlangen, braunen Haare umspielten in leichten Wellen ihr Gesicht und der Rock brachte ihre schlanken, langen Beine gut zur Geltung. Insgesamt war sie mit ihrem Aussehen mehr als zufrieden.

Zugegeben, sie war keine so auffällige Erscheinung wie Mia mit ihren langen, blonden Haaren und den puppenhaft großen, blauen Augen. Dennoch verstand sie nicht, wieso sie noch nie einen Freund gehabt hatte, während die Jungs bei Mia regelrecht Schlange standen. Vielleicht war es ja ihre Körpergröße von einem Meter fünfundsiebzig, die die Jungs einschüchterte. Oder vielleicht lag es auch daran, dass sie alle Jungs, die sie kannte, für unreife Idioten hielt. Es gab keinen einzigen in ihrer Jahrgangsstufe, mit dem sie hätte ausgehen wollen. Also brauchte sie sich vermutlich auch nicht zu beschweren.

Erin schnappte sich ihre Handtasche, nahm im Vorbeigehen ihre Jacke mit und lief in die Garage, um ihr Fahrrad zu holen.

Die kleine Innenstadt war zwar nicht besonders spannend, aber zumindest gab es dort ein Kino, zwei Eisdielen und ein paar Boutiquen. Natürlich konnte der Ort bei Weitem nicht mit der Kölner City mithalten, aber dafür musste man auch keine dreiviertelstündige Auto- oder Zugfahrt in Kauf nehmen, wenn man nur ein bisschen bummeln wollte.

Als Erin am Marktplatz ankam, war Mia noch nicht da. Daher stellte sie ihr Rad an der Wand des Kinogebäudes ab und schaute sich neugierig die Plakate der laufenden Filme an. Während sie langsam daran entlangging, überkam sie plötzlich ein ganz eigenartiges Gefühl. Verwirrt blickte sie sich um. Sie hätte schwören können, dass jemand sie beobachtete. Aber da war niemand. Kopfschüttelnd wandte Erin sich wieder dem Schaufenster zu.

»Und weißt du schon, worauf du Lust hättest?«, ertönte plötzlich Mias Stimme hinter ihr.

Erin zuckte erschrocken zusammen, dann entspannte sie sich wieder. »Mensch, schleich dich ja nie wieder so an mich ran«, sagte sie mit einem leichten Lächeln.

»Ist ja gut. Was wollen wir uns ansehen?«

»Bloß keine Schnulze«, sagte Erin und schüttelte sich gespielt.

Mia nickte verständnisvoll. »Das wäre im Augenblick nicht förderlich«, stimmte sie zu.

»Wie wär's mit der Komödie hier?«, fragte Erin schließlich. »Sie fängt in zehn Minuten an.«

»Klingt super!«, sagte Mia gutgelaunt. »Besorgst du die Karten, während ich das Popcorn hole?«

Nach dem Film schlenderten die Mädchen in das nahegelegene Eiscafé herüber. Da die erste Frühlingssonne überraschend warm vom Himmel schien, nahmen sie auf der Terrasse Platz. Während Erin aufmerksam die Karte studierte, beugte Mia sich aufgeregt zu ihr herüber.

»Da ist schon wieder dieser unglaublich süße Typ, der dich anstarrt.«

»Welcher Typ?« Überrascht sah Erin auf. »Und wieso schon wieder?«

»Scht, nicht umdrehen«, hielt Mia sie zurück, bevor Erin sich suchend umschauen konnte. »Sag bloß, du hast ihn vorhin nicht bemerkt?«

»Wann denn?«

»Na, als wir ins Kino reingegangen sind. Er hatte dich regelrecht mit seinen Augen verschlungen. Und jetzt ist er auch wieder da. Zwei Tische weiter.«

»Wo denn?« Es kostete Erin ihre ganze Kraft, nicht hinzusehen.

»Mann, du musst echt an deinem Männerradar arbeiten«, bemerkte Mia kopfschüttelnd. »Der ist wirklich unglaublich süß.«

Nun hielt es Erin nicht länger aus und sie wandte langsam, wie unbeabsichtigt, ihren Kopf.

»Gut«, flüsterte Mia anerkennend, doch Erin hörte ihr nicht mehr zu.

Da war er. Lässig saß der junge Mann an einem der Tische und nippte an seinem Eiskaffee. Ein feiner, schwarzer Pulli spannte sich über seine breiten Schultern und ließ die verborgenen Brust- und Bauchmuskeln erahnen. Auch die Arme, die sich darunter abzeichneten, schienen genau die richtige Menge an Muskeln vorzuweisen. Nicht zu viel, sodass er wie ein Bodybuilder gewirkt hätte, aber auch nicht zu wenig, sportlich und durchtrainiert eben. Mit seinen dichten, braunen Haaren, den strahlend blauen Augen und männlich ebenmäßigen Zügen sah er einfach unverschämt gut aus. Aber das war es nicht, was Erin einen Schauer über den Rücken jagte, jedenfalls nicht ausschließlich. Es war der grimmige Blick, den er ihr flüchtig zuwarf, der sie die Augen rasch abwenden ließ.

»Ich glaube nicht, dass er auf mich steht«, flüsterte sie Mia errötend zu.

»Na klar«, widersprach diese entschieden. »Warum sonst sollte ein Kerl ein Mädchen so anstarren?«

»Keine Ahnung. Aber es ist kein besonders freundlicher Blick.«

»Ach, hör doch auf. Vielleicht solltest du rübergehen und ihm deine Nummer geben. Oder soll ich das für dich tun?«

»Untersteh dich!«, zischte Erin.

»Ah, er gefällt dir also.«

»Natürlich gefällt er mir. Ich müsste blind sein, um

ihn nicht attraktiv zu finden. Aber darum geht es nicht.«

»Und warum nicht?«

»Er ist zu alt«, sagte Erin das Erste, was ihr einfiel.

»Blödsinn. Der ist kaum älter als Anfang zwanzig. Genau richtig, glaub mir.« Sie ließ ein wissendes Lächeln aufblitzen. »Wenn du ihn nicht willst, vielleicht sollte ich ihn mir schnappen.«

»Und was ist mit Sven?«, erinnerte Erin sie an ihren derzeitigen Freund.

»Sven ist ganz süß. Aber ich werde bestimmt nicht ewig mit ihm zusammenbleiben.« Mia grinste schon wieder.

»Mach, was du willst«, erwiderte Erin verstimmt. »Ich wollte eigentlich nur in Ruhe ein Eis essen und der ganzen Flirterei für einen Nachmittag entkommen.«

»Ist ja gut, du Spaßverderberin«, lenkte Mia ein. »Dann eben Eis. Nach einem süßen Typen ist das ohnehin das Zweitbeste.«


»Und du bist ganz sicher, dass du nicht wissen willst, dass er dich noch immer anstarrt?«, nahm Mia die Unterhaltung wieder auf, als sie ihr Eis bereits halb aufgegessen hatten. »Er kann seine Augen praktisch nicht von dir nehmen.«

Erin riskierte noch einen Blick. Und wieder zuckte sie zurück, als er sie unverwandt, ja fast feindselig ansah. Wie konnte Mia das bloß entgehen?

»Ich glaube wirklich nicht, dass er was von mir

will«, sagte sie fest und spürte einen leichten Stich des Bedauerns. Es wäre zu schön gewesen, wenn dieser außergewöhnlich coole Typ tatsächlich Interesse an ihr gehabt hätte. »Und es gefällt mir nicht, dass er mich so anstarrt. Das ist irgendwie unheimlich. Immerhin kenne ich ihn nicht und habe ihm bestimmt nichts getan.«

»Wie du meinst«, sagte Mia achselzuckend. Es war offensichtlich, dass sie die Bedenken ihrer Freundin weder verstand noch teilte.

»Wir sollten jetzt besser gehen«, sagte Erin, während sie die letzten Reste aus ihrem Eisbecher kratzte.

»Okay«, erwiderte Mia gedehnt und erhob sich, wobei sie dem Typen einen langen Blick schenkte.

Erin erhob sich ebenfalls, doch sie vermied es sorgsam, in seine Richtung zu schauen.

»Ruf mich an, wenn es dir zu Hause wieder zu viel wird, ja?«, sagte Mia zum Abschied und drückte ihre Freundin an sich.

»Ist gut, mache ich. Ansonsten sehen wir uns Montag in der Schule.«

»Ja, bis dann«, sagte Mia und lief zur Bushaltestelle, während Erin zurück zu ihrem Fahrrad ging.

Als sie sich daraufsetzte, merkte sie sofort, dass etwas nicht stimmte. »Oh, Mist!«, fluchte sie, als sie den platten Hinterreifen bemerkte. »Mist, Mist, Mist!« Natürlich hatte sie keine Pumpe dabei, denn die passte nicht in die Handtasche und am Fahrrad wurden die Pumpen ständig geklaut. Einen Moment lang blieb sie unschlüssig stehen, dann seufzte sie tief, stieg ab und umfasste die Lenkstange mit beiden Händen. Es blieb ihr wohl nichts Anderes übrig, sie würde zu Fuß nach Hause gehen müssen.

Während sie ging, blickte Erin sich immer wieder um. Normalerweise litt sie nicht an Verfolgungswahn, aber heute wurde sie dieses eigenartige Gefühl einfach nicht los. Dass ein total süßer Kerl sie völlig grundlos böse angestarrt hatte, trug auch nicht gerade dazu bei, ihre Anspannung zu lindern.

Plötzlich rempelte sie jemand von der Seite an und sie spürte einen scharfen Ruck an ihrer Schulter. Das Nächste, was sie sah, war eine schmale Gestalt in Jogginghose und Baseball-Cap, die mit ihrer Handtasche in der Hand ganz schnell davonrannte.

»He, was soll das!«, rief Erin empört, ließ ihr Fahrrad scheppernd zu Boden fallen und lief hinterher. Doch noch bevor sie drei Schritte getan hatte, rannte jemand blitzschnell an ihr vorbei und dem Dieb nach. Überrascht erkannte Erin den Typen aus dem Café. Noch bevor sie sich entscheiden konnte, ob sie weiterlaufen oder abwarten sollte, was nun geschah, waren die beiden Männer hinter einer Kurve verschwunden. Also entschied Erin sich fürs Warten. Es dauerte nicht lange und der Café-Typ kam mit ihrer Handtasche in der Hand zurück.

»Hier, du solltest besser darauf aufpassen«, sagte er unwirsch.

Erin, die ihm schon überschwänglich danken wollte, blieben die Worte im Hals stecken. »Ich werd's mir merken«, erwiderte sie kühl und riss ihre Handtasche an sich. »Bist du mir etwa gefolgt?«, konnte sie sich dann doch nicht zurückhalten.

»Hättest du wohl gern«, entgegnete er verächtlich.

Empört schnappte Erin nach Luft. Was erlaubte er sich eigentlich? Nur weil er genauso gut roch, wie er aussah, gab es ihm noch immer nicht das Recht, so mit ihr zu reden. Sie atmete tief durch und sah ihm direkt in die Augen. Obwohl sie selbst recht hochgewachsen war, musste sie dafür ihren Kopf heben, denn er überragte sie noch um gut fünfzehn Zentimeter. »Träum weiter«, sagte sie langsam und deutlich. Dann presste sie ihre Handtasche fest an sich, nahm ihr Fahrrad wieder auf und ging stolz davon. Falls er ihr nachsah, bemerkte sie es nicht, denn sie blickte sich kein einziges Mal um.

Erst zu Hause fiel es ihr ein, den Inhalt ihrer Handtasche zu kontrollieren. Es fehlte nichts, aber sie war definitiv durchwühlt worden. Es blieb die Frage, ob das der Dieb oder der arrogante Kerl selbst gemacht hatte.

# Kapitel 2

Erin gähnte herzhaft und schlug sich etwas verspätet die Hand vor den Mund. SoWi in der ersten Stunde an einem Montagmorgen war einfach tödlich. Und dabei hatte der Unterricht noch nicht einmal begonnen. Verstohlen blickte sie auf ihre Armbanduhr.

»Vielleicht haben wir ja Glück und die Stunde fällt aus«, sagte Mia neben ihr, als hätte sie Erins Gedanken gelesen.

»Dann hätte ich noch eine Stunde länger schlafen können«, beschwerte Erin sich.

»Immer noch besser, als eine Stunde lang Mr. Langweiler zuzuhören, oder?«

Erin lächelte leicht. Damit hatte Mia auch wieder recht.

Doch in diesem Augenblick öffnete sich die Tür. Aber statt des erwarteten Lehrers trat plötzlich *er* durch die Tür.

Erin riss vor Überraschung die Augen auf.

»Aber das ist doch …«, flüsterte Mia neben ihr ganz aufgeregt.

»Ja!«, zischte Erin ihr zu. Es war nicht zu fassen. Da stand doch tatsächlich dieser aufgeblasene arrogante Kerl plötzlich mitten in ihrem Klassenzimmer und sah sie herablassend an.

»Was macht er hier?«, fragte Mia.

»Keine Ahnung.« Erin schüttelte den Kopf und

wandte ihren Blick demonstrativ ab. Was auch immer er hier wollte, sie ging das nichts an. Und sie würde ihn gewiss nicht so hingerissen anstarren, wie Michaela in der ersten Reihe. »Die fängt ja gleich an zu sabbern«, kommentierte Erin trocken und Mia grinste.

»Nicht nur sie«, fügte ihre Freundin hinzu. »Sieh nur.«

Und tatsächlich hatte sich auf den Gesichtern der meisten Mädchen ein ziemlich dümmliches Lächeln breitgemacht.

Erin rollte genervt mit den Augen. Der Typ schien das auch noch zu genießen.

Zum Glück betrat nun auch Herr Kormann, alias Mr. Langweiler, den Raum, bevor sich die lechzende Mädchenmeute auf den Neuankömmling stürzen konnte.

»Das ist Daniel Hall«, sagte Herr Kormann schlicht. »Er wird von nun an am Unterricht teilnehmen.«

Überall erhob sich aufgeregtes Gemurmel.

»Er ist ein Schüler?«, fragte Mia fassungslos. »Ich hätte ihn eher für einen Referendar oder so was gehalten. Wieso wurde er überhaupt noch zugelassen? Immerhin stehen wir kurz vor den Abi-Prüfungen. Müsste er da nicht zumindest das Halbjahr wiederholen?«

»Hm«, war alles, was Erin dazu sagte. Ihr gefielen die finsteren Blicke nicht, die er ihr schon wieder zuwarf. Und sie wollte bestimmt nicht über ihn nachdenken.

»Da vorne ist noch ein freier Platz«, wandte Herr Kormann sich an den Neuankömmling.

Gehorsam ging Daniel herüber und warf seine Schultasche unter den Tisch. Dann lehnte er sich in seinem Stuhl zurück, verschränkte die Arme vor der Brust und blickte gelangweilt zur Tafel.

Herr Kormann runzelte über diesen Mangel an Interesse unwillig die Stirn und fing dann an, die mitgebrachten Arbeitsblätter zu verteilen.

Erin hatte den Eindruck, dass sie in dieser Stunde die Einzige war, die beim Unterricht mitmachte. Herr Kormann war über ihren plötzlichen Eifer sehr erstaunt. Aber er ahnte ja auch nicht, dass es nicht das Interesse an seinem Lehrstoff war, das Erin antrieb, sondern ihr trotziger Entschluss, den Neuen zu ignorieren.

Endlich klingelte die Schulglocke und Erin atmete erleichtert auf. Rasch packte sie ihre Sachen zusammen und lief zu ihrem Englischkurs, während Mia in Richtung der Kunsträume abrauschte. Doch als sie den noch abgeschlossenen Kursraum erreichte und sich wartend an die Wand lehnte, sank ihr Herz. Daniel stand nur zwei Schritte von ihr entfernt.

»Kann ich dir irgendwie helfen?«, fragte sie giftig. Allmählich ging er ihr echt auf den Keks.

»Ich glaube nicht. Ich warte hier nur auf meinen Unterricht«, erwiderte er ungerührt.

»Englisch?«, fragte Erin verdattert und hätte sich für die blöde Frage am liebsten auf die Zunge gebissen.

»Steht zumindest so auf meinem Stundenplan«, sagte er mit einem überlegenen Lächeln.

»Na dann, viel Spaß«, murmelte sie und wandte sich ab. Sie hatte keine Lust, diese Unterhaltung fortzusetzen.

Der Englischunterricht lief im Wesentlichen so ab wie die SoWi-Stunde zuvor. Die Mädchen kicherten und konnten ihre Augen nicht von dem neuen Mitschüler nehmen, er nahm das gelangweilt zur Kenntnis und Erin konzentrierte sich verbissen auf den Unterricht.

Als es schließlich zur großen Pause läutete, war sie froh, seiner irritierenden Gegenwart zumindest für zwanzig Minuten zu entkommen.

Doch kaum hatte sie sich mit Mia auf ihre Lieblingsbank gesetzt, kam er schon wieder auf sie zugeschlendert.

»Der verfolgt mich echt. Was will der bloß von mir?«, flüsterte Erin frustriert.

»Ich könnte mir da eine oder zwei Sachen vorstellen«, kommentierte Mia grinsend. »Oh, da fällt mir ein, ich muss noch ein Buch in der Schulbücherei abgeben«, sagte sie laut, als Daniel vor den beiden Mädchen stehen blieb.

»Das hat doch bestimmt auch bis später Zeit«, sagte Erin nachdrücklich.

»Nein, sonst muss ich Mahngebühren bezahlen«, erwiderte Mia leichthin und kümmerte sich nicht um den bösen Blick, den ihre Freundin ihr zuschoss. Sie lächelte Daniel kurz an und verschwand in der Menge.

Erin verschränkte ihre Arme vor der Brust und sah ihn herausfordernd an. »Was willst du hier?«, fragte sie so unfreundlich, wie sie nur konnte.

»Mein Abitur«, erwiderte er belustigt.

»Bist du dafür nicht ein bisschen zu alt?«, schoss es aus ihr heraus, bevor sie sich zurückhalten konnte.

»Ich hatte es vor ein paar Jahren abgebrochen und möchte es nun nachholen«, erklärte er und es klang, als hätte er den Satz auswendig gelernt.

»Und das fällt dir erst jetzt ein? Immerhin sind die Prüfungen schon in knapp zwei Monaten.«

Er zuckte mit den Schultern. »Ich habe die Zulassung bereits in der Tasche, mir fehlen nur die Abschlussprüfungen selbst.«

»Und was willst du nun von mir?«

Für einen Augenblick verfinsterte sich wieder sein Gesicht, doch dann riss er sich zusammen. »Vielleicht gefällst du mir einfach.« Der lauernde Blick in seinen Augen passte dabei gar nicht zu dem lockeren Tonfall.

»Ja, sicher«, schnaubte Erin. Sie hatte zwar nicht viel Erfahrung mit Jungs, aber sie war sich ziemlich sicher, dass diese ein Mädchen, das ihnen gefiel, nicht so grimmig anstarrten.

»Vielleicht können wir heute Nachmittag ja zusammen lernen«, schlug er unvermittelt vor und Erin hätte beinahe aufgelacht. Doch sie beherrschte sich.

»Ich glaube nicht«, sagte sie stattdessen mit einem kühlen Lächeln. »Und jetzt entschuldige mich bitte, ich möchte mich auf die nächste Stunde vorbereiten.« Demonstrativ schlug sie ihr Deutschheft auf und vertiefte sich in den Aufsatz, den sie als Hausaufgabe geschrieben hatte.

Daniel blieb noch ein paar Minuten bei ihr stehen.

Dann wandte er sich schulterzuckend ab und ging davon.

Erin hatte fast erwartet, ihn in der nächsten Stunde wiederzusehen. Doch zum Glück blieb sie verschont. Erst in der siebten Stunde stieß er wieder zu ihr. Doch bis dahin hatte sie sich an die Tatsache, dass er an der Schule war, so weit gewöhnt, dass es ihr gar nicht mehr schwerfiel, ihn und seine Blicke zu ignorieren.

Als sie schließlich nach Hause ging, war sie froh, den Tag halbwegs erfolgreich überstanden zu haben. Nur der Gedanke an morgen bedrückte sie ein wenig, denn dann würde er auch wieder da sein. Erin hätte zu gerne gewusst, was sie ihm eigentlich getan hatte.

Einige Tage später saßen Erin, Lisa und Florian gerade beim Frühstück, als Lisa plötzlich etwas einfiel. »Schau mal, was ich in deiner Jeans gefunden habe, als ich sie waschen wollte«, sagte sie und hielt Erin die silberne Kette mit dem Anhänger hin. »Die ist neu, oder?«, fragte sie neugierig.

»Ja«, stammelte Erin. »War ein richtiger Glücksgriff.«

»Und wieso trägst du sie nicht? Sieht doch richtig toll aus!«, rief Lisa aus und stand auf. »Warte, ich mache sie dir gleich um. Die musst du heute unbedingt anziehen. Diese roten Steine passen echt gut zu deinem Outfit.«

»Stimmt«, sagte Erin überrascht und ließ sich ohne Widerworte die Kette anlegen. Seit dem Unfall waren immerhin schon fast zwei Wochen vergangen und niemand hatte danach gefragt. Also konnte sie sie wohl getrost tragen.

»Wirklich schön«, kommentierte Florian. »Und gut gemacht. Der Anhänger sieht richtig alt aus.«

Erin lächelte zufrieden. »Oh, jetzt muss ich aber los«, sagte sie dann mit einem Blick auf die Uhr.


Während sie zur Schule radelte, tastete Erin immer wieder nach der Kette an ihrer Brust, um sich zu vergewissern, dass sie noch da war. Es wäre äußerst schade gewesen, sie einfach so zu verlieren. Doch nach und nach wich ihre Besorgnis und sie musste den Anhänger nicht mehr anfassen, um zu wissen, dass er um ihren Hals hing. Sie spürte sein Gewicht als leichten Druck durch den dünnen Stoff ihres Oberteils hindurch und fühlte sogar eine leichte Wärme auf ihrer Haut.

Gutgelaunt stellte Erin ihr Fahrrad an dem überdachten Ständer ab und ging ins Schulgebäude hinein. Die Sonne schien, die Vögel zwitscherten und sie hatte Mathe in der ersten Stunde. Mit etwas Glück hatte Daniel jetzt einen anderen Kurs und sie konnte sich ungestört auf ihr Lieblingsfach konzentrieren. Als sie ankam, war der Kursraum noch verschlossen und sie lehnte sich wartend an die Wand. Dabei spielten ihre Finger unbewusst mit ihrem Anhänger. Daher sah sie Daniel auch erst, als er wutentbrannt auf sie zustürmte.

»Hast du den Verstand verloren?«, zischte er ihr zu und riss ihr den Anhänger aus den Fingern.

Die umherstehenden Mitschüler sahen die beiden überrascht an. Einige Mädchen stupsten sich mit ihren Ellbogen an und kicherten leise, während andere sich bedeutungsschwere Blicke zuwarfen.

Doch Daniel kümmerte sich nicht darum. Noch bevor Erin wusste, wie sie reagieren sollte, nahm er den Anhänger und stopfte ihn einfach so in ihren Ausschnitt.

Das weckte sie aus der Erstarrung. »Hey!«, rief sie wütend und holte mit ihrer Hand aus, um ihm eine zu scheuern.

Problemlos fing Daniel ihre Hand ein, wobei er ihr schmerzhaft das Handgelenk quetschte, und zog sie grob mit sich fort.

»Was fällt dir ein!«, schrie sie protestierend auf und versuchte, sich aus seinem eisernen Griff zu befreien.

»Sei still, du dummes Mädchen!«, presste er zwischen zusammengebissnen Zähnen hervor und zog sie unerbittlich weiter mit sich fort, während das Getuschel hinter ihnen immer lauter wurde.

Erst als sie durch eine Seitentür in den leeren Schulhof getreten waren, lockerte er seinen Griff und Erin riss sich energisch von ihm los.

»Elender Mistkerl!«, brüllte sie und drehte sich um, um wieder ins Gebäude zu laufen.

»Hiergeblieben!«, befahl Daniel genervt und fasste sie an der Taille, um sie aufzuhalten.

Erin erstarrte. »Lass mich auf der Stelle los!«, sagte sie betont und gefährlich leise.

In diesem Augenblick kam Herr Homberg, der Mathelehrer, in den Schulhof und sah Daniel streng an, der das Mädchen sofort losließ. »Ist alles in Ordnung, Erin?«, fragte der Lehrer besorgt. Anscheinend hatten die Anderen ihm von Daniels ungewöhnlichem Benehmen erzählt.

»Sicher«, antwortete dieser schnell an Erins Stelle. »Wir haben nur eine kleine Meinungsverschiedenheit, wie das bei Pärchen eben so ist.« Er lächelte entwaffnend. »Wir müssen nur dringend etwas besprechen. Etwas äußerst Wichtiges.«

»Das hat bestimmt noch ein wenig Zeit«, sagte Herr Homberg streng. »Wir haben jetzt Unterricht.«

»Es tut mir leid, aber das kann leider nicht warten«, widersprach Daniel ruhig. »Nicht wahr, *mein Schatz*?«

Fassungslos und wütend blickte Erin zwischen den beiden Männern hin und her. Die Versuchung, Herrn Homberg einfach wieder hineinzufolgen und Daniel draußen stehen zu lassen, war überwältigend. Aber irgendetwas in seinem Ton und Blick ließ sie innehalten. »Wir sollten das wirklich erst klären«, sagte sie widerstrebend zu ihrem Mathelehrer.

»Das ist unentschuldigtes Schwänzen«, ermahnte dieser sie ernst.

»Ich weiß, aber es geht leider nicht anders.«

Herr Homberg sah seine beste Schülerin einige Zeit lang nachdenklich an, dann nickte er schließlich. »Aber Sie lassen Ihre Hände bei sich, junger Mann«, sagte er warnend zu Daniel. »Sollte mir zu Ohren kommen, dass Sie Erin oder ein anderes Mädchen wieder so grob behandeln, fliegen Sie von der Schule, verstanden?«

Daniel nickte.

Der Lehrer warf den beiden einen letzten missbilligenden Blick zu, dann wandte er sich ab und ging zu seiner Klasse.

»Was ist eigentlich dein Problem?«, fuhr Erin Daniel an, kaum dass Herr Homberg außer Hörweite war. »Jetzt wird die ganze Schule denken, ich hätte etwas mit dir!« Wütend starrte sie ihn an.

»Es gibt Schlimmeres.« Selbstsicher erwiderte er ihren Blick. »Ich bin zwar noch nicht lange hier, aber ich kenne einige Mädels, die alles dafür geben würden.«

»Nun, ich gehöre definitiv nicht dazu«, sagte Erin verächtlich. Dann sah sie ihn spöttisch an. »Wolltest du nur mit deinen Eroberungen vor mir prahlen oder gibt es noch einen anderen Grund für das Ganze? Wenn nicht, würde ich lieber zum Unterricht gehen, anstatt mich noch länger deiner so überaus charmanten Gesellschaft auszusetzen.«

Daniel warf ihr einen finsteren Blick zu. Anscheinend war er es nicht gewohnt, von einem Mädchen abgewiesen zu werden. »Ich hoffe, es ist das hier wert«, murmelte er seufzend. »Woher hast du das?«, wechselte er völlig ohne Vorwarnung das Thema und zeigte auf die Kette, die noch immer um Erins Hals hing, auch wenn der Anhänger nun unter ihrem Shirt verborgen war.

41

»Das geht dich nichts an!«

»Ach nein? Nur deswegen stecke ich in dieser verdammten Schule fest!« Ärgerlich sah er sie an.

»Das verstehe ich nicht!« Hatte er nun völlig den Bezug zur Realität verloren?

»Natürlich nicht! Du hast überhaupt keine Ahnung!«

»Jetzt reicht es mir!« Entschlossen funkelte Erin ihn an. »Entweder du sagst mir endlich, was dein Problem ist, oder du lässt mich in Ruhe!«

Er atmete tief durch und fixierte sie mit einem nachdenklichen Blick.

Wütend wartete sie auf seine Antwort.

»Ich will dir eine Geschichte erzählen«, sagte er schließlich ruhig.

»Eine Geschichte?«, wiederholte Erin verwirrt.

»Ja.« Daniel nickte. »Vielleicht setzen wir uns dazu am besten hin.« Er wies auf ein niedriges Mauerstück.

Sie folgte ihm skeptisch und setzte sich gut einen halben Meter von ihm entfernt auf die Mauer. Sie glaubte, ein belustigtes Lächeln über seine Lippen huschen zu sehen, war sich aber nicht ganz sicher. Sie verschränkte die Arme demonstrativ vor ihrer Brust. »Ich warte.«

»Also gut.« Er holte tief Luft. »Vor sehr langer Zeit hatte es mal einen äußerst mächtigen und weisen Mann gegeben. Einen Magier, wie wir heute sagen würden. Er fertigte fünf außergewöhnliche Amulette an, die zu einem Stern zusammengefügt werden konnten. Jedem dieser Amulette gab er eine besondere Kraft, die es an sich schon ziemlich mächtig machte. Zusammengefügt zu dem Stern verliehen die Schmuckstücke dem Besitzer aber unvorstellbare Macht. Der Magier wollte diese Macht nutzen, um den Menschen zu helfen. Doch er wurde verraten. Sein Schüler begehrte die Macht des Sterns für sich. Es gelang ihm, eines der fünf Amulette zu stehlen. Der Magier war untröstlich. Er erkannte, dass sein Werk bei den Menschen viel Schaden anrichten konnte, anstatt ihnen zu helfen. Um die letzten vier Teile des Sterns vor Missbrauch zu schützen, übergab er sie seinem König, der uns heute als Salomon, der Weise, bekannt ist. Salomon schwor, die Amulette vor Unheil zu bewahren und sie zum Wohle seines Volkes einzusetzen. Soweit es uns bekannt ist, hatte er sein Wort gehalten. Doch er wusste auch, dass ein einzelner Mensch nicht so viel Macht in den Händen halten sollte. Deshalb vererbte er je ein Amulett an seine vier Lieblingssöhne, die sie mehr oder minder ehrenvoll einsetzen sollten. Im Laufe der Jahrtausende gingen die Schmuckstücke immer wieder verloren und tauchten hie und da wieder auf. Fest steht allerdings, dass ihre Macht weiterhin ungebrochen ist.«

»Aha«, sagte Erin verständnislos, als er geendet hatte. Sollte ihr das jetzt irgendetwas erklären? »Es ist ein nettes Märchen«, setzte sie hinzu. »Und was hat das nun mit mir oder deinem unmöglichen Benehmen zu tun?«

Er sah sie an, als wäre sie völlig belämmert. »Begreifst du es immer noch nicht? *Dies* ist eines der Schmuckstücke!« Er wies auf ihre Kette.

»Ja, klar.« Sie rollte mit den Augen und sprang abrupt von der Mauer. Auf so einen Blödsinn hatte sie wirklich keine Lust.

»Hat es dich nie gewundert, dass die alte Frau dir die Kette gegeben hat?«, hielten seine nächsten Worte sie zurück.

»Woher weißt du das?« Sie hatte niemandem davon erzählt.

Er ignorierte ihre Frage und sprach schnell weiter. »Hat sie vielleicht noch etwas zu dir gesagt? Dass du die Richtige bist oder so etwas?«

»Nein.« Erin lächelte erleichtert. »Sie sagte nur, ich hätte ein gutes Herz, und dass ich aufpassen sollte.«

»Das ist fast das Gleiche«, beharrte er.

»Aber sicher.« Erin blieb unschlüssig. Sie glaubte ihm kein Wort, aber sie konnte sich auch nicht erklären, welchen Grund er haben konnte, ihr eine so absonderliche Lüge aufzutischen. Ihre Neugier siegte. »Also gut, tun wir mal so, als ob ich dir glauben würde. Das erklärt aber nicht, woher du das alles weißt.«

»Wir suchen schon seit Tausenden von Jahren nach den Amuletten, um sie wieder zusammenzubringen und eine Ära des Friedens und des Wohlstandes für die Menschen einzuleiten«, sagte er feierlich.

Sie sah ihn skeptisch an. »So alt siehst du gar nicht aus.«

Er verzog zornig das Gesicht. »Wenn ich *wir* sage, dann meine ich die Gemeinschaft, der ich angehöre, und nicht mich persönlich«, erklärte er mit erzwungener Ruhe.

»Und was für eine Gemeinschaft soll das sein?«

»Die *Bruderschaft des Lichts*.«

»Aha«, sagte Erin nicht besonders einfallsreich. »Und nun?«

»Und nun bist du in großer Gefahr.«

»Wieso denn das?«

»Weil wir nicht die Einzigen sind, die danach suchen.«

»Lass mich raten. Es gibt noch eine Bruderschaft der Finsternis?«

»Sie nennen sich zwar nicht so, sondern *Suchende im Zeichen des Sterns*, aber im Grunde hast du den Kern erfasst.«

Erin sah ihn an, als hätte er den Verstand verloren. »Glaubst du wirklich an diesen ganzen Blödsinn, den du da erzählst?«

»Das ist kein Blödsinn«, brauste er auf, »sondern schlicht und einfach die Wahrheit!«

»Es gibt also zwei uralte Organisationen, die nach irgendwelchen magischen Amuletten suchen, die große Macht verleihen?«, fasste sie skeptisch zusammen.

»Genau.« Daniel nickte. Er schien erleichtert zu sein, dass sie seiner Ansicht nach endlich Vernunft annahm.

»Und was unterscheidet euch von den Anderen?«

Er stutzte. »Ist das nicht offensichtlich? Wir wollen die Macht nutzen, um den Menschen zu helfen.«

»Und wie wollt ihr das anstellen? Was habt ihr bisher gemacht?«

»Nichts, wir suchen ja noch.«

»Wenn ihr helfen wollt, hättet ihr auch jetzt schon völlig ohne okkulte Magie einiges für Menschen in Not tun können.«

»Das ist doch gar nicht der Punkt«, erwiderte er verärgert.

»Doch«, widersprach sie. »Wenn deine Geschichte stimmen sollte, habe ich nur deine Aussage, dass ihr gut seid und die Anderen böse.«

»Du willst einen Beweis?« Irritiert sah er sie an.

»Das wäre zumindest ein Anfang.«

»Ist dir die Tatsache, dass ich hier gerade mit dir rede, anstatt dir einfach den Hals umzudrehen und das Amulett zu nehmen, nicht Beweis genug?«

Erin erbleichte. »Das würdest du tun?«

»Ich nicht, aber die Anderen.« Er sah sie eindringlich an. »Versteh doch, du bist in großer Gefahr. Wenn wir herausfinden konnten, wer du bist, können sie es auch. Ich bin sicher, sie haben es längst getan. Erinnerst du dich noch an den Taschendieb? Das war nichts weiter als der verzweifelte Versuch, den Anhänger an sich zu bringen, bevor du seine Macht erkennst.«

»Hier, du kannst die Kette haben.« Entschlossen zerrte Erin den Anhänger wieder aus ihrem Ausschnitt. »Ich will sie nicht. Ob es nun wahr ist oder nicht, ich will mit dieser ganzen Sache nichts zu tun haben.«

»Dafür ist es leider zu spät. Du bist ihre Trägerin. Schon bald wirst du ihre Macht spüren.«

»Aber ich will das nicht!« Mit zitternden Fingern nahm Erin die Kette ab.

Daniels Hand zuckte unwillkürlich vor, um sie zu nehmen. Doch dann ließ er sie wieder sinken. »Verlockend, sehr verlockend«, sagte er langsam. »Aber du wurdest von ihrer Vorbesitzerin dazu auserwählt, sie zu tragen. Bei niemandem sonst würde die Kette ihre volle Kraft entfalten. Und es ist die volle Kraft, die wir benötigen.«

»Wofür?«

»Die Anderen haben zwei der Amulette, wir haben eins. Doch keins von denen wird von seinem wahren Träger beherrscht. Den Anderen mag es egal sein. Wenn sie es schaffen, deinen Anhänger zu bekommen, sind sie uns drei zu eins überlegen.« Er schüttelte entschieden den Kopf. »Nein, wenn wir eine Chance in diesem Kampf haben wollen, brauchen wir dich zusammen mit der Kette.«

»Und wenn ich nicht will?«

»Es ist ein Risiko, das wir eingehen müssen. Aber ich warne dich. Das Risiko für dich ist noch viel, viel höher.«

Es klingelte. Die erste Stunde war um.

»Ich muss jetzt gehen«, sagte Erin erleichtert. »Ich will nicht auch noch die nächste Stunde verpassen.« Sie steckte die Kette unter ihr Shirt und lief, so schnell sie konnte, davon.

Erin konnte gar nicht sagen, wie sie den Rest des Schultages hinter sich brachte. Vom Unterricht bekam sie jedenfalls nicht viel mit. Unaufhörlich kreisten ihre Gedanken um das Gehörte und sie konnte sich einfach nicht entscheiden, was sie von Daniels verrückter Geschichte halten sollte. Schließlich schaffte sie es, sich auf drei mögliche Erklärungen zu fokussieren, von denen ihr keine besonders gefiel. Entweder trieb er irgendeinen makabren Spaß mit ihr, oder er war geisteskrank und glaubte tatsächlich selbst an seine Geschichte, oder – so unwahrscheinlich und unglaublich das auch sein mochte – er hatte ihr die Wahrheit erzählt. Doch welche Erklärung auch immer zutraf, in allen drei Fällen sollte sie sich lieber vor ihm vorsehen und ihm am besten aus dem Weg gehen.

Da war es wenig förderlich, dass Mia in der großen Pause aufgeregt auf sie zusprang. »Eigentlich müsste ich richtig böse auf dich sein«, flötete ihre Freundin. »Aber ich kann es nicht, weil ich mich sooo sehr für dich freue!«

Verständnislos blickte Erin sie an. »Wovon redest du?«

»Na, von Daniel und dir!«, rief Mia fassungslos aus. »Da lässt du mich in dem Glauben, dass du ihn gar nicht kennst, und dabei geht ihr miteinander! Ich kann es nur nicht glauben, dass ich das als deine beste Freundin von der Zicke Jennifer erfahren musste.« Sie setzte sich neben Erin auf die Bank. »Und jetzt will ich alle schmutzigen kleinen Details.«

Erin atmete tief durch in dem Versuch, ihre Ruhe

zu bewahren. Dieser elende Mistkerl! Sie hatte gewusst, dass so etwas passieren würde. Jetzt zerriss sich die ganze Schule das Maul über sie. »Da gibt es nichts zu erzählen«, sagte sie betont ruhig.

Mia zog eine beleidigte Schnute. »Du willst es mir nicht sagen?«, fragte sie ungläubig.

Irritiert sah Erin ihre Freundin an. Wie sollte sie ihr bloß erklären, dass Daniel schlichtweg gelogen hatte? Mia würde ihr das nie im Leben abkaufen.

»Es gibt nichts zu erzählen, weil es schon vorbei ist«, sagte sie schließlich. Wenn er haltlose Gerüchte in die Welt setzen konnte, konnte sie das auch. »Wir sind nur ein Mal zusammen ausgegangen. Ich wollte nichts erzählen, solange ich nicht wusste, was daraus wird. Aber jetzt ist es eh vorbei. Ich habe ihn knutschend mit einer Anderen erwischt!«

»So ein A-Loch!«, rief Mia mitfühlend aus und drückte Erin an sich. »Wie geht es dir jetzt, Süße?«

»Ich werde darüber hinwegkommen, aber ich brauche etwas Zeit. Und ich will auf keinen Fall wieder mit ihm sprechen. Das verstehst du doch, oder?«

»Aber klar. Du kannst dich auf mich verlassen. Ich werde ihn von dir fernhalten.«

»Danke«, sagte Erin aufrichtig erleichtert.

Dann läutete die Glocke das Ende der großen Pause ein. Mia lief zu ihrem Psychologiekurs und Erin machte sich schweren Herzens zu Erdkunde auf. Und dort hatte sie dann alle Zeit der Welt, um wieder in Ruhe über Daniels Geschichte und ihren Anhänger zu grübeln.

Nach Schulschluss ging sie gedankenverloren zum Fahrradständer und wäre fast in Daniel hineingelaufen, der plötzlich neben ihrem Fahrrad auftauchte. Erschrocken fuhr sie zurück.

»Entspann dich, ich tu dir schon nichts«, sagte er stirnrunzelnd.

Sie versuchte, sich wortlos an ihm vorbeizudrängen.

»Lass nur.« Er legte seine Hand auf die Lenkstange ihres Fahrrads. »Ich fahre dich nach Hause. Anders ist es viel zu gefährlich für dich.«

»Ich komme schon klar«, sagte sie fest und machte das Fahrradschloss auf.

»Ist es, weil ich mit dieser drallen Blondine rumgeknutscht habe?«, fragte er plötzlich und seine Augen funkelten amüsiert.

»Von einer Blondine habe ich nichts gesagt«, erwiderte Erin befriedigt. Die Gerüchteküche arbeitete schnell. »Und jetzt lass mich durch, ich will nach Hause!«

Daniel schenkte ihr einen Blick, in dem sich Ärger und Resignation mischten, aber zumindest ließ er ihr Fahrrad los.

Sie nahm es energisch aus der Halterung, setzte sich drauf und fuhr davon.

Zu Hause lief Erin in ihr Zimmer und schloss ihre Tür. Dann holte sie ihren Anhänger hervor und beäugte ihn sorgfältig. Er war unzweifelhaft alt. Aber konnte er *so* alt sein? Ach, das alles brachte doch nichts! Als sie ihn schon frustriert in ihre Schublade werfen wollte, fielen ihr plötzlich zwei kleine Schlitze an der Fassung des oberen Steins auf. Es sah tatsächlich so aus, als könnte man da links und rechts einen ähnlichen Anhänger andocken, wenn man die entsprechenden Anschlussstücke hatte.

Nachdenklich ließ Erin sich in ihren Stuhl zurückfallen. Das würde für Daniels Geschichte sprechen. Immerhin hatte er den Anhänger vorher nicht gesehen. Und er hatte das mit der alten Frau gewusst.

Auf einmal bekam sie richtig Angst. Am liebsten hätte sie sich die Kette vom Hals gerissen und sie in irgendeine Mülltonne geworfen, damit sie nicht zu ihr zurückverfolgt werden konnte. Und doch spürte sie eine angenehme Wärme, dort, wo der Anhänger ihre Haut berührte, ein wohliges Gefühl, das Schutz und Geborgenheit verlieh. Und sie wusste, dass sie es nicht würde tun können.

# Kapitel 3

Der Mann schrie vor Schmerz. Flammen blendeten ihn und verbrannten seine Haut. Er konnte nichts sehen, hören oder fühlen außer der allumfassenden Qual, als das Feuer an ihm leckte. Keuchend fiel er zu Boden. Er wollte nur, dass es aufhörte. Auch die Tatsache, dass er wusste, dass das Feuer nicht real war, änderte nichts an seinem Schmerz.

Die Flammen verschwanden so plötzlich, wie sie gekommen waren. Zitternd blickte der Mann hoch. Vor ihm stand der Großmeister, in einen dunklen Kapuzenumhang gehüllt, der sein Gesicht vollständig verbarg. Seine Finger hatten den verschlungenen Silberanhänger, der an einer Kette um seinen Hals hing, gerade losgelassen. Und die zwei Edelsteine in seiner Mitte glühten noch schwach.

»Du hast erneut versagt!«, rief der Großmeister schneidend. »Und nun ist die Macht des *Herzens* wieder erwacht. Es hat einen neuen Träger gefunden.« Langsam ging der Großmeister um den Mann herum, der sich nun mühsam auf seine Knie hochzog. »Finde das *Herz* und bringe es her.«

»Ja, Meister«, keuchte der Mann.

»Wir werden kein weiteres Versagen von dir tolerieren!« Der Großmeister wandte sich ab und verließ den Raum.

Erin warf einen Blick in den Kühlschrank und knallte ihn wütend zu. Entschlossen lief sie in Lisas Zimmer und funkelte ihre Schwester verärgert an. »Es gibt schon wieder nichts zu essen im Haus!«, beschwerte sie sich.

»Ich hätte ja eingekauft«, erklärte Lisa beschwichtigend, »aber ich habe den ganzen Tag für diesen blöden Test morgen gebüffelt. Und ich bin noch lange nicht durch.« Klagend wies sie auf das vor ihr liegende Skript. »Könntest du vielleicht einkaufen?«

Normalerweise hätte Erin sich mit dieser Erklärung zufriedengegeben und brav den Einkauf erledigt. Aber heute fühlten sich Lisas Worte irgendwie falsch an. Verwirrt starrte sie ihre Schwester an. Hatte sie sich das eben nur eingebildet? »Du hast also den ganzen Tag gelernt?«, wiederholte sie vorsichtig.

»Ja«, sagte Lisa kläglich und nickte bestätigend mit dem Kopf.

Der falsche Klang blieb. Und plötzlich hatte Erin ein kurzes Bild vor Augen, wie Lisa und Florian vor dem Fernseher auf dem Sofa saßen.

»Du hast also nicht mit Florian die letzte Chips-Packung vertilgt und dir einen Film angeschaut?«, fragte sie stirnrunzelnd.

Überrascht blickte Lisa hoch. »Vielleicht habe ich eine ganz kurze Pause gemacht«, gab sie kleinlaut zu. »Woher weißt du das?«

Erin zuckte mit den Schultern. »Ich habe geraten.«

Lisa lächelte entschuldigend. »Du kennst mich einfach zu gut, Schwesterherz.«

»Oh nein«, erwiderte Erin streng. »So leicht kommst du mir nicht davon. Du machst jetzt nämlich noch eine kleine Pause und fährst mit mir zusammen zum Supermarkt. In das Auto passt schließlich um einiges mehr rein als in meinen kleinen Fahrradkorb.«

Während Erin langsam den Einkaufswagen durch die Gänge schob, grübelte sie über den eigenartigen Einblick, den sie in Lisas Kopf bekommen hatte. War es nur Zufall gewesen oder hatte sie angefangen, *die Kraft des Anhängers zu spüren*, wie Daniel es ihr vor ein paar Tagen vorhergesagt hatte?

Wenn es tatsächlich der Anhänger gewesen sein sollte, müsste sie es doch auch steuern können. Suchend sah Erin sich um, bis ihr Blick schließlich auf einem etwa 15-jährigen Jungen hängen blieb, der vor dem Spirituosenregal stand. Konzentriert starrte sie ihn an und versuchte, etwas über seine Absicht zu erfahren.

»Hey, träumst du?«, ertönte plötzlich Lisas spöttische Stimme neben ihr.

Erin zuckte zusammen und wandte schnell ihren Blick ab. Doch sie hätte schwören können, dass sie für eine Millisekunde etwas gespürt hatte. Es würde sie nicht überraschen, wenn der Junge versuchen würde, mit einer Flasche Schnaps in seinem Schlabberärmel aus dem Laden zu verschwinden.

Während Lisa fleißig Lebensmittel in den Einkaufswagen lud, suchte Erin sich ein neues Versuchsobjekt. Da! Die Frau, die so abwesend auf die Gemüseauslage starrte, erschien ihr ganz vielversprechend. Sie fixierte die Frau mit ihrem Blick und legte ihre Hand unwillkürlich auf ihre Brust, genau dorthin, wo unter ihrem Oberteil das Medaillon lag. Plötzlich spürte sie Wärme von dem kleinen Schmuckstück aufsteigen und im nächsten Augenblick traf Erin eine solche Welle der Traurigkeit, dass sie erschrocken nach Luft schnappte und ihre Hand von dem Anhänger wegzog, als hätte er sie verbrannt.

Vorsichtig schob sie sich an der Frau vorbei und vermied es, sie auch nur flüchtig anzusehen. Es ging definitiv etwas sehr Eigenartiges mit ihr vor. Etwas, das sie sich ganz bestimmt nicht einbildete.

Nach dieser Erfahrung hatte Erin keine Lust mehr auf weitere Experimente und sie war froh, als Lisa ihr schließlich bedeutete, mit dem Wagen zur Kasse zu fahren.

Zu Hause überließ Erin ihre Schwester ihren Büchern und lief in ihr Zimmer. Dann fuhr sie ihren Laptop hoch. Es wurde höchste Zeit, dass sie sich mehr Informationen verschaffte. Sie trommelte ungeduldig mit den Fingern, bis sich das Fenster der Suchmaschine öffnete, und tippte den ersten Suchbegriff ein, der ihr in den Sinn kam. Leider brachte »Magisches Amulett« etwa 290.000 Suchergebnisse, die meisten von irgendwelchen Esoterikläden, die ihr allesamt nicht weiterhalfen. Erin seufzte und tippte »magischer Anhänger« in das Suchfenster. Nun waren es fast 700.000 Treffer, die sie zu verschiedenen Schmuckseiten lotsen wollten. Das schien nicht der richtige Weg zu sein.

Erin atmete tief durch und versuchte sich zu erinnern, was Daniel ihr sonst noch so erzählt hatte. Er hatte von einem Stern gesprochen, fiel es ihr plötzlich ein. Hoffnungsvoll versuchte sie es mit »magischer Stern«, »Zauberstern« und schließlich mit »fünf Anhänger Stern« – ohne Erfolg. Natürlich könnte sie Daniel auch einfach fragen. Aber dann hätte sie wieder nur sein Wort, dass er ihr die Wahrheit sagte. Und sie wusste nicht, ob sie sich tatsächlich darauf verlassen wollte.

Frustriert strich sie sich die Haare aus dem Gesicht und tippte »Bruderschaft des Lichts« ein. Als sie die Trefferliste sah, musste sie ein hysterisches Kichern unterdrücken. Die einzigen Seiten, die darüber berichteten, handelten von irgendwelchen Fantasy-Rollenspielen und waren daher frei erfunden. So viel zu Daniels Vertrauenswürdigkeit.

Insgesamt sprach das Ergebnis ihrer Recherche bisher weder für ihn noch für seine verrückte Geschichte. Konnte etwas überhaupt wahr sein, wenn es im Internet gar nicht erwähnt wurde?

Doch so leicht wollte sie nicht aufgeben. Erin machte noch einen Versuch und tippte »König Salomon Stern« in das Suchfenster ein. Interessiert beugte sie sich vor, als sie dieses Mal die Trefferliste sah. Eine halbe Stunde später wusste Erin immerhin, dass der König um 965 vor Christus geboren worden war. Wenn das stimmte, musste ihr Anhänger fast dreitausend Jahre alt sein! Außerdem fand sie heraus, dass er als Herrscher über die Dschinn, Geister und Teufel bekannt war. Weiterhin sollte er einen magischen Talisman besessen haben, mit dem er seine Macht ausübte. Auch sollte sein Siegelsymbol ein Stern gewesen sein. Ein sechszackiger zwar, aber immerhin.

Nachdenklich lehnte Erin sich zurück und kaute auf ihrer Unterlippe. Sollte das ausreichen, um Daniels Geschichte zu untermauern? Und selbst wenn, hatte sie noch immer keine Antwort auf die Frage gefunden, die sie so brennend interessierte: Was war es für eine Kraft, die ihr Anhänger ihr verleihen sollte? Und was konnten die Anderen tun?

Es war schon fast Mitternacht, als sie ihren Laptop schließlich zuklappte. Während sie sich im Bad müde die Zähne putzte, ließ sie sich noch einmal alles durch den Kopf gehen, was sie erfahren hatte:

Punkt 1: Daniels Geschichte konnte wahr sein oder zumindest einen wahren Kern enthalten.

Punkt 2: Es gab unzählige Bruderschaften und Geheimbünde, die nach irgendwelchen magischen oder verschollenen Dingen suchten. Es konnte also auch welche geben, die sich mit den fünf Amuletten beschäftigten, auch wenn sie es nicht gerade auf ihre Homepage schrieben. Für einen Geheimbund wäre dies zugegebenermaßen eine ziemlich blöde Vorgehensweise.

Punkt 3: Sie hatte keine explizite Erwähnung ihres

Anhängers gefunden und hatte nach wie vor keine Ahnung, was er bewirkte. Nun gut, eine kleine Ahnung hatte sie schon, immerhin hatte sie seine Kraft bereits gespürt, aber sie hatte keinen geschichtlichen oder wissenschaftlichen Text gefunden, in dem ihre Vermutung bestätigt worden wäre. Nur einen einzigen Hinweis hatte sie gesehen, der in die richtige Richtung ging. Auf einer Seite über okkulte Legenden hatte sie einen obskuren Hinweis auf ein Amulett gefunden, das mit zwei blutroten Rubinen geschmückt war. Dem Amulett sollte die *Kraft des Herzens* innewohnen, was auch immer das bedeuten mochte.

Erin seufzte. Es blieb ihr wohl doch nichts Anderes übrig, als Daniel zu befragen. Sie grinste boshaft. Aber wenn er dachte, sie würde blind alles glauben, was er ihr sagte, dann täuschte er sich gewaltig. Wenn sie bei Lisa gespürt hatte, als sie sie belogen hatte, würde ihr dies bei Daniel bestimmt auch gelingen.

Zufrieden lief Erin in ihr Zimmer zurück, kuschelte sich in ihr Bett und schlief sofort ein.


Am nächsten Morgen ging sie mit gemischten Gefühlen zur ersten Stunde. Daniel war bereits da. Er stand lässig an die Wand gelehnt, wie immer von einer kleinen Schar seiner Verehrerinnen umzingelt.

Meine Güte, merken sie nicht, wie gelangweilt er ist, während sie um seine Aufmerksamkeit buhlen?, fuhr es ihr verärgert durch den Kopf. Dann ließ sie tapfer den grollenden Blick über sich ergehen, mit dem er sie zur Begrüßung immer bedachte. Seit ihrem letzten Gespräch hatte sie ihn entschieden gemieden und Mia hatte sie dabei voll unterstützt. Zunächst hatte er noch versucht, zu ihr vorzudringen, doch dann hatte er es aufgegeben und sie stattdessen aus der Entfernung mal zornig, mal kopfschüttelnd angesehen.

Jetzt weiteten sich seine Augen überrascht, als sie ihre Schultern straffte und energisch auf ihn zuging. »Können wir kurz reden?«, fragte Erin fest. »Unter vier Augen?«, fügte sie mit einem bedeutungsvollen Blick auf den Daniel-Fanclub hinzu.

Er zögerte kurz. Fast schien es Erin, als wollte er sie für die Zurückweisung der letzten Tage ein wenig zappeln lassen, doch schließlich nickte er knapp. »Nach dir«, sagte er mit einer ironischen Verbeugung und wies mit der Hand in einen leeren Seitenflur. Nachdem sie außer Hörweite der Anderen waren, blieb er mit verschränkten Armen stehen und sah sie erwartungsvoll an. »Nun?«, fragte er kühl, als sie nichts sagte.

»Ich brauche ein paar Antworten«, erwiderte Erin ernst.

»Und da dachtest du, du müsstest nur mit dem Finger schnippen und ich würde sie dir geben?« Er schien echt sauer zu sein.

»Was ist eigentlich dein Problem?«, brauste auch sie nun auf. Es war normalerweise überhaupt nicht ihre Art, aber dieser selbstsichere, arrogante, undurchsichtige Typ brachte sie einfach immer wieder in null Komma nix auf die Palme. »Du tauchst einfach so auf, erzählst mir eine ganz unglaubliche Geschichte und streust auch noch wilde Gerüchte über mein Liebesleben. Und dann wunderst du dich, dass ich ein paar Tage brauche, um das Ganze zu verdauen?«

Ein betroffener Ausdruck huschte kurz über sein Gesicht. »Also, was willst du wissen?«, brummte er unwillig.

»Was genau soll mein Anhänger eigentlich bewirken?«, fragte sie geradeheraus und fixierte ihn mit ihrem Blick. Sie wollte sich nichts von seiner Reaktion entgehen lassen.

»Dann glaubst du mir also endlich?«

»Ich denke schon«, erwiderte sie. Es war wohl besser, ihn nicht wissen zu lassen, wie unsicher sie bezüglich seiner wahren Absichten noch war.

»Hast du denn schon was gespürt?«, fragte er neugierig und ein aufgeregtes Funkeln trat in seine Augen.

»Möglich«, entgegnete Erin ausweichend. »Ich bin mir allerdings nicht sicher, was es genau war.«

»Was war denn geschehen?«

»Ich hatte nur so ein komisches Gefühl gehabt, als meine Schwester etwas zu mir sagte«, erwiderte sie vorsichtig. Sie wollte ihm bloß nicht zu viel verraten, ohne weitere Informationen und ohne einen Beweis, dass sie ihm wirklich vertrauen konnte. Und bestimmt würde sie ihm nichts von der Frau im Supermarkt erzählen oder dem kurzen Einblick in Lisas Kopf.

»Ich dachte, die Wirkung würde bei dir stärker sein«, murmelte er enttäuscht. »Aber vermutlich ist es noch zu früh.«

»Zu früh wofür?«, hakte Erin nach.

»Um die volle Kraft des Amuletts zu spüren.«

Erin war ganz Ohr. In ihrem Bemühen, irgendeine Schwingung von Daniel zu empfangen, die ihr verriet, ob er die Wahrheit sagte, zog sie ihre Stirn in Falten und legte eine Hand genau über dem Anhänger auf ihre Brust.

»Dein Amulett wurde das *Herz* genannt«, erklärte Daniel ihr ruhig. »Es heißt so, weil du damit in die Herzen der Menschen blicken und ihre Gefühle lesen kannst. Es heißt, dass ein wahrer Träger in seltenen Fällen sogar Visionen haben könnte.«

Erin spürte, wie ihr eigenes Herz vor Aufregung zu hämmern anfing. »Und die anderen Amulette?«, fragte sie atemlos.

»Alles in Ordnung?«, erkundigte sich Daniel plötzlich und sah sie belustigt an. »Du siehst aus, als würden gleich Laserstrahlen aus deinen Augen schießen.« Dann wandelte sich sein Blick und jede Spur von Heiterkeit verschwand aus seinen Zügen. »Du versuchst, mich zu lesen, nicht wahr?«, stieß er verärgert hervor. »So viel dazu, dass du nicht weißt, was das Amulett bewirkt.« Er schüttelte ungläubig den Kopf. »Verarschen kann ich mich auch allein. Ach ja, und vielen Dank für das Vertrauen!« Mit diesen Worten wandte er sich ab und stürmte davon.

Verdattert starrte Erin ihm hinterher. Dann ging auch sie langsam zum Klassenraum zurück.

Schon wieder konnte sie sich nicht auf den Unterrichtsstoff konzentrieren. Wenn das so weiterging, würde sie wegen des blöden Kerls noch durchs Abi rasseln. Er war doch echt so empfindlich wie eine Superdiva, dachte sie ärgerlich. Aber etwas Anderes beschäftigte sie noch viel mehr. Sie hatte nichts von seinen Gefühlen gespürt, als sie miteinander gesprochen hatten. Auch jetzt durchbohrte er sie zwar mit finsteren Blicken und es war nicht wirklich schwer zu erraten, was er gerade von ihr hielt. Aber *spüren* konnte sie es nicht, obwohl das Amulett fast schon unangenehm heiß auf ihrer Haut brannte.

Erin wandte den Kopf. Sie konnte mühelos spüren, dass Martin ziemlich nervös wurde, als die Hausaufgabenkontrolle losging. Anscheinend war er mal wieder nicht vorbereitet. Sie spürte auch Elinas aufgeregtes Kribbeln, als Manuels Blick sie flüchtig streifte. Bahnte sich da etwa was zwischen den beiden an? Aber nichts, rein gar nichts von Daniel.

Schließlich gab Erin die fruchtlosen Versuche auf und bemühte sich, wieder dem Unterricht zu folgen. Immerhin hatte der Morgen ihr zwei Erkenntnisse gebracht. Erstens, ihr Anhänger verlieh ihr tatsächlich besondere Kräfte. Und zweitens, allein der Gedanke, sie könnte hinter Daniels undurchdringliche Stirn blicken, schien ihn mächtig zu stören. Es gab also etwas, von dem er nicht wollte, dass sie es erfuhr.


Die Ampel sprang auf Grün und Erin machte einen Schritt auf die Straße. Sie hatte beschlossen, eine Freistunde und das schöne Wetter zu einem gemütlichen Bummel durch die Innenstadt zu nutzen.

Plötzlich durchzuckte sie Eiseskälte wie ein Blitz. *Gefahr!*, hallte es in ihrem Kopf.

Erin erstarrte und schaute sich hektisch um. Und da sah sie es! Ein LKW hatte anscheinend die Kontrolle verloren und raste, die rote Ampel ignorierend, direkt auf sie zu. Wie in Zeitlupe sah sie das Ungetüm auf sich zurollen. Ein entfernter Teil ihres Gehirns hatte noch genügend Zeit, sich über die Geschwindigkeit des Fahrzeugs zu wundern – hier waren doch maximal dreißig Stundenkilometer erlaubt! Vermutlich hatte sie auch genug Zeit, um auszuweichen, sich in Sicherheit zu bringen, aber sie war plötzlich wie erstarrt. Sie hatte immer den Kopf darüber geschüttelt, wenn sich Menschen im Film vor Schreck nicht rühren konnten. Und nun war sie selbst vor Angst wie gelähmt.

Der LKW war nur noch wenige Meter entfernt und doch konnte sie nichts weiter tun, als sein Näherkommen mit wild klopfendem Herzen zu beobachten.

Plötzlich rammte sie etwas fest von der Seite und riss sie durch den Schwung einfach mit. Sie spürte Hände um ihre Taille, während sie immer weiter geschleift wurde. Sie blickte auf und sah direkt in Daniels wutverzerrtes Gesicht.

Er sagte nichts, sondern zog sie noch ein wenig weiter, bis er, an einen kleinen Kiosk gelehnt, keuchend stehen blieb. Als er seine Hände von Erins Taille nahm, knickten ihre Beine weg und sie rutschte kraftlos zu Boden.

Allmählich löste sich ihre Erstarrung und sie fing an, unkontrolliert zu zittern. Sie hätte vorhin sterben können. Tatsächlich sterben. »Du hast mir das Leben gerettet«, flüsterte sie fassungslos.

»Ja, dafür bin ich wohl gut genug«, brummte er unwirsch und zog sie am Arm. »Wir müssen weg von hier«, sagte er ungeduldig, als sie verständnislos zu ihm aufsah.

Erst jetzt fing Erin an, ihre Umgebung bewusst wahrzunehmen, und sie spähte an Daniel vorbei, um einen Blick auf den Lastwagen zu erhaschen, der mittlerweile einen Baum oder ein Haus gerammt haben musste. Doch es war keine Spur von ihm zu sehen. »Wo ist der LKW?«, fragte sie verwirrt.

Daniel sah sie überrascht an. »Längst über alle Berge«, erklärte er dann mit sichtlicher Beherrschung das Offensichtliche.

»Aber der Fahrer hatte doch die Kontrolle verloren …«, stotterte Erin lahm und Daniel sah sie mitleidig an. »Bist du wirklich so dumm oder tust du nur so?«, fragte er zynisch.

Sie riss erschrocken ihre Augen auf, doch sie kam nicht mehr zu einer Antwort.

Der Kioskbesitzer stürmte nun auf sie zu. »Ist alles in Ordnung? Bist du verletzt? Brauchst du einen Krankenwagen? Soll ich die Polizei rufen?«, fragte er besorgt.

»Alles gut«, beruhigte Daniel den Mann. »Sie ist noch einmal mit einem Schrecken davongekommen. Und es ist ja nicht wirklich was passiert. Ich bringe sie jetzt nach Hause, dann wird es schon gehen.«

»Wenn du meinst. Geht es dir wirklich gut?« Eindringlich sah der Mann Erin an.

Sie nickte schwach. »Also dann«, wandte er sich schließlich ab.

Daniel warf einen Blick auf Erins noch immer blutleeres Gesicht. »Warten Sie«, hielt er den Mann dann zurück. »Haben Sie in Ihrem Kiosk auch Cola? Ich glaube, sie könnte jetzt gut eine vertragen.«

Der Verkäufer nickte und verschwand in dem kleinen Häuschen. Wenige Augenblicke später kam er mit zwei bereits geöffneten Flaschen in der Hand wieder heraus. »Das geht auf mich«, sagte er und reichte Daniel die Getränke.

»Danke.« Er nickte dem Mann zu und streckte Erin seine Hand hin, um ihr beim Aufstehen zu helfen. »Und jetzt komm. Mein Auto steht nicht weit von hier.«

Erin ließ sich gehorsam hochziehen. Und nahm auch ohne Widerrede die Flasche entgegen, die Daniel ihr in die Hand drückte. In ihrem Kopf hämmerte nur der eine Gedanke: Ich hätte tot sein können. Ich hätte jetzt tot sein können.

Automatisch nahm sie einen Schluck aus der Flasche und spürte, wie die kühle Flüssigkeit durch ihren Hals rann. Nach ein paar weiteren Schlucken kehrten ihre Lebensgeister allmählich wieder.

»Danke«, sagte sie schließlich zu Daniel, der schweigend neben ihr ging. »Ein Glück, dass du in der Nähe warst.«

»So könnte man es wohl auch ausdrücken«, murmelte er leise.

»Und was für ein Glück, dass der Fahrer noch die

Kurve gekriegt hat. Nicht auszumalen, was gewesen wäre, wenn er in ein Haus gekracht wäre«, sagte Erin schaudernd.

Abrupt blieb Daniel stehen und riss sie an ihrem Arm herum, sodass sie ebenfalls stehen bleiben musste. Ärgerlich wischte sie sich die Colatropfen, die dabei aus der Flasche geschwappt waren, von ihrer Jeans. Doch Daniel kümmerte sich nicht darum.

»Hast du es denn immer noch nicht begriffen?«, fuhr er sie an und Erin zuckte zusammen. »Es war kein Unfall. Der Mann hatte es auf dich abgesehen! Du-hättest-jetzt-tot-sein-sollen!« Er schrie es ihr beinahe ins Gesicht. Dann ließ er sie los und wandte sich kopfschüttelnd ab.

Erin spürte, wie ihr Tränen in die Augen schossen. Das war einfach zu viel für sie. Und es war definitiv nicht fair. *Er* war nicht fair! Sie schluchzte laut auf und Daniel drehte sich wieder zu ihr um.

»Jetzt komm«, sagte er genervt, aber immerhin ein wenig leiser. »Wir sind fast da.«

Sie ließ sich wieder von ihm mitziehen, weil sie einfach nicht wusste, was sie sonst hätte tun sollen. Sie konnte nichts denken und nichts fühlen, sondern nur darauf warten, dass das Zittern in ihrem Körper endlich aufhörte und ihr Kopf wieder klar wurde. Dann würde alles wieder gut sein. Wenn sie es nur schaffte, so lange durchzuhalten.

Sie bekam es kaum mit, als sie schließlich vor einem Auto stehen blieben und Daniel sie für seine Verhältnisse relativ sanft auf den Beifahrersitz drückte.

Dann nahm er ihr die leere Colaflasche ab und ersetzte sie durch die volle.

Während sich das Auto durch die engen Straßen der kleinen Innenstadt schlängelte, starrte Erin teilnahmslos aus dem Fenster. Doch dann zuckte sie plötzlich zusammen. »Hier geht es nicht zu mir nach Hause«, sagte sie alarmiert.

»Ich weiß«, erwiderte er ungerührt.

»Aber du sagtest, du würdest mich nach Hause bringen.« Erin spürte eine neue Panikattacke in sich aufsteigen. Die Tatsache, dass sie Daniels Absichten noch immer nicht spüren konnte, trug auch nicht gerade zu ihrer Beruhigung bei. Ebenso wenig wie seine Antwort.

»Ich habe gelogen«, sagte er schlicht. »Du hättest von mir doch eh nichts Anderes erwartet, oder?«

»Und wohin bringst du mich jetzt?«, fragte sie, wobei es ihr nicht gelang, das klägliche Zittern in ihrer Stimme zu unterdrücken.

»In unser Hauptquartier. Für mich allein wird die Sache allmählich zu groß. Ich weiß nicht, ob ich dich beim nächsten Mal vor deiner eigenen Dummheit werde beschützen können.«

Empört schnappte Erin nach Luft. Es war wohl kaum ihre Schuld, dass sie erst beinahe überfahren und dann auch noch entführt worden war. »Und was hätte ich deiner Ansicht nach tun sollen?«, fragte sie giftig. Ihre Wut hatte zumindest einen Teil ihrer Angst vertrieben.

»Das erfährst du, wenn wir da sind«, erwiderte er und hüllte sich für den Rest der Fahrt in tiefes Schweigen.

# Kapitel 4

Daniel lenkte das Auto auf eine verlassene Landstraße, die zu einem alten, restaurierten Gutshof führte. Das Gebäude wirkte trotz der strahlenden Sonne irgendwie düster und das gut zwei Meter große, schmiedeeiserne Tor, das die Einfahrt blockierte, war auch nicht gerade einladend.

Das ist also das Hauptquartier der ach so wichtigen und ach so geheimen *Bruderschaft des Lichts*, dachte Erin sarkastisch. Sie vermied es jedoch wohlweislich, diesen Gedanken laut auszusprechen. Daniels Laune schien sich während der Fahrt nicht sonderlich gebessert zu haben.

Er hielt vor dem verschlossenen Tor und ließ das Fahrerfenster herunter. Erin rechnete halb damit, dass er eine Zutrittskarte oder einen Schlüssel herausholte, doch stattdessen beugte er sich selbst hinaus und starrte in ein kleines Kästchen. Sie sah einen kurzen Lichtschimmer, als sein Auge gescannt wurde, dann glitt das Tor mit einem leisen Quietschen auf und Daniel fuhr den Wagen auf den Hof.

Er machte sich nicht die Mühe, das Auto, einen alten VW Golf, wie Erin beim Aussteigen bemerkte, in eine Garage zu fahren. Stattdessen ließ er es einfach mitten auf dem gepflasterten Hof stehen und bedeutete ihr, ihm zu folgen.

»Was, keine Augenbinde?«, versuchte sie die Stimmung ein wenig aufzulockern. Es wäre schön gewesen, ihn auf ihrer Seite, oder zumindest nicht ganz so feindselig, zu wissen, wenn sie der geheimen und vermutlich gefährlichen *Bruderschaft* gegenübertrat.

Daniel warf ihr einen Blick zu, den sie nicht zu deuten wusste.

»Wohnst du hier?«, wagte Erin noch einen Versuch.

»Ja«, sagte er knapp. »So ist es sicherer.« Anscheinend teilte er nicht ihr Bedürfnis nach einer Unterhaltung.

Erin zuckte resigniert mit den Schultern und folgte ihm in das Haupthaus. Sie war sich nicht sicher, was sie nach dem verschlossenen Tor und dem Augenscan erwartet hatte, aber bestimmt nicht, dass die Haustür einfach aufschwang, sobald sie näher traten. Doch dann entdeckte sie die Überwachungskamera, die direkt auf sie gerichtet war. Vermutlich gab es irgendwo in dem großen Gebäude ein ganzes Sicherheitsbüro, das per Knopfdruck alle Türen steuerte.

Erin erschauderte. Normalerweise kannte sie so etwas nur aus Filmen, die meist in wilden Kämpfen und Blutvergießen endeten. Wo war sie nur hineingeraten? Instinktiv klammerte sie sich an Daniels Arm und ignorierte seinen überraschten Blick. Auch wenn sie ihm nicht wirklich vertraute und er sie gegen ihren Willen hierher gebracht hatte, war er doch der Einzige, den sie hier kannte.

Er führte sie in eine große Eingangshalle und Erin entspannte sich ein wenig. Vermutlich war auch dieser

Raum vollgepackt mit Überwachungskameras und verborgenen Fallen, aber immerhin *wirkte* er relativ normal. Ein wenig protzig vielleicht, aber nicht wirklich außergewöhnlich.

Der Boden war schwarzweiß gefliest, die Decke hell und sehr hoch und gegenüber der Eingangstür wand sich eine breite dunkelpolierte Holztreppe nach oben.

Eine Frau in eleganten Pumps, einem engen knielangen Rock, passender Bluse und kurzen, dunklen Haaren kam gerade die Treppe hinunter.

»Erin! Wie schön, dich zu sehen!«, rief sie aus. »Endlich hast du sie mal mitgebracht, Daniel.«

»Mutter«, sagte er beherrscht und gab ihr einen Kuss auf die dargebotene Wange.

Dann wandte die Frau ihre volle Aufmerksamkeit Erin zu. »Ich freue mich wirklich, dich endlich persönlich kennenzulernen«, sagte sie und streckte beide Hände nach dem Mädchen aus.

Etwas steif hielt Erin ihr ihre Hand entgegen. Sie wollte gewiss nicht von einer Wildfremden geküsst oder umarmt werden.

Daniels Mutter schien sich daran nicht zu stören und drückte herzlich Erins Hand. Dann verdunkelte sich ihr Blick ein wenig. »Was ist los?«, fragte sie besorgt. »Du siehst mitgenommen aus, Kind.«

»Es gab einen Anschlag«, sagte Daniel düster, bevor Erin etwas erwidern konnte.

»Oh nein, wie furchtbar!« Seine Mutter schlug sich die Hand vor den Mund. »Ist dir etwas passiert?«, wandte sie sich erneut an Erin.

»Nein, und mir auch nicht«, ergriff wiederum Daniel das Wort.

Seine Mutter warf ihm einen strengen Blick zu und Erin blickte neugierig zwischen den beiden hin und her. Offensichtlich war hier nicht alles Friede, Freude, Eierkuchen.

»Ihr müsst mir alles erzählen«, sagte Daniels Mutter in einem ziemlich befehlsgewohnten Ton. »Am besten, ich hole Erhard gleich dazu.« Sie hob ihr Handgelenk, auf dem anscheinend eine Art Minigegensprechanlage befestigt war, und sprach schnell hinein. Dabei verrutschte der Ausschnitt ihrer Bluse ein wenig und Erin starrte fasziniert auf den Anhänger, der darunter zum Vorschein gekommen war. Er sah genauso aus wie der ihre, mit dem einen Unterschied, dass die Steine auf diesem Anhänger dunkelblau waren.

»Ja, das ist das zweite Amulett«, sagte Daniel, der ihren Blick bemerkt hatte.

Bevor Erin noch eine Frage stellen konnte, hatte seine Mutter ihr kurzes Gespräch beendet. »Erhard erwartet uns im grünen Salon«, sagte sie und wandte sich zum Gehen.

»Warten Sie bitte, Frau Hall!«, hielt Erin sie zurück. »Darf ich wohl mal Ihre Toilette benutzen?«

»Aber sicher. Daniel führt dich gleich hin. Und du kannst mich ruhig Melissa nennen.«

»Danke.« Erin lächelte leicht und folgte Daniel, der sie durch einen kleinen Seitenflur zu der Gästetoilette begleitete.

Nachdem sie die Tür abgeschlossen hatte, drehte Erin den Wasserhahn auf und holte ihr Handy aus der Tasche. Sie würde sich deutlich besser fühlen, wenn Lisa und Mia wüssten, wo sie sich befand. Nur so, für alle Fälle. Doch als sie die Tastensperre ihres Handys löste, stand da nur *Eingeschränkter Dienst*. Sie hatte keinen Empfang! Als wäre sie in einem Kellerloch gelandet. Hektisch fuchtelte Erin mit ihrem Handy in der Luft herum. Vergeblich. Verzweifelt stieg sie sogar auf die Badewanne und öffnete das kleine – vergitterte – Fenster. Doch auch da hatte sie keinen Erfolg. Schließlich gab sie es auf, drehte den Wasserhahn zu und öffnete die Tür.

Daniel hatte mit verschränkten Armen an der Wand gelehnt auf sie gewartet und warf ihr einen halb belustigten, halb mitleidigen Blick zu. »Das Haus ist abgeschirmt. Hier gibt es keinen Handy-Empfang«, kommentierte er trocken.

Erin spürte, wie sie rot wurde. »Woher wusstest du das?«

»Kein Mensch wäscht sich so lange die Hände.« Sein Blick wurde hart. »Wenn es keinen Empfang gibt, kannst du mir dein Handy auch direkt abgeben«, sagte er.

Erin schluckte und schüttelte entschieden den Kopf. »Wenn es eh keinen Empfang gibt, kann ich es ja wohl auch behalten.«

Er zuckte mit den Schultern. »Wie du meinst. Und jetzt komm, Mutter wartet.«

Ein ganz ungutes Gefühl machte sich in Erin breit.

Sie saß in der Falle und niemand hatte auch nur die leiseste Ahnung, wo sie war.

Als sie beide den Salon betraten, warteten Melissa und ein Mann mit militärisch kurzem Haarschnitt und entschlossenen Gesichtszügen bereits auf sie. Obwohl sie niemand einander vorstellte, ging Erin einfach davon aus, dass es sich um den erwähnten Erhard handelte, der wohl so etwas wie der Sicherheitchef des Anwesens war.

Während Daniel den beiden ausführlich von dem Beinahe-Unfall berichtete, dem Erin nur knapp entkommen war, versuchte das Mädchen, die Anwesenden zu lesen. Bei Erhard war das einfach genug. Sie spürte ganz deutlich seine Ergebenheit gegenüber Melissa und eine Art besorgte Neugier ihr selbst gegenüber. Zumindest im Augenblick ging von ihm wohl keine Gefahr für sie aus und er hatte ganz bestimmt keine verborgenen Absichten. Dies beruhigte Erin zutiefst. Zum einen, weil sie noch immer nicht einschätzen konnte, ob Daniel und vor allem seine Mutter, die der Kopf des Ganzen zu sein schien, ihr wirklich wohlgesonnen waren. Und zum anderen, weil Melissa und ihr Sohn für sie wie blinde Flecke waren. Hätte sie die Augen geschlossen und sich nur auf die Empfindungen verlassen, die ihr Amulett ihr eingab, sie hätte nicht gewusst, dass die beiden sich überhaupt im Raum befanden. Die Tatsache, dass sie den Sicherheitchef problemlos spüren konnte, zeigte ihr jedoch, dass es nicht an ihr oder ihren Fähigkeiten lag, sondern an den beiden. Sie hatten irgendeine Möglichkeit gefunden, sich vor ihr abzuschirmen. Sie musste nur noch herausfinden, wie und vor allem warum.

»Erin bleibt heute Nacht am besten hier«, riss Melissas Stimme sie aus ihren Gedanken. Anscheinend hatte Daniel seinen Bericht beendet.

»Das kommt nicht infrage!«, rief Erin protestierend aus und sah sie empört an. Wie konnte diese Frau es wagen, einfach so über sie zu bestimmen!

Melissa hob überrascht die Augenbrauen. Anscheinend war sie keinen Widerspruch gewöhnt.

Erin spürte Panik in sich aufsteigen, als ihr aufging, dass Daniels Mutter im Augenblick tatsächlich voll über sie bestimmen konnte. Sie war ihnen hilflos ausgeliefert.

»Meine Schwester und Mia werden sich Sorgen um mich machen, wenn ich nicht nach Hause komme«, sagte sie so fest wie möglich. »Mia dreht bestimmt auch so schon durch, weil ich nach der Freistunde nicht mehr in der Schule aufgetaucht bin.«

Daniel runzelte die Stirn. »Am besten, du rufst Lisa an und sagst ihr, dass du heute bei Mia übernachtest«, sagte er schließlich.

Erin starrte ihn fassungslos an. Kapierte er denn nicht, dass sie gar nicht bei ihnen bleiben wollte? Er tat ja so, als würden sie sie nicht gegen ihren Willen hier festhalten. Als wäre Erins Alibi für diesen Tag das einzige Problem, das es zu lösen galt.

»Ja, das wird das Beste sein«, stimmte Melissa ihm nachdenklich zu. »Es wäre nicht gut, wenn die Schwester die Polizei informiert.«

Erin ballte die Fäuste und reckte ihr Kinn trotzig in die Höhe. »Dann lassen Sie mich einfach nach Hause gehen. Sofort!«, setzte sie hinzu. Eigentlich hatte sie es fest und entschieden sagen wollen, doch ihre Stimme überschlug sich vor Angst.

Plötzlich wandelte sich der Gesichtsausdruck von Daniels Mutter. Besorgt und mitfühlend sah sie das Mädchen an. »Du musst doch keine Angst vor uns haben«, sagte sie sanft. »Ich verstehe, dass du heute sehr viel durchgemacht hast. Aber alles, was wir wollen, ist, dich zu beschützen. Verstehst du? Und das können wir am besten, wenn du hierbleibst. Zumindest so lange, bis wir einen Plan haben, wie wir deine Sicherheit auch außerhalb dieser Mauern garantieren können.«

Erin dachte fieberhaft nach. Sie kaufte der Frau die plötzliche Freundlichkeit nicht wirklich ab. Andererseits hatte Daniel ihr gesagt, dass sie wichtig für den Geheimbund wäre. Sie wollten sie und ihr Amulett. Und sie glaubte auch daran, dass sie ihr nichts antun würden, um es zu bekommen. Zumindest so lange nicht, wie sie hofften, sie auf ihre Seite ziehen zu können.

Und sie durfte nicht vergessen, dass sie heute tatsächlich nur mit viel Glück dem Tod entkommen war. Und dass es Daniel war, der sie gerettet hatte. Wie auch immer seine Beweggründe sein mochten, es war das Ergebnis, das hier zählte.

Sie nickte zögerlich. »Ja, vermutlich wäre ich heute hier wirklich am sichersten«, sagte sie leise.

Alle drei atmeten erleichtert auf.

»Ich werde ein Zimmer für dich herrichten lassen«, sagte Melissa erfreut.

»Eins noch«, hielt Erin sie schnell zurück. »Ich will ein Zimmer ohne Kameras«, verlangte sie.

»Natürlich«, erwiderte Melissa erstaunt. »Du bist unser Gast. Du glaubst doch nicht, dass wir dich überwachen würden?«

»Du hast mein Wort«, setzte Daniel hinzu, als Erin noch unsicher verharrte.

»Ich will aber nicht dein Wort«, sagte sie langsam. Dann drehte sie sich abrupt um und fixierte Erhard mit ihren Augen. »Sondern seins.«

»In deinem Zimmer wird es keine Überwachungsgeräte geben.« Ruhig erwiderte der Sicherheitschef ihren Blick.

Erin nickte erleichtert. Aus dem Augenwinkel meinte sie einen anerkennenden Ausdruck über Melissas Züge huschen zu sehen.

»Du solltest deine Schwester am besten mit deinem Handy anrufen«, sagte Daniel plötzlich. »Sonst wird sie sich wundern.«

»Ich dachte, hier gibt es keinen Empfang«, bemerkte Erin misstrauisch.

»Doch. Wenn man den richtigen Zugangscode hat«, erwiderte er kühl. »Wenn du mir dein Handy gibst, werde ich es für den Anruf freischalten.«

Es behagte Erin nicht, diese einzige Verbindung mit der Außenwelt aus der Hand zu geben. Aber schließlich reichte sie es ihm widerstrebend.

Schnell gab er irgendeine Tastenkombination ein.

»Du weißt, was du sagen sollst?«, vergewisserte er sich, während er ihr das Handy zurückgab.

»Ja«, entgegnete sie genervt. »Ich übernachte heute bei Mia. So schwierig zu merken ist dieser eine Satz nicht.« Erin drückte die Kurzwahltaste und hoffte, dass Lisa selbst ans Telefon ging. Doch es meldete sich nur die Mailbox. Also sprach sie gehorsam die Nachricht darauf. Und setzte sicherheitshalber noch ein »Bis morgen« hinzu.

Dann nahm Daniel ihr das Handy auch schon aus der Hand und schaltete es wieder aus. »Jetzt müssen wir uns nur noch um deine Freundin kümmern.« Er holte sein eigenes Smartphone hervor und suchte Mias Nummer heraus. Erin fragte nicht, woher er diese hatte. Mia war nicht gerade zurückhaltend, was die Herausgabe ihrer Nummer an *süße Typen* anging. Nach kurzem Klingeln ging sie ran.

»Hallo Mia, hier ist Daniel«, sagte er und schaltete den Lautsprecher ein.

»Daniel?« Sie klang überrascht, doch sie fasste sich schnell. »Weißt du vielleicht, wo Erin steckt?«, fügte sie besorgt hinzu. »Sie ist nicht mehr in der Schule aufgetaucht.«

»Ja«, sagte er und es klang, als würde er schuldbewusst herumdrucksen. Erin konnte nicht umhin, sein schauspielerisches Talent zu bewundern. »Deswegen rufe ich ja an. Erin ist bei mir, mach dir also keine Sorgen.«

»Bei dir?«, fragte Mia misstrauisch nach. »Was sollte sie bei *dir* wollen?«

»Ich habe sie überredet, mir noch eine zweite Chance zu geben. Wir müssen uns mal in Ruhe aussprechen.«

»Aha.« Sie klang nicht überzeugt.

»Und wir haben ihrer Schwester gesagt, dass sie heute Nacht bei dir bleibt. Falls Lisa sich also bei dir meldet, könntest du uns bitte decken?«

»Soll Erin etwa die ganze Nacht bei dir bleiben?« Nun klang Mia tatsächlich so, als würde sie ihm kein Wort glauben. »Ich will selbst mit Erin sprechen«, verlangte sie dann.

Zufrieden riss Erin Daniel das Handy aus der Hand. »Ich bin hier, Mia«, sagte sie.

»Erin? Es stimmt also tatsächlich? Du hast dich von ihm noch einmal bequatschen lassen?«, fragte Mia fassungslos und zugleich ein wenig aufgeregt.

»Noch nicht«, dämpfte Erin ihren Enthusiasmus. »Aber ich bin bereit, mit ihm zu reden. Und da er etwas außerhalb wohnt, will ich heute Abend nicht mehr nach Hause fahren.«

»Erin«, setzte Mia warnend an.

»Keine Angst. Sie haben ein Gästezimmer für mich. Und seine Mutter ist auch hier«, beruhigte sie ihre Freundin schnell. Für jemanden, der seine Unschuld bereits vor über zwei Jahren verloren hatte, wachte Mia erstaunlich streng über Erins Tugend.

»Na, dann ist es wohl in Ordnung«, sagte ihre Freundin schließlich. »Aber mach es ihm ja nicht zu leicht. Und dann will ich alles hören, versprochen?«

»Ist gut. Bis morgen.« Erin spürte, wie ihre Ohren

rot wurden bei dem Gedanken, dass Daniel und seine Mutter diese Unterhaltung mithörten, auch wenn sie im Grunde frei erfunden war.

»Ja, bis dann.« Mia legte auf und Erin reichte das Telefon an Daniel zurück.

»Gut, da das geklärt ist, kann Daniel dich jetzt ins Gästezimmer bringen«, sagte Melissa und warf ihrem Sohn einen auffordernden Blick zu.

Aus irgendeinem Grund schien seine Laune noch schlechter geworden zu sein und er sprach kein Wort, während er sie düster durch die Flure lotste. Erin wurde einfach nicht schlau aus ihm. Eigentlich hatte er doch alles erreicht, was er wollte. Wenn einer einen Grund zum Schmollen hatte, dann doch wohl sie.

Endlich blieben sie vor einer dunklen Holztür stehen. »Hier ist dein Zimmer«, brummte er. »In einer Stunde gibt es Essen.« Damit ließ er sie stehen, drehte sich um und ging davon.

Erin verharrte einen Moment lang unschlüssig, dann öffnete sie entschieden die Tür und trat ein. Drinnen lehnte sie sich gegen die geschlossene Tür und atmete tief durch. Jetzt, da ihr Adrenalinspiegel allmählich sank, fing sie wieder an zu zittern. Am liebsten hätte sie sich einfach auf das Bett geworfen und hemmungslos geheult. Doch bevor sie sich ihrer Schwäche überließ, stellte sie erleichtert fest, dass man die Tür von innen verriegeln konnte. Nachdem sie so zumindest eine kleine Barriere zwischen sich selbst und allen möglichen Gefahren, die auf sie lauern mochten, geschaffen hatte, nahm Erin ihr kleines

Reich in Augenschein. Das Zimmer war unerwartet hell und in einem freundlichen Grünton gehalten. Neben einem Bett vervollständigten ein Kleiderschrank, ein Spiegel und ein Schreibtisch samt Drehstuhl die Einrichtung. An der Wand hingen ein paar Bilder von irgendwelchen Künstlern, die Erin nicht kannte. Und in einer Nische entdeckte sie erfreut noch eine weitere schmale Tür, die in ein kleines Bad führte. Sie ging hinein und spritzte sich kaltes Wasser ins Gesicht, um ihre Lebensgeister zu wecken. Weil sie anschließend nichts weiter zu tun hatte, warf sie sich bäuchlings auf das Bett und schloss die Augen.

Auf einmal spürte sie eine angenehme Wärme auf ihrer Brust und sie wusste, dass es ihr Amulett war, das sich plötzlich meldete. Wenige Augenblicke später hörte sie leise Schritte, die an ihrer Tür vorbeigingen. Sobald sich die Schritte entfernt hatten, kühlte auch das Amulett wieder ab. Fasziniert schloss Erin ihre Hand um den magischen Anhänger. Konnte er etwa die Nähe der anderen Menschen spüren? Oder wollte er ihr noch etwas Anderes mitteilen?

Sie beschloss, sich die Zeit bis zum Essen mit ein paar Experimenten zu vertreiben. Sie nahm das Amulett fest in die Hand und versuchte, ihren Geist zu öffnen. Und tatsächlich konnte sie nach einigen Versuchen etwas spüren. Es war nichts Konkretes und bestimmt nicht so klar, dass sie es hätte in Worte fassen können. Es war eher so, als würde sie leise Echos von den Gefühlen der Menschen innerhalb des Anwesens empfangen. Das Mädchen lächelte. Mit ein wenig mehr Übung würde sie bestimmt auch aus einiger Entfernung die Gefühle und Absichten der Menschen wahrnehmen können. In ihrer jetzigen Situation wäre das eine wirklich hilfreiche Fähigkeit.

Ihr Magen knurrte plötzlich und erschrocken sah Erin auf ihre Uhr. Die Stunde, von der Daniel gesprochen hatte, war schon fast abgelaufen. Unsicher setzte sie sich auf. Würde sie jetzt jemand abholen oder erwartete man, dass sie selbst den Weg fand?

Als fünf Minuten später noch immer niemand aufgetaucht war, beschloss sie, sich allein auf die Suche nach dem Esszimmer zu machen. Vorsichtig öffnete sie ihre Tür und spähte hinaus. Der Korridor lag leer und verlassen vor ihr und sie beschloss, einfach so zurückzugehen, wie sie gekommen war. Bald erreichte sie einen kleinen Zwischenflur, aus dem drei Türen hinausführten. Leider hatte sie auf dem Hinweg mehr über Daniels Laune gegrübelt, als auf den Weg geachtet, und so wusste sie auf einmal nicht, welche Tür sie nehmen sollte. Erin sah sich unschlüssig um. Natürlich wirkte das Haus nun wie ausgestorben, obwohl hier bestimmt irgendwo mindestens zehn Leute herumlaufen mussten.

Sie überlegte schon, ob sie nicht eine Überwachungskamera suchen und um Hilfe winken sollte, als sie plötzlich aufgebrachte Stimmen hörte. Rasch blickte sie sich um. Da sie wirklich keine Kamera entdecken konnte, beschloss sie, es einfach zu riskieren. Leise näherte sie sich der Tür, durch die die Stimmen kamen, und spähte durchs Schlüsselloch. Dahinter lag der grüne Salon, in dem sich anscheinend gerade Daniel und seine Mutter heftig stritten. Neugierig presste Erin ihr Ohr an die Tür.

»Das kannst du vergessen, Mutter!«, drang Daniels aufgebrachte Stimme dumpf zu ihr durch. »Es reicht dir wohl nicht, dass ich mein Studium abbrechen musste, nur um den Babysitter für dieses kleine dumme Mädchen zu spielen! Habe ich denn gar kein Anrecht mehr auf ein eigenes Leben?«

»Dein Leben gehört der *Bruderschaft*, genau wie meins«, erwiderte sie scharf. »Das hast du bei der Macht des Sterns geschworen.«

»Ja, weil mir keine Wahl blieb«, stieß er bitter hervor.

»Und außerdem mag das Mädchen jung sein, aber dumm ist sie nicht!«, sagte sie, ohne auf die Äußerung ihres Sohnes einzugehen. Dann änderte sich ihr Ton, wurde sanfter, schmeichelnder. »Das Mädchen ist wichtig, Daniel. Das weißt du selbst. Mit ihr hätten wir endlich eine reelle Chance, den Stern der Macht zusammenzusetzen. Und sie ist in großer Gefahr. Es war höchste Zeit, dass du sie zu uns gebracht hast.«

»Meinst du, ich hätte es vorher nicht versucht?«, fragte er verärgert. »Wenn heute der Beinahe-Unfall nicht gewesen wäre, wäre sie niemals mit mir mitgekommen.« Er stockte kurz. »Dieser Zwischenfall kam uns allen sehr gelegen, nicht wahr?«, fragte er mit einem merkwürdigen Unterton in der Stimme.

»Was willst du damit sagen?«

»Nichts. Nur, dass sie ansonsten noch immer nicht mit mir sprechen würde.«

»Ja. Wir hatten eben Glück, dass du zur rechten Zeit am rechten Ort warst.«

»Pah!« Daniel schnaubte empört. »Mit Glück hat das Ganze nichts zu tun. Das weißt du genau. Immerhin hast du mich selbst darauf angesetzt, sie nicht aus den Augen zu lassen, ob es mir gefällt oder nicht!«

»Daniel«, ihre Stimme klang wieder beschwörend. »Ich tue das doch nicht für mich. Eines Tages wirst du die *Bruderschaft* leiten, so wie ich es jetzt tue. Du wirst die *Hand* tragen und ihre Macht zum Wohl der Menschheit einsetzen. Und jetzt stell dir vor, wie es wäre, wenn du nicht nur die *Hand*, sondern die komplette Macht des Sterns zur Verfügung hättest. Und was das Mädchen angeht, wir wollen doch beide nicht, dass ihr etwas geschieht, oder? Sie braucht unseren Schutz, Daniel.«

»Und wie genau stellst du es dir vor?« Er klang plötzlich müde und resigniert.

»Sie darf keinen Augenblick allein sein, denn ohne Zeugen ist die Gefahr am größten.«

»Und wie soll ich das deiner Ansicht nach anstellen?«

»Am einfachsten wäre es, wenn alle euch für ein Pärchen halten.«

Daniel schnaubte erneut. »Darauf wird sie sich nie einlassen. Sie kann mich nicht ausstehen. Und sie vertraut mir ja nicht einmal. Du hast selbst gesehen, wie sie meinem Wort nicht glauben wollte, dafür aber Erhards, obwohl sie ihn gar nicht kennt!«

Überraschenderweise lachte Melissa laut auf. »Das hat dich getroffen, was?«

»Was ist daran so lustig?«, brauste er auf.

»Dass du es nicht siehst. Es ist nicht so, dass sie dir besonders misstraut. Sie traut keinem von uns. Aber die Kleine ist nicht so dumm, wie du anscheinend glaubst. Ich denke, sie hat die Macht des *Herzens* bereits recht gut im Griff. Und sie hat schnell gemerkt, dass sie uns nicht lesen kann, Erhard hingegen schon. Wenn er sie angelogen hätte, hätte sie es gemerkt. Bei dir hat sie jedoch keine Chance. Nimm es also bitte nicht persönlich.«

»Dennoch, sie wird auf das Spiel nicht eingehen«, beharrte er.

Melissa seufzte genervt. »Dann mach es eben real für sie.«

»Wie meinst du das?«

»Du bist ein sehr gut aussehender Mann, sie ein junges, unerfahrenes Mädchen. Ich bin sicher, dir wird schon etwas einfallen, um sie zu überzeugen.«

»Wenn sie das herausfindet, wird sie uns den Rücken zukehren«, warnte Daniel. »Das könnte fatale Folgen für uns haben.«

»Nicht, wenn sie uns vorher den Eid leistet«, tat seine Mutter seinen Einwand ab. »Es ist schon spät«, fiel es ihr plötzlich auf. »Sie wird bestimmt bereits im Speisesaal auf uns warten. Du hast doch jemanden gebeten, sie dorthin zu führen, oder?«

»Ich denke, ich sehe lieber selbst nach ihr«, erwiderte Daniel ironisch. »Immerhin habe ich eine Rolle zu spielen.«

Erin blieb noch gerade genügend Zeit, um die Ecke

zu sprinten, als er die Tür auch schon öffnete. Während sie eilig zu ihrem Zimmer zurücklief, überlegte sie fieberhaft, wie sie sich nun verhalten sollte.

Kaum hatte sie sich auf ihr Bett geworfen, klopfte es auch schon an ihrer Tür.

Erin atmete ein paarmal tief durch, um ihren wilden Herzschlag zu beruhigen, dann ging sie langsam zur Tür. Sie durften niemals erfahren, dass sie sie belauscht hatte. Sie kannte nun ihre Pläne, zumindest einen kleinen Teil davon, und das musste ihr doch irgendeinen Vorteil verschaffen.

Das Mädchen öffnete die Tür und sah Daniel mürrisch an. »Wurde auch Zeit«, brummte sie. »Ich dachte schon, ihr wolltet mich verhungern lassen.«

»Tut mir leid.« Er lächelte leicht. »Aber ich verspreche dir, unser Koch wird dich für die Verzögerung mehr als entschädigen.«

Daniel hatte nicht übertrieben. Das Essen war wirklich ausgezeichnet. Als Vorspeise gab es ein edles Steinpilzrisotto und anschließend gebratene Hähnchenbrust mit leckerem Gemüse. Erin, die den ganzen Tag über kaum etwas gegessen hatte, stürzte sich mit gesundem Appetit darauf. Allein wegen des Essens könnte es sich doch lohnen, noch ein paar Tage länger zu bleiben.

Aber leider ließ Melissa sie die Mahlzeit nicht in Ruhe genießen. Schon sehr bald kam sie auf den Kern ihres Anliegens zu sprechen.

»Wir haben noch einmal ausführlich über den heutigen Vorfall gesprochen«, sagte sie, wobei sie sich um einen einfühlsamen Tonfall bemühte. »Und obwohl ich dir wirklich keine Angst einjagen möchte, ist es äußerst wichtig, dass du den Ernst der Lage verstehst. Du hast heute sehr großes Glück gehabt, Erin. Verzeih mir, wenn ich das so offen sagen muss, aber der LKW hat dich töten sollen.«

Erin nickte schweigend und konzentrierte sich weiter auf ihr Essen. Entweder das oder mir genug Angst einjagen, damit ich mit Daniel mitgehe, dachte sie grimmig.

Melissa schien das als Zeichen ihrer Zustimmung zu werten, denn sie fuhr fort. »Deine Sicherheit hat für uns daher die höchste Priorität. Wir werden nicht zulassen, dass dir etwas geschieht.«

Erin bemühte sich um ein dankbares Lächeln.

»Das Wichtigste ist, dass du niemals allein bist«, fuhr Melissa eindringlich fort. »In der Schule dürftest du einigermaßen sicher sein, vor allem da Daniel ja auch dort ist. Und bei dir zu Hause werden wir Wachen postieren müssen.«

Erin schnappte erschrocken nach Luft. »Ihr wollt mich rund um die Uhr überwachen?«, entfuhr es ihr, bevor sie sich beherrschen konnte.

»Nicht *über*-, sondern *be*wachen«, erwiderte Melissa betont. »Und keine Angst. Die meiste Zeit wird es nur Daniel sein, ihr scheint euch ja ohnehin gut zu verstehen. Nur nachts und wenn ihr nicht da seid, werden Erhards Männer das Haus unauffällig im Auge behalten.«

»Wenn ihr das für erforderlich haltet«, sagte Erin nicht ganz überzeugt.

»Das ist das Mindeste, was wir tun können. Immerhin müssen wir neben deiner eigenen Sicherheit auch für die deiner Schwester sorgen. Stell dir nur vor, ihr würde etwas zustoßen, nur weil Daniel gerade nicht da ist.«

Erschüttert schloss das Mädchen den Mund. Daran, dass auch Lisa in Gefahr sein könnte, hatte sie noch gar nicht gedacht. Sie würde alles tun, um ihre Schwester zu schützen. Und der zufriedene Ausdruck in Melissas Augen zeigte ihr, dass diese genau wusste, dass sie gerade den richtigen Trumpf ausgespielt hatte. Sie hatten sie in eine Ecke manövriert, aus der sie nicht ohne Weiteres herauskommen konnte.

»Darf ich dann morgen wieder nach Hause?«

»Aber sicher. Daniel wird dich gleich nach der Schule zurückfahren.«

»Und was ist mit meinem Sport?«, fragte sie mit einem Hauch boshafter Genugtuung in der Stimme.

»Was für ein Sport?« Irritiert zog Melissa die Augenbrauen hoch.

»Mittwochs Zumba und freitags Turnen«, erwiderte sie ungerührt.

»Du könntest doch bestimmt eine kleine Pause einlegen, oder?«, warf Daniel schnell ein.

»Nein«, sagte sie fest. »Ich habe nicht das Gefühl, dass die Gefahr in ein paar Wochen vorbei wäre. Und ich habe immerhin noch ein Leben.«

»Aber natürlich hast du das«, stimmte Melissa ihr

liebenswürdig zu. »Und so lange du auf deine Sicherheit achtest, solltest du dich auch nicht einschränken müssen. Daniel wird dich selbstverständlich gern dorthin begleiten«, sagte sie mit einem strengen Seitenblick zu ihrem Sohn, der sie fassungslos und erbost anstarrte.

Erin hatte Mühe, ihr Grinsen zu unterdrücken. Sie hatte nun also einen eigenen Chauffeur. Geschah ihm recht, dem arroganten Kerl.

»Gut, da alles geklärt ist, würde ich gern auf mein Zimmer gehen. Ich habe noch Hausaufgaben zu machen und außerdem bin ich ziemlich geschafft.«

»Aber natürlich, es war ein sehr anstrengender Tag für dich. Ruh dich schön aus«, sagte Melissa. »Daniel wird dich zu deinem Zimmer begleiten. Und ihr müsst morgen um kurz nach sieben raus, wenn ihr pünktlich in der Schule sein wollt. Das Frühstück wird auch hier serviert.«

»Danke.« Erin stand auf und Daniel beeilte sich, es ihr gleichzutun.

Beim Hinausgehen sah Erin noch aus dem Augenwinkel, wie Melissa ihrem Sohn einen auffordernden Blick zuwarf, den dieser mit einem gehorsamen Nicken quittierte.

»Soll ich dich morgen früh wecken?«, fragte er, sichtlich um Konversation bemüht, während er sie zu ihrem Zimmer begleitete.

»Nee, schon gut. Mein Handy hat eine Weckfunktion.«

»Okay.« Eine Zeitlang herrschte Stille. »Ich muss

sagen, es ist echt beeindruckend, wie du mit dieser ganzen Situation umgehst«, sagte Daniel schließlich.

Überrascht blickte Erin hoch. Es klang beinahe ehrlich.

»Ich weiß, dass das alles sehr viel für dich sein muss. Und sehr erschreckend.« Sie waren an ihrer Zimmertür angekommen. »Aber du musst keine Angst haben, Erin. Ich werde nicht zulassen, dass dir etwas geschieht.« Er zögerte einen kurzen Augenblick lang, dann hob er seine Hand und strich ihr sanft über die Wange. »Schlaf schön«, fügte er hinzu und wandte sich ab.

Erin starrte ihm hinterher. Die Stelle, an der er sie berührt hatte, kribbelte immer noch. Und die Art und Weise, wie er ihren Namen ausgesprochen hatte – fast zärtlich, ohne die übliche Ironie oder Wut – brachte tief in ihr eine Saite zum Klingen, die sie mit Besorgnis erfüllte. Er war gefährlich, das spürte sie ganz genau. Während sie in ihr Zimmer ging und die Tür hinter sich schloss, rief sie sich mit der größtmöglichen Klarheit das Gespräch zwischen ihm und seiner Mutter in Erinnerung, das sie belauscht hatte. Er spielte nur mit ihr. Und sie durfte auf keinen Fall darauf hereinfallen. Diesen Triumph würde sie dem überheblichen Schönling, der sich für unwiderstehlich hielt, nicht gönnen. Oder vielleicht doch, kam ihr plötzlich ein anderer Gedanke und sie lächelte. Sollte er doch denken, dass sie das dumme, kleine Mädchen war, das seinem Charme hoffnungslos erlag. Dann würde es viel einfacher sein, Informationen von ihm zu bekommen. Denn wenn sie ihren Teil überzeugend spielte, zwang sie auch ihn, seine Rolle konsequent zu Ende zu spielen.

# Kapitel 5

Kaum hatten Erin und Daniel am nächsten Morgen das Schulgelände betreten, als Mia auch schon aufgeregt auf sie zusprang. Anscheinend hatte sie bereits auf sie gewartet. Stirnrunzelnd nahm sie zur Kenntnis, dass ihre Freundin gemeinsam mit Daniel eingetroffen war. Dann nahm sie Erin entschieden an der Hand und zog sie fort von ihrem Begleiter.

»Warst du echt die ganze Nacht bei ihm?«, schoss es sofort aus ihr heraus, als sie außer Hörweite waren.

»Ja. Aber es ist nicht so, wie du denkst«, erklärte Erin schnell. »Wir haben nur geredet. Und dann bin ich in ein Gästezimmer gegangen und habe mich hingehauen.«

»Wirklich?« Mia klang erleichtert und enttäuscht zugleich. »Jetzt lass dir doch nicht alles aus der Nase ziehen!«, beschwerte sie sich dann. »Ich will alles haargenau hören!«

»Es gibt eigentlich nicht viel zu sagen. Er hatte sich bei mir entschuldigt und mich gebeten, ihm eine zweite Chance zu geben«, improvisierte Erin schnell. Wieso nur hatte sie nicht daran gedacht, sich im Vorfeld eine gute Geschichte zurechtzulegen?

»Und was hast du geantwortet?«, drängte Mia.

»Dass ich es lieber langsam angehen lassen will. Wir haben beschlossen, Freunde zu bleiben.«

»Freunde?!« Mia blieb stehen und sah ihre Freundin

fassungslos an. »Mensch, Erin, mit so einem Typen kannst du nicht befreundet sein! Da kann man sich nicht Zeit lassen und abwarten, was passiert. Sonst schnappt ihn dir noch eine Andere direkt vor der Nase weg.«

»Das ist es ja«, erwiderte Erin. »Ich kann ihm einfach nicht vertrauen, verstehst du?«

»Ach, Süße.« Mitfühlend nahm Mia sie in den Arm. »Natürlich verstehe ich das. Aber er hat sich entschuldigt, oder etwa nicht?«

Erin nickte zögerlich. Sie hasste es, ihre Freundin derart zu belügen.

»Na, siehst du. Jeder macht mal Fehler. Und eine hundertprozentige Garantie gibt es in keiner Beziehung, glaub mir. Aber ich sag dir eins: So einen süßen Typen findest du so schnell nicht wieder. Er sieht unglaublich gut aus und er steht total auf dich.«

Ja sicher, fuhr es Erin zynisch durch den Kopf. Doch sie hütete sich, ihren Gedanken laut auszusprechen. »Und er ist reich«, sagte sie stattdessen.

»Reich?«, fragte Mia neugierig.

»Und wie! Du hättest mal deren Haus sehen sollen. Und die haben sogar einen eigenen Koch.«

»Wow!« Mia sah ihre Freundin bewundernd an und Erin spürte, dass sie gerade noch ein wenig weiter in ihrer Achtung gestiegen war. »So jemanden lässt man nicht abblitzen!«, sagte Mia entschieden.

»Wenn du willst, kannst du ja dein Glück versuchen«, schlug Erin vor.

»Und es würde dir ganz bestimmt nichts ausmachen? Nicht einmal ein klitzekleines bisschen?«

Erin bemühte sich, Mias prüfenden Blick ganz ungerührt zu erwidern.

»Nein«, sagte Mia schließlich seufzend. »Ich glaube, er steht wirklich auf dich. Warum sollte er sich sonst die ganze Mühe machen? Sich bei dir entschuldigen, dich zu sich nach Hause einladen, im Gästezimmer schlafen lassen?«

»Wir sind nur Freunde«, wiederholte Erin entschieden.

»Zumindest für den Augenblick«, fügte Mia mit einem schelmischen Augenzwinkern hinzu.

Erin sagte nichts. Sie dachte daran, wie schlau Mia sich vorkommen würde, wenn Daniel und sie tatsächlich anfingen, das frisch verliebte Pärchen vorzuspielen. Und wie wenig der äußere Schein dann der Realität entsprechen würde.

Nach der letzten Stunde wartete Daniel bereits auf sie. Gehorsam folgte Erin ihm zu seinem Wagen und stieg auf den Beifahrersitz. Es überraschte sie nicht, dass er sie nicht nach ihrer Adresse fragte, sondern sie auf geradem Weg nach Hause fuhr. Es bestätigte nur ihr Gefühl, eine Figur in einem Spiel zu sein, dessen Regeln sie nicht kannte.
Und das mitzuspielen sie sich dennoch entschlossen hatte.

Lisa saß im Esszimmer, über ein dickes Lehrbuch gebeugt, und löffelte nebenbei einen Joghurt. Als Erin eintrat, sprang sie auf, um ihre Schwester zu begrüßen, doch als sie Daniel sah, blieb sie erstaunt stehen.

»Hallo, Schwesterherz«, sagte sie überrascht. »Wen hast du denn da mitgebracht?«

»Das ist Daniel«, erwiderte Erin schnell. »Er ist neu bei uns in der Stufe und wir wollten zusammen lernen.«

Skeptisch musterte Lisa den Neuankömmling. »Bist du für die Schule nicht ein bisschen zu alt?«

Daniel zuckte mit den Schultern und schenkte ihr ein unwiderstehliches Lächeln. »Zweiter Bildungsweg«, sagte er nur schlicht und folgte Erin an der stirnrunzelnden Lisa vorbei in Erins Zimmer.

»Und, womit wollen wir anfangen?«, fragte Erin, als sie ihre Schultasche abgelegt hatte.

»Was meinst du?«

»Na, die Hausaufgaben«, erwiderte sie leicht gereizt. »Wir haben echt viel aufbekommen.« Sie setzte sich an ihren Schreibtisch.

»Mir egal. Such dir etwas aus«, sagte Daniel und sah sich suchend im Zimmer um. Außer dem Schreibtischstuhl war das Bett die einzige Sitzgelegenheit. Er schien darüber nachzudenken, dann setzte er sich kurzerhand auf den Boden.

»Gut, dann Mathe«, entschied Erin, die keine Lust auf den Deutschaufsatz hatte, den sie zum Leben der Effi Briest noch verfassen musste.

In diesem Augenblick klopfte es einmal an der Tür und Lisa platzte herein, ohne auch nur ein »Ja« von ihrer Schwester abzuwarten.

Schnell ließ sie ihren Blick durch den Raum wandern und schien ein wenig beruhigt zu sein, als sie Daniel harmlos an das Bett gelehnt sitzen sah, während Erin ihr Mathe-Buch aus der Tasche kramte.

»Ich will etwas vom Chinesen bestellen. Wollt ihr auch was haben?«

»Ja, gern. Machst du die übliche Auswahl? Dann haben wir noch was für morgen«, erwiderte Erin. »Hast du einen bestimmten Wunsch?«, wandte sie sich dann an Daniel.

Er schüttelte den Kopf. »Ich esse eigentlich alles.« Er schien sich tatsächlich ganz unkompliziert geben zu wollen. Es fehlte sogar der herablassende Unterton in seiner Stimme, auch wenn Essen vom China-Imbiss gewiss nicht vergleichbar mit dem war, was der Koch seiner Mutter täglich zauberte.

Lisa nickte und verließ das Zimmer, wobei sie sich nicht die Mühe machte, die Tür zuzumachen.

Erin riskierte einen kurzen Blick in die Gefühlswelt ihrer Schwester und seufzte innerlich. Sie war fest entschlossen, heute Abend Mama alles haarklein über Daniels Besuch zu erzählen.

Erin sollte sich wohl dringend überlegen, was sie ihren Eltern über ihren unverhofften Freund sagen wollte.

Sie schaltete ihren Taschenrechner ein, dann sah sie Daniel fragend an. »Willst du nicht mitmachen?«

»Ich bin schon fertig«, erwiderte er und holte einen recht mitgenommenen Block heraus. »Ich hatte eine Freistunde gehabt«, fügte er schnell hinzu. »Wenn du willst, können wir nachher die Ergebnisse vergleichen.«

»Also gut«, sagte sie irritiert. Sie hätte schwören können, dass er heute keine Freistunde gehabt hatte.

»Dann lass mal hören«, sagte sie nach knapp zwanzig Minuten, als sie alle Aufgaben gelöst hatte. Sie hatte sich extra beeilt. Irgendwie wollte sie ihm wohl beweisen, dass sie ein absolutes Mathe-Ass war. Und sie freute sich darauf, bei ihm den einen oder anderen Fehler zu entdecken.

Doch er überraschte sie, indem er alle Antworten und alle Lösungswege völlig korrekt vorlas. Etwas enttäuscht biss Erin sich auf die Lippe. Er hätte es nicht so mühelos schaffen dürfen. Immerhin war er schon ein paar Jahre aus der Schule raus und brauchte doch gewiss etwas Zeit, um wieder in den Stoff reinzukommen. Es sei denn, er war ein absoluter Überflieger.

Die Türklingel riss Erin aus ihren Gedanken. »Essen!«, tönte Lisas fröhliche Stimme durch das Haus und Erin sprang sofort auf. »Komm mit!«, rief sie Daniel zu und lief nach unten in die Küche. Dort half sie Lisa, ein kleines Büfett auf dem Tisch aufzubauen, während Daniel das Geschirr verteilte.

Kurze Zeit später saßen sie munter kauend am Tisch.

»Mhh, wie habe ich das vermisst«, sagte Daniel genüsslich und Erin warf ihm einen überraschten Blick zu. Wollte er sie etwa verarschen?

»Ich weiß, es ist nicht gerade die Haute Cuisine, aber es ist günstig, lecker und schnell«, erwiderte sie schnippisch.

»So meinte ich das doch gar nicht!« Betroffen sah Daniel sie an. »Ich finde es wirklich toll. Es ist schon so lange her, dass ich ganz entspannt in der Küche gesessen und Essen vom Lieferservice in mich hineingeschaufelt habe.« Sein Gesicht verdüsterte sich kurz. »Wenn ich es recht bedenke, habe ich das noch nie gemacht. Vor allem nicht mit zwei so hübschen Mädels.«

Erin starrte ihn durchdringend an. Sie hätte einiges dafür gegeben, zu erfahren, ob er gerade die Wahrheit sagte oder ihnen nur etwas vorspielte. In diesem besonderen Fall galt wohl: im Zweifel gegen den Angeklagten, entschied sie schließlich und senkte missmutig den Blick.

»Das verstehe ich jetzt nicht«, nahm Lisa den Gesprächsfaden neugierig auf. »Was gibt es denn sonst bei dir?«

»Sie essen im *Salon*«, erklärte Erin boshaft. »Seine Familie ist stinkreich, musst du wissen. Sie haben sogar einen eigenen Koch.«

»Oh«, sagte Lisa ein wenig beschämt und ließ ihren Blick durch die Küche schweifen, die mal einen Anstrich gebrauchen könnte.

Frustriert stieß Daniel die Luft aus. »Es war wirklich als Lob gemeint«, versuchte er, es zu erklären. »Bis eben hatte habe ich mich bei euch richtig wohlgefühlt.«

Erin warf ihm einen verstohlenen Blick zu. Er wirkte tatsächlich etwas bedrückt.

»Na, dann lass es dir schmecken«, sagte Lisa, um

Fröhlichkeit bemüht. Doch die rechte Stimmung wollte einfach nicht mehr aufkommen.

»Es tut mir wirklich leid«, sagte Daniel, als sie nach dem Essen wieder in Erins Zimmer waren. »Ich wollte euch nicht das Gefühl geben, euer Leben wäre irgendwie weniger schön als meins.« Ein bitteres Lächeln huschte über seine Lippen. »Im Gegenteil. Ihr wisst gar nicht, was für ein Glück ihr habt, ein ganzes normales Leben führen zu können. Meins war seit frühster Kindheit immer nur von Regeln und Erwartungen bestimmt.«

Überrascht sah Erin ihn an. Er zeigte ihr plötzlich eine Seite von sich, die sie an ihm nie vermutet hätte. Als hätte er eine Maske fallengelassen, schien er auf einmal richtig nett, umgänglich und sogar ein wenig verletzlich zu sein.

Oder er hatte gerade einfach eine neue Maske aufgesetzt, meldete sich eine kleine Stimme in ihrem Hinterkopf zu Wort, bevor Erin zu viel Sympathie für ihn entwickeln konnte. Sie durfte nicht vergessen, dass er ein Meister im Lügen war.

»Wieso hast du eigentlich die Schule damals abgebrochen?«, fragte sie unvermittelt. Sie wollte ihn zwingen, sie bewusst anzulügen, damit sie nicht auf sein Theaterspiel hereinfallen konnte.

»Was?« Er sah sie einen Augenblick verwirrt an. »Ach so, ja.« Er schien sich kurz zu sammeln. »Es war eine recht schwierige Zeit für die *Bruderschaft* gewesen. Unsere Gegner hatten gerade das zweite Amulett erlangt. Unsere Organisation drohte auseinanderzubrechen. Meine Mutter brauchte meine ganze Unterstützung. Da blieb nicht mehr so viel Zeit für die Schule. Also bin ich abgegangen.« Er zuckte mit den Schultern. »Und dann hatte ich, ehrlich gesagt, keine Lust mehr, wieder die Schulbank zu drücken. Und die wirklich interessanten Dinge kann man auch ohne Schulabschluss lernen. Das Internet und die vielen Fachbücher bieten fast unendliche Möglichkeiten.«

»Und was sind das für Dinge?«, fragte Erin unwillkürlich nach.

Seine Augen nahmen einen schwärmerischen Ausdruck an. »Kunstgeschichte, Mythologie, Symbolik, Okkultismus, Literatur, such dir was aus.«

Erin starrte ihn mit offenem Mund an. Er war gut, das musste sie ihm lassen. Die Lügengeschichten gingen ihm so leicht von der Hand, dass sie ihm beinahe geglaubt hätte, obwohl sie doch wusste, dass es nicht stimmte. Irgendwie machte es sie traurig. Sie hätte gern etwas über den wahren Daniel erfahren. Im Grunde wusste sie so gut wie gar nichts über ihn.

Du weißt genug, meldete sich wieder diese boshafte kleine Stimme in ihr zu Wort. Du weißt, dass er keine eigene Meinung hat und bloß stur die Befehle seiner herrschsüchtigen Mutter befolgt. Und alles nur für die Aussicht darauf, eines Tages ihre Macht und vielleicht sogar noch mehr erben zu können.

»Und was ist mit dir?«, fragte er plötzlich und riss sie damit aus ihren finsteren Gedanken. »Was interessiert dich?«

Sie zuckte mit den Achseln. »Ich lese gern.«

»Und was?«

»Fantasy, Science Fiction, Historisches, was auch immer mir unter die Finger kommt.« Sie wusste, dass es eine typische Kleine-Mädchen-Antwort war, aber das kümmerte sie im Augenblick wenig.

»Und was willst du nach dem Abi machen?«

»Ich würde gern studieren.«

»Und was?«

Sie zuckte mit den Schultern. »Das hängt von meinem Abi-Schnitt ab. Psychologie vielleicht.« Dann verdüsterte sich ihr Gesicht und sie sah ihn finster an. »Aber ich nehme an, deine Mutter hat eh schon eigene Pläne für mich.«

Betroffen wandte er den Blick ab. »Noch gehörst du ja nicht zu uns«, sagte er leise.

Sie lachte freudlos auf. »Als ob ich eine wirkliche Wahl hätte. Entweder ihr oder die Anderen werden wohl früher oder später mein Amulett an sich bringen. Und wenn ich es schaffe, lange genug am Leben zu bleiben, werde ich wohl irgendeine Rolle in dieser ganzen Sterngeschichte spielen müssen. Ob es mir gefällt oder nicht.« Erin verstummte. Es laut auszusprechen, hatte ihr die ganze Tragweite ihrer Situation erst richtig bewusst gemacht.

»Ich werde nicht zulassen, dass dir etwas passiert«, sagte Daniel fest und streckte seinen Arm nach ihr aus. Sie war sich nicht sicher, ob er sie hatte umarmen wollen. Aber als sie keine Anstalten machte, auf diese Einladung einzugehen, streichelte er nur aufmunternd ihren Arm.

»Was ist eigentlich euer Plan?« Erin straffte die Schultern und drängte ihre düsteren Gedanken entschieden beiseite.

»Unser Plan?«

»Vorausgesetzt, ich steige bei euch ein. Was geschieht dann? Ihr müsst doch irgendeinen Plan haben, wie es weitergehen soll.«

Daniel presste die Lippen fest aufeinander. »Ich bin nicht in alle Einzelheiten eingeweiht«, sagte er schließlich. »Ich nehme an, dann beginnt die Jagd nach dem letzten Amulett. Eine Jagd, die wir auf jeden Fall gewinnen sollten.«

»Und wie? Das kann doch überall sein, oder?«

»Schon«, gab er nachdenklich zu. »Aber wir suchen ja auch schon überall danach, zumindest beinahe«, schränkte er ein. »Wir haben in vielen Ländern Verbindungen in die höchsten Ränge von Politik und Wissenschaft. Wenn es irgendwo auftaucht, werden wir es erfahren. Außerdem«, er zögerte kurz, »gibt es eine Theorie, dass die fünf Amulette danach streben, sich zu dem Stern zu vereinen. Nun, da bereits vier Teile gefunden sind, wird der letzte wohl nicht mehr lange im Verborgenen bleiben. Die Frage ist nur, wer es zuerst finden wird. Ich hoffe für die Menschheit, dass wir es sein werden.«

»Du scheinst ja wirklich an eure Sache zu glauben«, sagte sie fasziniert.

»Das muss ich wohl. Immerhin habe ich ihr mein ganzes Leben gewidmet. Und irgendwann werden wir auch dich überzeugen, dass du uns wirklich vertrauen kannst. Dass du mir vertrauen kannst.« Er sah ihr direkt in die Augen und Erin bemühte sich, seinen Blick genauso offen zu erwidern. Immerhin hatte auch sie eine Rolle zu spielen.

Während sie sich anschließend wieder ihren Hausaufgaben zuwandte, vertiefte Daniel sich in irgendein Buch über verschollene Kunstwerke der Antike. Lange Zeit saßen sie ruhig da, jeder in seine eigenen Aufgaben vertieft.

Schließlich blickte er auf seine Armbanduhr und holte das Handy heraus. Nach einem kurzen Blick darauf erhob er sich und streckte seine Glieder. »Es ist fast sieben. Erhards Leute sind schon da. Sie haben auf der anderen Straßenseite Stellung bezogen und lassen euer Haus nicht aus den Augen. Ich mache mich dann auf den Weg.«

»Das geht aber nicht«, protestierte Erin mit einer Unschuldsmiene. »In einer halben Stunde muss ich zum Sport. Du wolltest mich doch hinfahren.«

Daniel unterdrückte ein Seufzen. »Ist das heute?«, fragte er beherrscht.

»Ja.« Erin nickte fröhlich.

»Dann solltest du lieber deine Tasche packen. Wir wollen doch nicht zu spät kommen«, sagte er resigniert.

Erin genoss es, sich zu den schnellen Musikrhythmen so richtig auszupowern und dabei überhaupt nicht an Daniel zu denken. Erst als sie nach fast zwei Stunden verschwitzt unter der Dusche stand, schlich sich ein kleines, gemeines Lächeln auf ihre Lippen. Während sie das Gefühl des heißen Wassers auf ihrer Haut genoss, saß er auf dem Parkplatz in seinem Wagen und wartete. Als um sie herum die anderen Mädels sich eilig fertig machten und nach Hause verschwanden, holte sie anschließend ihre Bodylotion heraus und cremte sich ausgiebig ein. Zum Glück hatte sie einen eigenen Schlüssel für die Turnhalle, weil sie ab und zu auch als Übungsleiterin einsprang. Und so konnte sie sich so viel Zeit lassen, wie sie wollte. Erst als sie wirklich nicht mehr länger trödeln konnte, packte sie ihre Tasche zusammen und verließ die Umkleide.

»Ich wollte schon hereinkommen und nach dir suchen«, brummte Daniel verärgert, als sie schließlich die Beifahrertür öffnete und einstieg.

»'Tschuldigung. Hat wohl etwas länger gedauert«, erwiderte sie leichthin.

»Die Anderen sind schon vor über einer Stunde gegangen«, sagte er finster. »Hast du dich in der Dusche eingeklemmt?«

Erin schoss ihm einen bösen Blick zu.

»Na ja. Wenigstens riechst du gut«, bemerkte er mit einem kleinen Lächeln, als er das Auto auf die Straße lenkte.

Aber dieses Mal reichte sein schauspielerisches Talent nicht aus, um sie zu täuschen. Sie spürte genau, dass es bei ihm unter der Oberfläche noch immer brodelte. Aber er durfte dem ja nicht nachgeben. Immerhin hatte er klare Anweisungen von seiner Mutter bekommen.

Schweigend legten sie den Weg bis zu ihrem Haus zurück. »Ich warte hier, bis du reingegangen bist«, sagte er vor ihrer Einfahrt. »Und morgen hole ich dich gegen zwanzig nach sieben ab, okay?«

»Geht klar.« Erin löste ihren Sicherheitsgurt und stieg aus.

»Schlaf schön«, rief er ihr hinterher.

»Du auch«, erwiderte sie überrascht und ging ins Haus.

Es war schon nach Mitternacht, als sie ihre Tasche ausgepackt und sich in ihr Bett gelegt hatte. Dann stellte sie gähnend ihren Wecker. Beim nächsten Mal würde sie nicht mehr so viel trödeln, beschloss sie müde und löschte das Licht.

Schläfrig starrte Erin in ihre Kaffeetasse. Hunger hatte sie so früh am Morgen in der Regel noch nicht, mit ganz leerem Magen konnte sie einen Tag aber auch nicht beginnen. Sie nahm einen weiteren Schluck Kaffee und dachte neidisch an Lisa, die noch gemütlich in ihrem Bett schlief. Studentin müsste man sein.

Sie hörte ein Auto auf die Einfahrt fahren und lugte aus dem Fenster. Daniel war schon da. Pünktlich auf die Minute. Resigniert stellte sie ihre halb volle Tasse ab und schnappte sich ihre Tasche.

Als sie einen Blick in Daniels Gesicht warf, verspürte sie einen Anflug schlechten Gewissens. Er sah wirklich müde aus. Immerhin wohnte er ein paar Orte weiter und musste noch rund eine halbe Stunde fahren, um zu ihr zu kommen. Ihretwegen hatte er wirklich kein eigenes Leben mehr. Entschieden drängte sie diesen Gedanken beiseite. Es war nicht ihre Schuld. Sie hatte weder ihn noch seine Mutter darum gebeten. Eigentlich wollte sie nur in Ruhe gelassen werden.

Neben ihr unterdrückte Daniel ein Gähnen und sie gab sich doch einen Ruck. »Einen Augenblick noch«, rief sie aus und lief wieder ins Haus. Kurze Zeit später kam sie mit einem dampfenden Thermobecher in der Hand wieder heraus. »Hier, für dich.«

»Danke.« Überrascht nahm Daniel den Kaffee entgegen.

Erin musste ihren Blick schnell abwenden, um bei seinem Lächeln nicht doch noch schwach zu werden.

# Kapitel 6

Eigentlich hätte Erin das Wochenende am liebsten gemütlich mit einem Buch verbracht. Aber sie konnte es ja schlecht genießen, wenn Daniel sie dabei die ganze Zeit gelangweilt anstarrte. Er beschwerte sich zwar nicht ausdrücklich, überhaupt legte er ganz tadellose Manieren an den Tag. Doch Erin fühlte sich unter seinen Blicken einfach nicht wohl. Hinzu kam, dass ihr Zimmer irgendwie zu schrumpfen schien, wenn er sich darin aufhielt. Sosehr sie sich auch bemühte, es gelang ihr nicht, seine Gegenwart aus ihrer Wahrnehmung zu verbannen.

Und so blieb ihr nichts Anderes übrig, als irgendetwas mit ihm zu unternehmen, als er am Samstagvormittag wieder vor ihr stand.

»Würdest du heute mit mir Essen gehen?«, fragte er gutgelaunt und lächelte sie charmant an.

»Essen gehen?«, wiederholte Erin verdattert. Er konnte doch unmöglich ein Date im Sinn haben?

»Und danach können wir uns vielleicht einen Film ansehen, was meinst du?«

Er wollte definitiv ein Date.

»Oder hast du schon etwas Anderes vor?«, fragte er vorsichtig, als er ihr Zögern bemerkte.

Erin schüttelte den Kopf. »Nein, nicht wirklich«, stammelte sie.

»Na, dann ist ja alles gut.« Er grinste und dieses

Mal schien das Lächeln wirklich echt zu sein. »Strahlender Sonnenschein, die Gesellschaft eines wunderhübschen Mädchens. Was kann ein Mann mehr vom Leben erwarten?«

»Dein Wachdienst scheint dir ja richtig Spaß zu machen«, konnte Erin sich nicht verkneifen.

Ein betroffener Ausdruck huschte über sein Gesicht. »Du glaubst, mehr wäre das nicht für mich? Nur eine lästige Pflichterfüllung?« Gekränkt sah er sie an. Dann streckte er seine Hand aus und strich ihr sanft über die Wange. »Es geht um deine Sicherheit, um dein Leben. Es gibt nichts, was mir wichtiger wäre.«

Ja klar, dachte sie finster. Wie gern hätte sie ihm das geglaubt, doch das durfte sie nicht. Sie durfte sich ihre Meinung aber auch nicht anmerken lassen. Daher senkte sie schnell die Augen und blickte ihn dann schüchtern lächelnd wieder an. »Wirklich?«, fragte sie geschmeichelt.

»Wirklich«, erwiderte er und ergriff ihre Hand.

Sie fuhren in die Stadt und er führte sie zu einem urigen, kleinen Italiener, den Erin bisher noch nie betreten hatte. Die Preise des Lokals hätten ihr Taschengeldbudget zu sehr belastet. Aber sie war schon immer neugierig darauf gewesen.

Erstaunt sah sie Daniel an. »Ich liebe italienisches Essen«, sagte sie lächelnd. »Woher wusstest du das?« Noch während sie es sagte, verschwand ihr Lächeln. »Ach so, ja, klar«, murmelte sie bitter.

»Was ist klar?«, fragte er überrascht und legte den

Zeigefinger unter ihr Kinn, um es sanft nach oben zu drücken, damit sie ihn ansah.

»Ich nehme an, ihr wisst alles über mich«, erwiderte sie und spürte plötzlich Tränen in sich aufsteigen. Nichts, aber auch gar nichts hiervon war echt.

»Wofür hältst du uns eigentlich?«, fragte er, wobei sich Empörung und Belustigung in seiner Stimme mischten. »Ich habe dich hierher gebracht, weil das mein Lieblingslokal ist«, erklärte er dann sanft. »Wir sind doch kein Spionagebüro oder so etwas. Wir wissen nur, was wir wissen müssen, um dich schützen zu können.«

»Und was wäre das?«, konnte sie sich nicht verkneifen.

»Dass du den Anhänger trägst, wo du wohnst, wer deine Schwester ist und wo deine Eltern leben. Ich weiß zum Beispiel nicht einmal genau, wie alt du bist.« Er lächelte. »Das wollte ich dich nämlich auch noch fragen, damit ich nicht zufällig deinen Geburtstag verpasse.«

Erin sah ihn noch immer zweifelnd an.

»Lass uns jetzt lieber reingehen«, sagte er und warf einen aufmerksamen Blick über seine Schulter. »Ich denke, es gibt eine Menge Missverständnisse und Fragen, die wir dringend aufklären sollten.«

»Also gut.« Erin nickte tapfer und nahm den Arm, den er ihr anbot. Das würde sie sich nicht zweimal sagen lassen.

»Trinkst du Wein?«, erkundigte sich Daniel, als der Kellner ihm fragend die Weinkarte reichte.

»Ich glaube, ich bleibe lieber bei Cola«, erwiderte sie. Immerhin musste sie einen klaren Kopf bewahren.

»Für mich bitte auch«, sagte Daniel und gab dem Kellner die Karte zurück. Dann wartete er geduldig, während Erin die Speisekarte studierte.

»Willst du nichts essen?«, fragte sie erstaunt, da er keine Anstalten machte, seine eigene Karte aufzuschlagen.

»Und ob! Aber ich kenne das Angebot fast auswendig. Und heute ist mir definitiv nach Tagliatelle Aragosta zumute. Mit Hummerkrabben und einer feinen Sahnesauce«, fügte er hinzu, als er ihren fragenden Blick bemerkte. »Die Pasta hier ist wirklich super.«

Erin, die selbst mit einer Pizza geliebäugelt hatte, beschloss, es auch mit Nudeln zu versuchen. Immerhin spielte der Preis keine Rolle. »Und ich nehme die Rigatoni Arabiata«, sagte sie schließlich.

Daniel nickte und winkte den Kellner herbei. Nachdem er ihre Bestellung aufgegeben hatte, sah er Erin neugierig an. »Du hast mir noch immer nicht verraten, wann du Geburtstag hast«, sagte er.

»Am neunundzwanzigsten Juni«, erwiderte sie schulterzuckend. »Dann werde ich achtzehn«, fügte sie hinzu. Das war immerhin nichts, was er nicht auch selbst herausfinden konnte. »Und wie alt bist du?«

»Zweiundzwanzig. Also eigentlich zu alt für die Schule.« Er nahm ihre Hand und sah ihr direkt in die Augen.

Erin schluckte und senkte schnell ihren Blick. Es sollte verboten sein, so schöne Augen zu besitzen, wenn man es nicht ehrlich mit einem Mädchen meinte.

»Es gibt bestimmt noch mehr Fragen, die du mir stellen möchtest, oder?«

Erin hielt den Blick noch immer gesenkt und betrachtete nachdenklich ihre ineinander verschlungenen Finger. »Was ist das eigentlich für ein Ring?«, fragte sie das Erste, das ihr einfiel. Sie wusste einfach nicht, wie sie auf die wirklich wichtigen Themen zu sprechen kommen sollte.

Abrupt zog Daniel seine Hand zurück, entspannte sich aber wieder, als er Erins überraschtes Gesicht bemerkte. Scheinbar gleichgültig betrachtete er den silbernen Siegelring, der seinen kleinen Finger zierte. »Das? Nichts weiter.« Er zuckte mit den Achseln. »Meine Mutter hatte mir den zur Erstkommunion geschenkt. Jetzt passt er nur noch auf meinen kleinen Finger.«

»Er muss dir echt was bedeuten, wenn du ihn noch immer trägst.«

Unter ihrem prüfenden Blick schien er sich plötzlich unwohl zu fühlen. »Nenn es einfach eine Erinnerung an schönere Zeiten.«

»Darf ich ihn mir mal ansehen?«

»Ich fürchte, ich bekomme ihn nicht mehr ab«, erwiderte er schnell und faltete seine Hände so, dass der kleine Ring aus ihrem Sichtfeld verschwand.

In diesem Augenblick wurde das Essen serviert, das Daniel äußerst erleichtert entgegennahm.

»Nun sieh mich doch nicht so kritisch an!«, lachte er einige Zeit später gezwungen auf.

Verlegen senkte Erin den Kopf. Ihr war gar nicht aufgefallen, dass sie ihn angestarrt hatte, während sie sich die zugegebenermaßen sehr leckere Pasta schmecken ließ.

»Mir graut es ja richtig bei dem Gedanken, was du für ein Bild von mir haben magst«, fuhr er fort. Und obwohl er sich um einen scherzhaften Ton bemühte, meinte Erin, echte Besorgnis herauszuhören.

»Dann ist das hier deine Chance, es endlich zu ändern.«

»Also gut, was willst du wissen?«

»Die Wahrheit«, erwiderte sie leise.

»Die Wahrheit.« Er nickte nachdenklich. »Dann schieß mal los.«

»Was kann das Amulett deiner Mutter?«

»Das Amulett meiner Mutter wird die *Hand* genannt. Es heißt so, weil es dem Träger Kräfte verleiht, Dinge zu bewegen, ohne seine Hände zu Hilfe nehmen zu müssen.«

»Du meinst, wie Telekinese?«

»Genau.« Er nickte.

»Du sagtest mal, sie wäre nicht die wahre Trägerin.«

»Das ist keine Frage.« Er lächelte leicht. »Aber du hast recht. Es gibt nur zwei Wege, zu einem wahren Träger zu werden. Entweder der letzte wahre Träger wählt dich aus, oder das Amulett selbst tut es.«

»Das Amulett selbst?«, wiederholte Erin verständnislos.

»Ja. Sonst könnte es ja keinen wahren Träger mehr geben, wenn die Kette einmal gebrochen ist.«

»Du meinst, wenn jemand das Amulett mit Gewalt entwendet?«

»Zum Beispiel.«

»Und wie ist es bei deiner Mutter gewesen?« Erin traute es der Frau ohne Weiteres zu, sich den Anhänger gewaltsam beschafft zu haben.

»Es wurde in einer archäologischen Ausgrabungsstätte gefunden. Offensichtlich war der frühere Besitzer also schon sehr lange tot und hatte es nicht geschafft, das Schmuckstück rechtzeitig weiterzugeben.«

»Und deine Mutter hatte es dann einfach an sich genommen?«

»Als Vorsteherin der *Bruderschaft* wurde es ihr gebracht. Natürlich hofften alle, das Amulett würde sie als seine wahre Trägerin anerkennen.«

»Aber das tat es nicht«, stellte Erin kühl fest.

»Wir wissen nicht, was die Wahl des Amuletts beeinflusst«, erwiderte Daniel ausweichend.

»Vielleicht hätte das Amulett ja jemand Anderen in der *Bruderschaft* erwählt«, ließ Erin nicht locker. »Hatte sie denn versucht, den wahren Träger zu finden?«

Er zuckte mit den Achseln. »Das war noch vor meiner Geburt. Außerdem ist es nicht gesagt, dass es zu jeder Zeit einen wahren Träger für jedes Amulett gibt. Sie hätte also auch vergeblich suchen können.«

»Ist ja auch egal«, lenkte Erin ein. Ihr war ohnehin schon klar, dass Melissa machthungrig genug war, um das Amulett für sich behalten zu wollen. Es gab noch etwas Anderes, das sie brennend interessierte. »Ist das der Grund dafür, dass ich ihre Gefühle nicht wahrnehmen kann?«

»Du hast es also versucht?«

»Klar.« Erin sah ihn offen an. »Hättest du es an meiner Stelle etwa nicht getan?«

Er grinste spitzbübisch. »Doch, ich denke schon.«

»Bei den meisten Menschen kann ich mittlerweile zumindest ein wenig spüren. Aber bei deiner Mutter und dir – Fehlanzeige«, fügte sie wie beiläufig hinzu.

»Vielleicht liegt es ja in der Familie.«

»Vermutlich.« Es war offensichtlich, dass er nicht mehr dazu sagen würde. »Und die andere Organisation? Welche Amulette besitzt sie?«

»Mit dem einen kann ihr Großmeister Gedanken lesen, mit dem anderen die Gedanken kontrollieren.«

»Was meinst du mit *kontrollieren*?«

»Ich stelle es mir als eine Art Hypnose vor, sodass er den Menschen quasi diktieren kann, was sie denken oder fühlen sollen, während er sie in seiner Macht hält.«

»Und der Großmeister besitzt beide Anhänger? Geht das überhaupt?«

»Ja. Immerhin war der Stern ursprünglich auch dazu gedacht, von nur einer Person genutzt zu werden.«

»Aber wenn die Amulette den Träger nicht anerkennen?«

»Ich denke, wenn der Stern komplett ist, spielt es keine Rolle mehr. Außerdem könnte ich mir vorstellen, dass die Bindung an einen Teil ausreicht, damit die anderen folgen.«

»Du meinst, der wahre Träger *eines* Anhängers könnte automatisch zum wahren Träger *aller* Anhänger werden?«, fragte Erin und fühlte plötzlich ein aufgeregtes Kribbeln in sich aufsteigen.

»Schon möglich«, sagte er vorsichtig. »Auf jeden Fall hätte diese Person eine Affinität zu allen fünf Kräften.«

»Wäre es möglich, dass ein Amulett seinen wahren Träger findet, während es noch von jemand Anderem benutzt wird?«

Nachdenklich sah Daniel sie an. »Ich weiß es nicht«, sagte er schließlich.

»Und was kann das noch verschollene Amulett?«, lenkte Erin die Unterhaltung auf das ursprüngliche Thema zurück.

Ein schwärmerischer Ausdruck trat in Daniels Augen. »Es soll die Kraft des Lebens besitzen.«

»Des Lebens?« Erins Augen weiteten sich, als die Bedeutung des Wortes bei ihr einsickerte. »Du meinst Unsterblichkeit?«

»Möglich. Zumindest wird ihm die Fähigkeit nachgesagt, alle Wunden und Krankheiten heilen zu können.«

»Das ist ja cool!«, rief Erin begeistert aus. »Damit könnte man den Menschen wirklich helfen.«

Daniel lächelte über ihren Enthusiasmus. »Deine Gabe ist aber auch sehr schön.«

»Findest du?« Skeptisch sah sie ihn an. »Ich weiß

nicht, wie man damit den Menschen helfen sollte. Höchstens als Psychotherapeut.«

»Aber du kannst es nutzen, um dich selbst zu schützen«, erwiderte er ernst. »Und das ist für mich im Augenblick alles, was zählt.«

Erin runzelte verwirrt die Stirn. »Klar, ich könnte spüren, wenn mich jemand belügt. Aber ob das so viel Schutz bietet …«

»Oh nein, du kannst viel mehr als das. Wenn du es schaffst, deinen Geist so weit zu öffnen, dass du die Umgebung wahrnehmen kannst, ohne von den Gefühlen der Menschen um dich herum überwältigt zu werden, könntest du sofort spüren, wenn dir einer etwas Böses will.«

»Du meinst, eine Art Frühwarnsystem?«

»Ja. Wenn man bedenkt, dass es derzeit Kräfte gibt, die dir nach dem Leben trachten, ist das eine sehr nützliche Fähigkeit.«

Bedrückt senkte Erin ihren Blick. Sie war ziemlich gut darin, die Gefahr, in der sie eindeutig schwebte, zu verdrängen. Aber Daniel hatte recht. Sie durfte das nicht außer Acht lassen.

»Es tut mir leid, ich wollte dich nicht traurig machen oder erschrecken«, sagte er betroffen. »Ich kann mir vorstellen, wie schwierig das Ganze für dich sein muss.«

»Ist schon gut.« Tapfer reckte sie das Kinn in die Höhe. »Ich sollte wirklich nie vergessen, wer meine Feinde sind.«

»Und auch nicht, wer deine Freunde sind«, fügte er

hinzu und griff wieder nach ihrer Hand. »Egal, was passiert, ich werde für dich da sein, Erin. Das verspreche ich.«

Wider Willen blickte sie hoch und verlor sich für einen Moment in seinen so unglaublich blauen Augen. Nur mit Mühe gelang es ihr, sich davon loszureißen. »Du bist so nett zu mir«, flüsterte sie leise, um sich abzulenken. »So ganz anders als am Anfang.«

»Wie meinst du das?«

»Als wir uns kennenlernten, warst du richtig garstig.«

»Da kannte ich dich auch noch nicht. Du warst nur irgendein Mädchen, das aus dem Nichts aufgetaucht war und plötzlich etwas hatte, wonach wir seit Jahrhunderten vergeblich gesucht hatten. Außerdem musste ich deinetwegen …« Er verstummte abrupt, als wäre er im Begriff gewesen, etwas Falsches zu sagen.

»Was musstest du?«, hakte Erin nach.

»Dich erst einmal kennenlernen«, verbesserte er sich schnell. »Ich wusste ja noch nicht, wie unglaublich mutig, stark und intelligent du bist.«

In diesem Augenblick lugte der Kellner um die Ecke und Daniel winkte ihn energisch zu sich. »Die Dessertkarte, bitte.«

Der Mann nickte und eilte davon.

»Du musst unbedingt das Tiramisu probieren«, sagte Daniel verschwörerisch.

Erin nickte resigniert. Anscheinend war der Augenblick, in dem er ihr womöglich fast die Wahrheit gesagt hätte, genauso schnell vorbei, wie er gekommen war.

116

Nach dem Essen schlenderten sie gemütlich durch die Innenstadt. Nein, das stimmte nicht ganz, fiel es Erin plötzlich auf. *Sie* schlenderte entspannt. *Er* warf immer wieder besorgte Blicke in die Umgebung.

»Was ist los?«, fragte sie plötzlich nervös.

»Ich glaube, wir werden verfolgt«, erwiderte Daniel angespannt. Dann bemühte er sich um ein Lächeln. »Aber keine Angst, hier in der Fußgängerzone sind wir sicher.«

»Irgendwann müssen wir sie aber verlassen«, wandte Erin ein.

»Ich weiß. Deshalb werde ich jetzt lieber Erhard Bescheid geben, damit er uns mit ein paar Männern Rückendeckung geben kann.« Er holte sein Smartphone hervor und tippte eilig eine SMS.

Erin schauderte. Sie fühlte sich nun überhaupt nicht mehr wohl. Ihr Rücken prickelte, als müsste sie jeden Augenblick mit einem Angriff rechnen. Sogar der strahlende Sonnenschein kam ihr plötzlich bedrohlich vor. Im Schutz der Dunkelheit hätte sie sich nicht ganz so ausgeliefert gefühlt. Als sie dem Drang nicht länger widerstehen konnte, sah sie sich um. Doch sie konnte niemand Auffälligen entdecken.

»Bist du sicher, dass da jemand ist?«, flüsterte sie Daniel zu. »Ich kann niemanden sehen.«

»Ja. Er folgt uns schon seit einer ganzen Weile. Aber er ist gut. Ich habe ihn auch fast nur zufällig entdeckt.«

»Und wo ist er jetzt?«

»Ich habe ihn verloren«, gab Daniel zu. »Und das

macht mir Sorgen. Er könnte uns irgendwo auflauern. Solange er nur hinter uns war, konnte er nicht wirklich viel ausrichten.«

Erin atmete tief durch. Sie wollte kein ahnungsloses, hilfloses Opfer sein. Daniel hatte ihr gesagt, das Amulett würde ihr Kräfte verleihen, die sie zu ihrem Schutz einsetzen konnte. Und genau das würde sie jetzt tun.

Sie vergewisserte sich, dass der Weg vor ihr frei war, und schloss die Augen. Dann öffnete sie ihren Geist und …

Eine Welle des Hasses schlug unvermittelt über ihr zusammen. Mordlust, Zorn, Wut und Angst rollten über sie hinweg und ließen sie keuchend in die Knie gehen. Vor ihrem inneren Auge sah sie genau, woher sie kamen. Ein schwarzer Strudel entsprang dort, wo der Mann ihnen auflauerte, und wurde nach oben hin immer breiter, bis er Erin vollständig umhüllte. Sie hörte ein Wimmern und konnte nicht sagen, ob es ihr eigenes war. In dem verzweifelten Versuch, die Bilder und Gefühle aus ihrem Kopf zu verbannen, presste sie die Hände an ihre Ohren. Doch es half nicht.

Plötzlich lichtete sich der schwarze Nebel ein wenig. Eine Stimme drang zu ihr durch. »Sieh mich an!«, forderte die Stimme, die ihr vage bekannt vorkam, streng. »Erin! Sieh mich an!« Jetzt konnte sie die Panik darin hören. Sie wollte nicht, dass die Stimme Angst hatte, es fühlte sich nicht richtig an. Langsam öffnete sie die Augen und sah direkt in Daniels besorgtes Gesicht.

»Gott sei Dank!«, flüsterte er und drückte sie an sich.

Als sie allmählich zu sich kam, merkte sie, dass sie beide auf dem Boden knieten. Wobei sie eher lag und nur von seinen Armen aufrecht gehalten wurde. Ihr Blick wanderte weiter und sie sah, dass er ihr Medaillon ganz fest in seiner Faust umklammert hielt und es, soweit die kurze Kette es gestattete, von ihrem Körper fortgezogen hatte.

»Du hast mir einen Mordsschrecken eingejagt«, sagte er heiser.

Erin versuchte sich aufzurappeln, doch sie hatte anscheinend noch nicht die Kraft dazu.

»Mach langsam«, ermahnte er sie.

»Es geht schon wieder. Hilf mir hoch.«

Sanft zog er sie in die Höhe, ließ sie jedoch nicht los. Auch das Medaillon hielt er nach wie vor umklammert.

»Ich denke, du kannst es jetzt loslassen«, sagte sie schwach. »Wieso hast du es überhaupt hervorgeholt? Ich dachte, niemand darf es sehen?« Deswegen trug sie es ja auch immer unter ihrer Kleidung direkt an ihrer Haut.

»Soweit ich weiß, ist die Wirkung am stärksten, wenn du direkten Kontakt zu dem Anhänger hast. Irgendwie musste ich doch die Verbindung schwächen.«

»Danke«, flüsterte sie. »Ich weiß nicht, ob ich es allein geschafft hätte.«

Daniels Handy piepte und er nahm eine Hand von Erins Taille, um die eingetroffene Nachricht zu lesen.

»Wir sollten jetzt gehen, Erhards Leute sind da. Es ist nicht weit, wirst du es schaffen?«, fügte er mit einem Blick in ihr blasses Gesicht hinzu.

»Ich denke schon. Wenn du mich stützt.«

Langsam setzten sie sich in Bewegung. Erin hätte gern gewusst, ob ihr Verfolger noch immer da war, ob er näher gekommen war. Aber sie traute sich nicht, noch einmal nach ihm zu suchen.

»Wie sieht er eigentlich aus?«, fragte sie plötzlich.

»Wer?«

»Der Mann, der uns verfolgt.«

»Groß, dunkelhaarig, durchtrainiert. So um die vierzig, würde ich sagen. Warum?«

Während Daniel sprach, sah Erin wieder jenen verhängnisvollen Morgen vor ihren Augen ablaufen, an dem die alte Frau ihr den Anhänger überlassen hatte. »Ich glaube er war es, der die alte Frau umgebracht hat«, sagte sie leise. Und nun war er hinter ihr her.

»Wir sind da«, sagte Daniel plötzlich. Und als Erin den Kopf hob, sah sie tatsächlich Erhard vor einer silberfarbenen Limousine mit getönten Scheiben stehen.

»Was ist passiert?«, fragte er, als er Erins mitgenommene Erscheinung sah.

»Erzähle ich dir später«, erwiderte Daniel. »Lass uns jetzt lieber fahren.« Er öffnete die hintere Tür und ließ Erin hinein. Dann kletterte er ihr hinterher.

Erhard nahm auf dem Fahrersitz Platz. »Ins Hauptquartier?«, fragte er knapp.

Daniel warf einen Blick auf Erin, die erschrocken den Kopf schüttelte. »Ich denke, wir sollten Erin besser nach Hause bringen. Sie braucht jetzt Ruhe«, entschied er.

Der Sicherheitschef nickte und sprach ein paar Befehle in ein Funkgerät. »Meine Männer werden den Weg sichern. Außerdem habe ich die Wache am Haus verdoppelt. Wir werden es nun rund um die Uhr im Auge behalten.«

»Kannst du mir jetzt erzählen, was genau passiert ist?«, bat Daniel leise, als sie losfuhren.

Erin schluckte. Allein die Erinnerung brachte den dunklen Strudel der Emotionen wieder hervor und sie kämpfte entschieden dagegen an. »Ich wollte sehen, ob ich den Mann finden konnte«, begann sie stockend. »Immerhin hattest du selbst gesagt, dass ich das könnte.«

Fassungslos schüttelte Daniel den Kopf, doch seine Stimme blieb sanft. »Ich sagte, irgendwann, wenn du das Amulett vollständig beherrschst und dich vor unerwünschten Emotionen schützen kannst«, erwiderte er.

»Ich konnte doch nicht ahnen …« Ihre Stimme versagte.

»Was konntest du nicht ahnen?«

Erin unterdrückte ein Schaudern. »Er hasst mich. Mich persönlich. Und er hat Angst.« Fragend sah sie Daniel an. »Aber ich weiß nicht, wieso. Ich kenne ihn ja nicht einmal. Und ich habe ihm auch ganz bestimmt nichts getan.«

»Doch, aus seiner Sicht hast du es sehr wohl. Du hast das Amulett an dich gebracht, bevor er es holen konnte. Deinetwegen konnte er seinen Auftrag nicht ausführen. Und ich kann mir vorstellen, dass die Folgen seines Versagens sehr unangenehm für ihn waren. Ihr Großmeister ist nicht gerade für seine Nachsicht oder Barmherzigkeit bekannt.«

»Ich habe Angst«, sagte Erin und kuschelte sich unwillkürlich enger an ihn. »Mich hat noch nie jemand so gehasst.« Sie spürte, wie Tränen in ihren Augen aufwallten. »Er wird nicht Ruhe geben, bevor er mich hat.«

»Das werden wir nicht zulassen«, sagte Daniel fest und zog ihren Kopf an seine Brust. »*Ich* werde das nicht zulassen«, fügte er so leise hinzu, dass sie nicht sicher war, es tatsächlich gehört zu haben.

Als sie ihr Haus erreichten, sah Erin sofort, dass Lisas Auto nicht auf seinem Stellplatz stand, und atmete erleichtert auf. Das ersparte ihr langwierige Erklärungen, zu denen ihr im Augenblick die Kraft fehlte. Langsam ging sie, von Daniel begleitet, die Stufen zur Eingangstür hinauf und steckte den Schlüssel in das Schloss.

»Ich fahre jetzt zurück. Kommst du mit oder soll ich deinen Wagen hierherbringen lassen?«, wandte Erhard sich an Daniel.

Bittend sah Erin ihn an und er drückte beruhigend ihre Hand. »Ich bleibe hier«, erwiderte Daniel fest.

»Aber deine Mutter«, setzte der Sicherheitchef mahnend an.

»Wird meine Entscheidung verstehen und respektieren«, beendete Daniel nachdrücklich den Satz.

Der Mann zuckte mit den Schultern. Du musst wissen, was du tust, schien die Geste zu sagen. Dann nickte er Erin grüßend zu, stieg in sein Auto und fuhr davon.

»Möchtest du dich hinlegen?«, fragte Daniel fürsorglich, als sie ihr Zimmer betraten.

Sie nickte schwach. »Bleibst du bei mir?«, fragte sie dann zögerlich.

»Natürlich. Das habe ich doch schon Erhard gesagt. Ich bleibe so lange, wie du mich brauchst.«

»Das meine ich nicht«, sagte Erin leise und fühlte, wie sie leicht rosa anlief. »Könntest du mich ein wenig festhalten? Nur so, als Freund? Ich habe Angst, dass ich sonst wieder bloß den schwarzen Strudel sehe, der mich verschlingt.«

»Aber sicher.« Daniel setzte sich zu ihr auf das Bett und schloss seine Arme fest um sie.

Derart beruhigt schlief Erin bald ein.


Irgendwann, als er Lisa nach Hause kommen hörte, löste Daniel sich von Erins im Schlaf entspanntem Körper und setzte sich an den Schreibtisch.

»Sie schläft«, flüsterte er Erins Schwester leise zu, als diese ihren Kopf durch die Tür steckte.

»Um diese Zeit?«

»Sie fühlte sich nicht ganz wohl«, erklärte er.

»Ist sie krank?«, fragte Lisa besorgt.

»Nein, nur Kopfschmerzen, nichts Ernstes.«

»Und was machst du noch hier?«, fragte sie dann verwundert. »Läuft da doch was zwischen euch?« Misstrauisch sah sie ihn an.

Daniel zögerte. »Nein«, sagte er schließlich wahrheitsgemäß. »Ich habe bloß etwas Stress mit meiner Mutter und Erin hat mir erlaubt, hier ein wenig herumzuhängen.«

»Bleibst du etwa über Nacht?«

Daniel stutzte. Daran hatte er noch gar nicht gedacht. »Wenn es möglich wäre«, sagte er zögernd.

»Du kannst im Gästezimmer schlafen«, entschied sie schließlich. Dann ging sie hinaus, um Flori anzurufen. Es schadete gewiss nicht, noch einen anderen Mann im Haus zu haben, falls dieser hier doch noch auf komische Gedanken kommen sollte.

Der große Mann kniete ergeben auf dem kalten Steinfußboden und schaute ängstlich zu der vor ihm stehenden, verhüllten Gestalt des Großmeisters hoch. Er wusste, dass er dieses Mal keine Gnade mehr zu erwarten hatte.

»Du hast versagt. Schon wieder«, zerschnitt die kalte Stimme des Großmeisters die Stille.

Der Mann senkte den Kopf.

»Du hast es wieder nicht geschafft, uns das Mädchen zu bringen.«

»Sie wird gut geschützt«, wandte der Mann zögernd ein. Er war es nicht gewohnt, sich zu rechtfertigen. »Gebt mir mehr Männer und ich werde sie Euch bringen«, versprach er fieberhaft. »Dann wird sie für alles büßen.«

Nachdenklich umkreiste der Großmeister den knienden Mann. »Nein«, entschied er schließlich. »Du hast zu viele Fehler gemacht. Dein größter war, dich von deinen Gefühlen verraten zu lassen. Deinetwegen ist sie nun gewarnt und verängstigt – eine für meine Pläne äußerst ungünstige Kombination.« Er vollendete die Runde und presste seine langen Finger flach gegeneinander. »Ich fürchte, ich habe keine Verwendung mehr für dich.«

Der Mann erbleichte und zuckte, um sich zu erheben. Doch er kam nicht weit. Wie zufällig berührten die Finger des Großmeisters das um seinen Hals hängende Amulett und er schloss für einen Augenblick die Augen. Als er sie wieder öffnete, krümmte sich der große Mann bereits hilflos am Boden und seine Schmerzensschreie erfüllten den Raum.

»Ich werde mich wohl persönlich um die Sache kümmern müssen«, führte der Großmeister seinen Gedankengang zu Ende, als ob nichts geschehen wäre.

# Kapitel 7

Langsam öffnete Erin die Augen und streckte sich, um ihre steifen Muskeln in Gang zu bringen. Überrascht bemerkte sie, dass sie zwar auf ihrem Bett lag, jedoch vollständig angezogen war. Dann kehrte die Erinnerung an den gestrigen Tag allmählich zurück und sie schauderte. Nein, sie wollte jetzt bestimmt nicht an diesen unheimlichen Mann denken.

Mit einem Blick auf die Uhr stellte sie erstaunt fest, dass es bereits nach neun war. Sie musste wirklich fertig gewesen sein, dass sie so lange geschlafen hatte. Sie sah sich um, doch natürlich war von Daniel keine Spur zu sehen. Er musste irgendwann nach Hause gegangen sein, vermutlich kurz nachdem sie eingeschlafen war.

Erin ging ins Badezimmer und spritzte sich kaltes Wasser ins Gesicht, dann ging sie hinunter in die Küche, aus der ausgelassene Stimmen drangen. Männliche Stimmen. Neugierig lugte sie durch die Tür und sah Daniel und Florian, die sich gerade aufgeregt über irgendein neues Automodell unterhielten, während Lisa gelangweilt in ihre Kaffeetasse starrte. Das Ganze wirkte so erfrischend normal und ungezwungen, dass Erin unwillkürlich lächeln musste. Auch wenn sie es sich nicht erklären konnte, wieso Daniel schon so früh wieder hier war. Und wieso ein angebissenes Brötchen auf dem Teller vor ihm lag. Gerade, als sie den Mund aufmachte, um sich bemerkbar zu machen, hob er seinen Blick und lächelte sie fröhlich an. Erin stockte das Herz und sie zwang sich, ihre Augen abzuwenden.

»Guten Morgen«, murmelte sie in die Runde.

»Guten Morgen, Schlafmütze«, erwiderte Daniel. Und bevor sie oder die Anderen etwas sagen konnten, fuhr er schnell fort. »Danke noch mal, dass ich heute Nacht hier schlafen durfte.«

Erins Augenbrauen fuhren erstaunt in die Höhe, doch mit einem Blick auf Lisa, für die das ganz in Ordnung schien, hielt sie den Mund.

»Geht es dir wieder besser?«, fragte er dann besorgt.

Erin nickte. »Ja. Der Schlaf hat mir gutgetan.«

»Hier, setz dich zu mir«, sagte Lisa und rückte ein Stück auf ihrer Sitzbank.

Erin nahm sich einen Kaffee und setzte sich zu ihrer Schwester. Während sie sich ein Brötchen mit Butter und Marmelade bestrich, sah sie fassungslos den beiden Jungs zu, die sich wieder in ihre Autodiskussion vertieft hatten. So müsste es sein, wenn Daniel einfach nur mein Freund wäre, schoss es ihr sehnsüchtig durch den Kopf. Dann wäre das ein ganz gewöhnlicher Sonntagmorgen und sie könnte einfach ihr Frühstück genießen. Doch so, wie die Dinge standen, schossen ihr ständig tausend Fragen durch den Kopf. Konnte sie ihm trauen? War er ihr Leibwächter oder eher Bewacher? Würde dieser Mann, der sie verfolgte, sie erwischen? Und brachte sie womöglich auch ihre Schwester in Gefahr? Würde es irgendwann wieder vorbei sein? Irgendwie bezweifelte sie das. Immerhin kämpften die beiden Organisationen schon seit Ewigkeiten um die Macht der Amulette. Wieso sollte ausgerechnet jetzt eine Seite den Kampf beenden können?

Lustlos schob sie sich ihr Brötchen in den Mund und erhob sich. Ihr war der Appetit vergangen.

Als sie die Küche verließ, eilte Daniel ihr hinterher. »Kann ich kurz mit dir reden?«, fragte er.

»Klar.« Erin zuckte mit den Schultern.

»Geht es dir wirklich gut?« Eindringlich sah er sie an. »Du wirkst noch immer bedrückt.«

Sie lehnte sich an die Wand. »Ist das so überraschend?«

»Nein, natürlich nicht«, sagte er schnell. »Ich weiß, dass du Zeit brauchst, das alles zu verarbeiten. Aber ich will auch, dass du eins weißt: dieser Mann kann dir nichts tun. Wir werden es nicht zulassen.«

Erin bemühte sich um ein dankbares Lächeln und wollte sich an ihm vorbeidrängen.

»Warte bitte«, hielt Daniel sie zurück. »Irgendwie ist alles schiefgelaufen«, murmelte er und strich sich durch die Haare.

Erstaunt bemerkte Erin, dass er auf einmal unsicher wirkte.

»Ich …«, fing er an, nur um sich wieder zu unterbrechen. »Gestern sollte ein richtig schöner Tag für dich werden«, sagte er dann schnell. »Ich wollte, dass du mal wieder Spaß hast und dich einfach freust.« Er verstummte. »Hat offensichtlich nicht funktioniert.«

Entschuldigend sah er sie an. »Ich hätte besser aufpassen müssen. Aber ich dachte wirklich, in der Stadt wären wir sicher. Dass sie uns bei so vielen Zeugen einfach in Ruhe lassen würden. Ich werde sie nicht noch einmal unterschätzen«, versprach er ihr fest.

»Danke«, erwiderte Erin unsicher, während sie sich fragte, was er mit dieser Rede eigentlich bezweckte. »Ich weiß dein Engagement für mich und die Sache wirklich zu schätzen.«

»Engagement?« Verdattert starrte er sie an. »Du verstehst das völlig falsch.«

»Inwiefern?«

Er atmete tief durch. »Ich glaube, ich muss noch einmal von vorne anfangen. Gestern ist einiges schiefgelaufen«, setzte er wieder an. »Und ich würde das gern wieder gut machen. Ich will, dass du heute einen wirklich schönen Abend hast. Aber dafür muss ich dich ein wenig allein lassen, um alle Vorbereitungen treffen zu können.«

»Was für Vorbereitungen?«

»Zum einen das Offensichtliche. Ich müsste mich mal rasieren«, sagte er lächelnd und fuhr sich mit der Hand über das Kinn, auf dem dichte Bartstoppeln zu sehen waren.

Erin nickte. Damit sah er viel zu verwegen und abenteuerlustig aus. Es war wirklich besser, wenn er sie abrasierte.

»Und dann muss ich mit Erhard noch über die Sicherheitsvorkehrungen sprechen. Damit heute Abend alles glatt läuft.«

»Was hast du denn vor?« Bei diesem ganzen Gerede über Sicherheit und Vorkehrungen fühlte sie sich überhaupt nicht wohl. Als wäre sie die Präsidententochter oder irgendeine VIP.

»Ich hole dich dann um sechs Uhr ab«, sagte er.

Erin sah ihn noch immer verständnislos an.

»Das heißt, wenn du willst«, fügte er schnell hinzu.

»Habe ich denn eine Wahl?«

Sie hätte nie gedacht, dass Daniel tatsächlich erröten konnte. »Das kam schon wieder ganz falsch«, murmelte er verlegen. »Irgendwie bringst du mich völlig aus dem Konzept.« Er sah sie beinahe schüchtern an. »Natürlich hast du eine Wahl. Eigentlich wollte ich nämlich fragen, ob du Lust hättest, heute Abend mit mir auszugehen.«

Erin verengte die Augen. »Du meinst, wie ein Date?«

»Eigentlich nicht wie.« Fragend sah er sie an.

»Ein richtiges Date?«, vergewisserte Erin sich. »Nur du und ich …«, und ein halbes Dutzend Sicherheitsmänner, die jedes ihrer Worte mithörten. Wie romantisch. »Kommt Erhard auch mit?«, erkundigte sie sich, als er sie noch immer erwartungsvoll ansah.

Daniel gluckste amüsiert. »Er wird wohl in der Nähe bleiben. Aber nein, *ihn* habe ich nicht um ein Date gebeten, sondern nur dich. Also, was sagst du?«

»Okay«, erwiderte Erin mit einem kleinen Lächeln. Sie wusste wirklich nicht, ob es eine so gute Idee war, aber sie konnte ja schlecht nein sagen. Außerdem war sie neugierig, was Daniel sich einfallen lassen würde.

»Gut.« Er atmete erleichtert aus und streichelte sanft ihre Schulter. »Ich hole dich dann gegen sechs Uhr ab. Versuch bitte bis dahin, das Haus nicht zu verlassen und keine bösen Gefühle zu lesen, okay?«

Erin schoss ihm einen finsteren Blick zu, den er lächelnd quittierte. »Bis bald!« Beim Hinausgehen winkte er Lisa und Florian, die in der Küche saßen, freundschaftlich zu.

Erin stand noch immer im Flur, als er das Auto startete. Verwirrung, Aufregung, Sorge und Vorfreude mischten sich gerade in ihrem Herzen und ließen ihren Bauch wie wild kribbeln. Sie sah auf ihre Armbanduhr und seufzte. Es war erst kurz nach zehn. Wie sollte sie bloß die verbleibenden acht Stunden überstehen?

Nach einigen erfolglosen Versuchen, sich in ein Buch zu vertiefen, beschloss Erin letztlich, den Tag ganz der Schönheitspflege zu widmen. So etwas tat schließlich Körper und Seele gut und hatte den netten Nebeneffekt, dass sie am Abend ganz umwerfend aussehen würde.

Während sie sich sorgfältig die Augenbrauen zupfte, sagte sie sich zum wiederholten Mal, dass sie das nicht tat, um Daniel zu gefallen. Sondern damit er *dachte*, dass sie ihm gefallen wollte. Und das war nun wirklich nicht dasselbe. Ganz und gar nicht. Nicht einmal annähernd.

Lisa hatte Erins Treiben den ganzen Tag über stumm beobachtet. Doch als Erin gerade vor dem offenen Kleiderschrank stand und unentschieden ihre

Klamotten anstarrte, kam ihre Schwester leise herein und schloss die Tür hinter sich. »Also, raus mit der Sprache. Was ist hier los?« Erwartungsvoll sah Lisa sie an.

»Ich überlege gerade, was ich anziehen soll«, erklärte Erin wahrheitsgemäß.

»Das sehe ich. Und das hat nicht zufällig etwas mit einem großen, unglaublich gut aussehenden Kerl zu tun, der sich hier in letzter Zeit ständig herumtreibt?«

Erin spürte, wie sie errötete. »Es ist nicht so, wie du denkst. Wir sind nur Freunde.«

»So so.« Lisa sah sie spöttisch an und zupfte leicht an dem Träger von Erins schwarzem Push-up-BH. »Und den hast du bloß an, um heute Abend mit Flori und mir vor dem Fernseher herumzuhängen, oder?«

»Also gut.« Erin drehte sich um und sah ihre Schwester ernst an. »Ich will heute tatsächlich noch mit Daniel weggehen. Aber ich weiß noch nicht, wohin das Ganze führen soll. Bis jetzt ist er nur ein Freund.«

»Ein Freund, mit dem du heute ein Date hast«, bemerkte Lisa trocken.

»Schon möglich.« Erin wandte sich wieder ihrem Kleiderschrank zu.

»Magst du ihn?«, fragte Lisa neugierig.

Erin zögerte. »Ich fürchte, schon.«

»Du fürchtest?«, wiederholte ihre Schwester belustigt. »Warum denn das? Es wurde höchste Zeit, dass du dich auch mal verliebst.«

Erin zuckte bei dem Wort empfindlich zusammen.

»Ich bin nicht verliebt!«, entgegnete sie schärfer als beabsichtigt. »Ich mag ihn bloß. Und ich bin nicht sicher, ob es ihm bei mir genauso geht.«

Nun lachte ihre Schwester wirklich laut auf. »Es heißt ja nicht umsonst, Liebe macht blind!«

»Ich-bin-nicht-verliebt«, wiederholte Erin nachdrücklich.

»Wie du meinst.« Lisa zuckte scheinbar gleichgültig mit den Schultern. »Er dafür umso mehr.«

»Ja klar«, erwiderte Erin. Ihre Schwester hatte wieder mal keine Ahnung. Aber wie sollte Lisa auch? Jeder normale Mensch würde Daniels Verhalten als Interesse werten. Aber sie wusste es besser.

»Du wirst schon sehen«, prophezeite Lisa gutgelaunt und wandte sich zur Tür. »An deiner Stelle würde ich das blaue Kleid nehmen«, sagte sie noch, bevor sie das Zimmer verließ. »Es bringt deine Augen so schön zum Strahlen.«

Erin griff kurzentschlossen nach dem Kleiderbügel und zog das blaue Kleid heraus. Ihre Schwester mochte sich in Bezug auf Daniel irren, doch ihr Kleidergeschmack war praktisch unfehlbar.

Eine halbe Stunde später, als sie sich gerade Lipgloss auf die Lippen tupfte, hörte sie Daniels Auto auf die Einfahrt fahren. Schnell streifte sie sich die hochhackigen Sandaletten über die Füße – ein Glück, dass Daniel groß genug dafür war – schnappte sich ihre Handtasche sowie ein Strickjäckchen und lief zur Tür. Er schien gerade klingeln zu wollen, als sie die Tür öffnete.

Einen Augenblick lang starrten sie einander einfach nur an und nahmen das Erscheinungsbild des jeweils Anderen in sich auf. Daniel erholte sich als Erster. »Wow!«, entfuhr es ihm. »Du siehst einfach unglaublich aus.«

»Danke«, murmelte Erin. »Du auch.« Und es stimmte. Er trug einen hellen Anzug und dazu ein leichtes, dunkelblaues Hemd. Er wirkte sportlich, lässig, elegant und unglaublich sexy zugleich. Bei seinem Anblick fing Erins Herz an, wie wild zu pochen, und sie war drauf und dran, das Ganze wieder abzublasen und zurück ins Haus zu flüchten. Doch sie atmete nur tief durch und setzte ein tapferes Lächeln auf. »Wollen wir?«, sagte sie leichthin und nahm den Arm, den er ihr anbot.

»Was hast du eigentlich mit mir vor?«, fragte sie, während er auf die Autobahn in Richtung Köln fuhr.

»Oh, ich dachte an einen kleinen Snack, in einer Sushi-Bar vielleicht. Danach könnten wir uns im Musical-Dome »Das Phantom der Oper« ansehen. Und anschließend, wenn du noch Lust hast, hätte ich eine besondere Überraschung für dich.« Er blickte erwartungsvoll zu ihr hinüber. »Wir können aber auch etwas Anderes tun, wenn es dir lieber wäre«, fügte er leicht verunsichert hinzu, als sie nicht reagierte.

»Nein! Das alles klingt toll, wirklich!«, sagte Erin schnell. Und das stimmte auch. Wenn es ein richtiges Date gewesen wäre, wäre es einfach perfekt gewesen. Entschieden verjagte sie diesen Gedanken. Es gab keinen Grund, warum sie den Abend nicht trotzdem genießen sollte.

»Los geht's«, sagte sie enthusiastisch und schenkte ihm ein strahlendes Lächeln.

»Ich muss zugeben, ich habe so etwas noch nie gemacht«, gestand Erin, als sie kichernd versuchte, eine Sushi-Rolle mit Stäbchen in ein Schälchen mit Soja-Sauce zu tauchen.

»Dafür machst du es aber sehr gut«, bemerkte Daniel, während er sich selbst geschickt ein Röllchen in den Mund steckte.

»Ich fürchte nur, bei dem Tempo dauert es ewig, bis ich das Ganze hier aufgegessen habe.« Sie wies auf das kleine, gut gefüllte Tablett vor sich.

»Na, dann sollte ich dir wohl helfen«, erwiderte er lächelnd. »Sonst schaffen wir es nicht rechtzeitig zum Musical.« Bevor Erin irgendwelche Einwände erheben konnte, fischte er ihr Röllchen aus der Sauce und hielt es ihr einladend vor die Lippen.

Ihr blieb nichts weiter übrig, als den Mund aufzumachen und es zu essen. »Gar nicht so übel, dein roher Fisch«, bemerkte sie kauend.

»Wir hätten auch woanders hingehen können. Du hättest nur ein Wort sagen müssen.« Er legte seine Hand auf die ihre, während er mit der anderen eine weitere Sushi-Rolle vom Tablett nahm und ihr hinhielt. »Immerhin soll das hier *dein* Abend sein.«

Erin leckte sich einen Tropfen Sauce von der Lippe und kam sich dabei ungeheuer verführerisch und verrucht vor. »Ich finde ihn schön, so, wie er ist«, erwiderte sie leise.

»Ich auch.« Daniel lächelte entspannt. »Sehr schön sogar.«

Mit seiner Hilfe schaffte sie es tatsächlich, alles zügig aufzuessen, sodass sie es noch pünktlich zum Musical-Dome schafften.

Und dann, als das Licht ausging und die Ouvertüre einsetzte, vergaß Erin alles um sich herum. Sogar Daniels Gegenwart beunruhigte sie nicht mehr, so sehr genoss sie die Musik und die unheimliche, faszinierende Stimmung des Stücks.

Als der Vorhang schließlich fiel, seufzte sie laut auf und wandte sich mit leuchtenden Augen Daniel zu. »Es war einfach nur wunderschön! Ich habe es zwar schon im Fernsehen gesehen, aber das ist wirklich nicht dasselbe!«

»Ich freue mich, dass es dir gefallen hat«, sagte er lächelnd und gab ihr einen sanften Kuss auf die Hand. »Und jetzt, falls du noch nicht zu müde bist, habe ich eine kleine Überraschung für dich.«

»Eine Überraschung? Was denn?«, fragte Erin neugierig. Sie wusste, dass sie eigentlich nach Hause sollte und dass sie am nächsten Tag Schule hatte, aber sie konnte der Versuchung einfach nicht widerstehen.

Daniel lachte. »Wenn ich es dir jetzt verrate, ist es keine Überraschung mehr. Also, was ist? Soll ich dich nach Hause bringen oder gibst du mir noch eine Stunde?«

»Na gut, eine Stunde«, erwiderte Erin großzügig.

»Na dann, komm.« Er nahm ihre Hand und zog sie mit sich in die Nacht hinaus.

»Wohin gehen wir?«

»Zum Auto. Wir müssen kurz auf die andere Rheinseite.«

»Und dann?«

»Lass dich überraschen!«, erwiderte er geheimnisvoll.

Daniel führte sie zum Auto zurück und fuhr mit ihr über die Deutzer Brücke zum Kennedy-Ufer. »Komm mit!«, sagte er verheißungsvoll lächelnd, als er kurze Zeit später sein Auto abgestellt hatte.

»Und wohin?«, fragte Erin und spürte, wie kleine Schmetterlinge wild in ihrem Bauch zu flattern begannen. Es war alles so aufregend und romantisch.

»Zum Rhein, es ist nicht weit.« Tatsächlich führte er sie zu einem kleinen Steg, an dem ein Boot wartete, das Erin stark an die typischen Venedig-Bilder erinnerte.

»Wir machen nur eine kleine Runde. Köln bei Nacht bietet einen tollen Anblick«, erklärte Daniel und sah sie fragend an.

»So etwas habe ich auch noch nie gemacht«, erwiderte sie begeistert. »Ich bin dabei.«

Eine Laterne am Bug spendete gerade noch genügend Licht, um das kleine Gefährt zu beleuchten. Das Boot schwankte, als Daniel Erin hineinhalf. Er ließ sie auf einer niedrigen Bank Platz nehmen, während er sich selbst so am Heck hinsetzte, dass er sie anschauen konnte. Dann drückte er auf einen Knopf und leise Musik ertönte aus verborgenen Lautsprechern.

Fasziniert blickte Erin sich um und konnte ihr überwältigtes Lächeln nicht zurückhalten. »Wow, du hast echt keine Mühen gescheut.«

Er grinste fröhlich über ihre offensichtliche Begeisterung. Dann betätigte er einen Hebel und ließ den Motor ins Wasser. Das Boot setzte sich augenblicklich in Bewegung.

»Huch!«, entwich Erin ein überraschter Schrei, als sie losfuhren. »Es ist ein Motorboot?«, setzte sie erstaunt hinzu. »Ich habe mich schon gewundert, wo die Ruder sind.«

»So kann ich mich viel besser auf den Ausblick konzentrieren, als wenn ich immer nur keuchen und schwitzen müsste.«

»Ja, es ist wirklich wunderschön«, stimmte Erin ihm zu, als sie langsam an den hellen Lichtern der Stadt entlangglitten.

»Wunderschön«, wiederholte Daniel. Und als Erin ihn ansah, erkannte sie, dass sein flammender Blick nur ihr galt. Verlegen wandte sie ihren Kopf ab und war sehr dankbar für die Dunkelheit, die die Röte verbarg, die ihr plötzlich in die Wangen gestiegen war.

Sie hätte noch stundenlang so weiterfahren können, während der leichte Sommerwind mit ihren Haaren spielte und sie sich in der Dunkelheit seltsam gelöst und frei fühlte. Doch schon zu bald wendete Daniel das kleine Boot und sie fuhren zur Anlegestelle zurück.

Erins Beine zitterten ein wenig, als er ihr beim Aussteigen half.

»Bist du müde?«, fragte er besorgt und legte seinen Arm stützend um ihre Schultern.

»Nein.« Sie schüttelte entschieden den Kopf. »Glücklich. Es war ein wirklich wunderschöner Abend.«

Er sah ihr tief in die Augen und neigte ein wenig den Kopf, als wollte er sie küssen.

»Wir sollten jetzt aber nach Hause.« Erin tat, als hätte sie seine Geste nicht bemerkt. »Immerhin haben wir morgen früh wieder Schule«, fügte sie schnell hinzu.

»Aber klar doch. Hier entlang.« Er zog sie mit sich fort und nach wenigen Minuten hatten sie das Auto erreicht. Er öffnete ihr die Tür – ganz der Gentleman – und nahm dann selbst auf dem Fahrersitz Platz.

Schweigend fuhren sie los. Erin warf ihm aus dem Augenwinkel einen verstohlenen Blick zu. Er hatte seine Lippen fest zusammengepresst und schien mit seinen eigenen Gedanken zu ringen.

Beunruhigt und verwirrt wandte sie ihre Augen wieder ab und schaute aus dem Fenster.

»Also dann, bis morgen«, sagte sie, als sie endlich ihr Haus erreichten. »Es war ein sehr schöner Abend, danke.« Sie öffnete die Autotür und stieg aus.

»Erin, warte!«, rief Daniel plötzlich.

Überrascht sah sie von dem Schloss auf, in das sie gerade den Schlüssel gesteckt hatte.

Er stand nur wenige Schritte von ihr entfernt. Kurz schien er zu zögern, dann ging ein Ruck durch seinen Körper und er war mit zwei Sprüngen bei ihr. Stürmisch zog er sie an sich.

Erins Körper reagierte sofort. Fast ohne ihr Zutun schmiegte sie sich an ihn, ihre Arme umschlangen seinen Nacken und ihr Gesicht hob sich seinem Kuss entgegen, der nun unweigerlich kommen musste.

Als seine Lippen sanft die ihren berührten, breitete sich ein süßes Kribbeln in ihrem gesamten Inneren aus, sie schloss die Augen und erwiderte leidenschaftlich seinen Kuss.

»Oh, Erin«, flüsterte er heiser gegen ihre Lippen. »Das habe ich schon so lange tun wollen.«

Tun *sollen*, meinst du wohl, meldete sich plötzlich die gemeine kleine Stimme in ihrem Kopf wieder zu Wort. Erin versteifte sich und Tränen schossen ihr heiß in die Augen. Mit aller Kraft schob sie ihn von sich. »Ich kann das nicht«, flüsterte sie erstickt.

Noch bevor er etwas sagen konnte, fand ihre Hand den Schlüssel, der noch immer im Schloss steckte. Sie öffnete die Tür, huschte ins Haus und knallte sie hinter sich wieder zu. Zitternd lehnte sie sich gegen die Wand.

»Erin, was ist denn los?«, drang Daniels Stimme dumpf zu ihr. »Sprich mit mir!«

Doch sie achtete nicht mehr auf ihn. Mit tränenverschleiertem Blick stolperte sie die Treppe nach oben in ihr Zimmer und warf sich bäuchlings auf das Bett. Während hysterische Schluchzer ihren Körper erschütterten, vergrub sie ihr Gesicht in dem Kissen und ließ ihren Tränen freien Lauf.

Sie fühlte sich verraten, benutzt und so unsagbar dumm. Er hatte seine Falle zu gut gestellt. Und sie war sehenden Auges hineingelaufen. Denn ihre Gefühle waren echt, das war ihr in dem Augenblick klar geworden, als er sie geküsst hatte. Während sie nur so tun wollte, als ob, hatte sie sich wirklich in ihn verliebt. In einen Kerl, der bloß mit ihr spielte. Der sie bloß verführen wollte, um sie seiner Sache gefügig zu machen. Den sie eigentlich gar nicht kannte und der sie immer nur belogen hatte.

Unter all dem Schmerz regte sich plötzlich Erins Stolz. Er hatte sich mit der Falschen angelegt. Es mochte wohl sein, dass er sich hinterrücks in ihr Herz geschlichen hatte, aber sie würde diesen Gefühlen niemals nachgeben. Sie wusste, was er wirklich war. Und dieses Wissen würde ihr helfen, seinem Charme und seinen verlogenen Liebesschwüren, die nun unweigerlich kommen würden, zu widerstehen.

Mit diesem Entschluss schlief Erin schließlich ein.

Als sie am nächsten Morgen erwachte, fiel ihr das ganze Elend ihrer Situation wieder ein und sie spürte erneut Tränen in sich aufsteigen. Gestern Nacht hatte ihre Wut ihr Kraft gegeben, doch heute wusste sie nicht mehr, ob sie die Stärke haben würde, ihn zu sehen.

Bedrückt schleppte sie sich ins Badezimmer und beseitigte die verschmierten Reste ihres am Vortag so sorgfältig aufgetragenen Make-ups. Das meiste hatte wohl ihr Kopfkissen abbekommen. Während sie ihr Gesicht wusch, dachte Erin verbittert darüber nach, wie anders die Welt für sie noch vor vierundzwanzig

Stunden ausgesehen hatte. Sie hatte gedacht, sie könnte mit dem Feuer spielen, ohne sich die Finger zu verbrennen. Und nun zahlte sie die Rechnung dafür.

Als sie in die Küche kam, saßen Lisa und Florian bereits am Frühstückstisch. Offensichtlich mussten auch sie heute früher raus.

»Und, wie war's?«, fragte Lisa fröhlich. Doch als sie Erins Gesicht sah, verschwand ihr Lächeln. »Was ist passiert? Du siehst furchtbar aus.«

»Ich bin müde«, erwiderte Erin.

»Das ist aber nicht alles«, ließ sich ihre Schwester nicht abwimmeln. »Habt ihr euch gestritten?«

Erin nickte schwach. »Könntest du mich heute vielleicht zur Schule fahren?«, wandte sie sich dann an Florian. »Ich möchte Daniel nicht sehen.«

Seine Schwester und ihr Freund tauschten einen schnellen Blick. »Hat er dir etwas getan?«, fragte Florian, wobei er es sorgsam vermied, Erin anzusehen.

»Was? Ach so, nein«, stammelte sie. Zumindest nicht körperlich. Einem Mädchen das Herz zu brechen, war in diesem Land ja leider nicht strafbar. »Ich möchte jetzt wirklich nicht darüber sprechen«, fügte sie leise hinzu. »Kannst du mich bitte einfach nur zur Schule fahren?«

»Klar, aber du musst dich beeilen«, sagte er mit einem Blick auf die Uhr. »Und wenn ich ihn für dich verprügeln soll, sag einfach Bescheid, okay?«, fügte er mit einem schiefen Grinsen hinzu.

»Danke«, sagte Erin und lächelte leicht. »Vielleicht komme ich noch auf dein Angebot zurück.«

Sie sah Daniel schon von Weitem. Er stand in dem Flur, der zu ihrem Kursraum führte, und hielt offensichtlich nach ihr Ausschau. Er sah so gut und so nervös aus, dass sich ihr Herz schmerzhaft zusammenzog.

Auf keinen Fall konnte sie jetzt mit ihm reden. Kurzentschlossen lenkte Erin ihre Schritte nach links und flüchtete in die Mädchentoilette. Mit klopfendem Herzen wartete sie, bis es zur Stunde geklingelt hatte, und dann noch ein wenig länger, und betete, dass Daniel nicht im Flur auf sie wartete.

Als sie sich schließlich traute, die Tür zu öffnen, atmete Erin erleichtert auf. Anscheinend hatte er ihren Wink verstanden. Nervös lief sie zur ersten Stunde und murmelte eine rasche Entschuldigung, als der Lehrer sie wegen der Verspätung missbilligend musterte.

Unwillkürlich warf sie Daniel, der bereits auf seinem Platz saß und sie verwirrt anschaute, einen kurzen Blick zu. Dann holte sie ihr Schulbuch hervor und vergrub beinahe ihr Gesicht darin. Während sie versuchte, Daniels Gegenwart zu ignorieren, fühlte sie sich wie in Trance. Gehorsam starrte sie auf die Seiten, wenn sie etwas lesen sollten, oder kopierte automatisch jedes Wort, das der Lehrer an die Tafel schrieb, ohne irgendetwas davon mitzubekommen. Am liebsten hätte Erin sich irgendwo zusammengerollt und richtig ausgeweint, denn ihren Bemühungen zum Trotz spürte sie die ganze Zeit über Daniels brennenden Blick auf sich ruhen.

Sie war sicher, dass er nun wütend sein würde, dass er sie wieder mit der gleichen Kälte und Verachtung behandeln würde wie am Anfang ihrer Bekanntschaft. Und obwohl sie wusste, dass es das Beste für sie wäre, tat ihr der Gedanke daran unsagbar weh.

Kaum hatte die Glocke zum Ende der Stunde geschellt, packte sie ihre Sachen und verließ fluchtartig den Raum.

Irgendwie schaffte Erin es tatsächlich, Daniel den ganzen Tag aus dem Weg zu gehen. Zwar hatte sie dadurch die meisten Pausen auf dem Mädchenklo verbracht, aber zumindest hatte sie nicht mit ihm reden müssen. Irgendwann hatte er schließlich den Versuch aufgegeben, sich ihr zu nähern, und sah sie bloß aus der Ferne an. Dabei wirkte er so enttäuscht, verwirrt, traurig, verletzt und irgendwie bittend zugleich, dass Erin sehr froh über die lärmende Menge der Schüler war, die zwischen ihnen stand. Wenn er sich ihr genähert hätte, hätte sie seiner samtenen Stimme und diesen unglaublich beredten Augen wohl doch nicht widerstehen können. Und sie war froh, dass Mia sich heute krank gemeldet hatte, denn sie hätte ihre Fragen einfach nicht ertragen können. Als sie aus dem Augenwinkel Daniel wieder zu sich herüberschauen sah, hob sie schnell ein Buch vors Gesicht und gab vor, darin zu lesen. Resigniert senkte er wieder den Blick und sie atmete erleichtert auf.

Doch siedend heiß fiel es ihr plötzlich ein, dass Daniel sie in Ruhe ließ, weil er keinen Grund hatte, eine Szene vor der ganzen Schule zu riskieren. Er würde einfach bis nach Schulschluss warten, um sie dann nach Hause zu fahren.

Erin fühlte sich, als hätte ihr jemand in den Magen geboxt. Wieso nur hatte sie nicht daran gedacht, mit dem Fahrrad zu fahren? Wieso nur hatte sie Florian gefragt? Jetzt hatte sie keine Möglichkeit, unbemerkt zu verschwinden. Sie spielte kurz mit dem Gedanken, einfach abzuhauen, die letzte Stunde zu schwänzen und zu Fuß nach Hause zu gehen. Aber ihr Selbsterhaltungstrieb hielt sie letztendlich davon ab. Ihr war klar, dass es viel zu gefährlich war, allein zu Fuß zu gehen.

Verzweifelt biss Erin sich auf die Fingerknöchel, aber ihr fiel kein Ausweg ein. Nach der letzten Stunde würde sie Daniel ausgeliefert sein.

Noch nie hatte sie das Gefühl gehabt, dass der Unterricht so schnell verflog, während sie sich wünschte, dass jede Minute ewig dauerte. Sie war die Letzte, die den Klassenraum schließlich verließ und sich langsam zum Ausgang schleppte. Sie rechnete so fest damit, Daniels hochgewachsene Gestalt vor seinem blauen VW Golf auf dem Schulparkplatz zu sehen, dass sie im ersten Augenblick gar nicht bemerkte, dass er nicht da war. Stattdessen lief Erhard plötzlich auf sie zu, um sie zu seinem Auto zu lotsen.

Erschrocken blieb Erin stehen. Wollte er sie etwa entführen? Zaghaft ließ sie ihre Gedanken nach den seinen tasten und atmete erleichtert auf, als sie keinerlei Bedrohung von ihm verspürte.

»Endlich bist du da«, sagte der Sicherheitsmann

und streckte seinen Arm aus, um ihr die Schultasche abzunehmen. »Noch fünf Minuten und ich hätte vermutlich die Schule gestürmt«, fügte er mit einem leichten Lächeln hinzu.

Erin konnte noch immer nicht anders, als ihn verwirrt anzustarren.

»Alles in Ordnung?«, fragte Erhard besorgt. »Daniel meinte, du brauchst wohl ein bisschen Abstand von ihm. Daher sollte ich dich lieber abholen. Habt ihr euch gestritten?«

Erin zuckte unsicher mit den Achseln. Der Sicherheitchef der *Bruderschaft* war bestimmt der letzte Mensch, mit dem sie ihr Gefühlsleben diskutieren wollte.

»Wie auch immer.« Er nahm ihren Arm und zog sie sanft mit. »Sei nicht zu hart zu dem Jungen. Er ist ein guter Kerl.« Bei diesen Worten blickte Erhard unwillkürlich zur Seite. Und als Erin seinem Blick folgte, sah sie tatsächlich etwas abseits Daniel vor seinem Auto stehen und sie auf eine Art und Weise anstarren, die sie nicht zu deuten wusste.

Brüsk wandte sie ihren Kopf ab und folgte Erhard zum Auto.

»Können Sie mich bitte ein paar Meter vor der Einfahrt absetzen?«, bat Erin den Sicherheitchef, als sie sich ihrem Haus näherten. »Falls meine Schwester zu Hause ist, möchte ich ihr nicht erklären müssen, wer Sie sind und wie ich in Ihr Auto komme.«

»Kein Problem. Meine Männer behalten ohnehin

146

die ganze Straße im Auge.« Er hielt an, damit das Mädchen aussteigen konnte.

»Danke, dass Sie mich nach Hause gebracht haben. Und dass Sie auf mich aufpassen«, sagte sie leise und huschte schnell aus dem Auto.

Zu Hause wartete Lisa bereits ungeduldig auf sie. »Das Essen wird schon kalt. Bist du etwa zu Fuß gegangen?«

»Nein. Ein Mitschüler hat mich ein Stück mitgenommen.« Dann sah sie ihre Schwester neugierig an. »Essen? Hast du etwa Essen gekocht?«

»Hausgemachte Hühnersuppe«, erklärte Lisa stolz. »Das Beste gegen Liebeskummer.«

»Ich habe keinen Liebeskummer«, wehrte Erin schwach ab.

»Ach Schwesterherz.« Lisa nahm sie mütterlich in den Arm. »Doch, den hast du. Es hat dich bei dem Jungen so richtig erwischt. Und ob am Ende nun alles gut mit euch wird oder nicht, es bringt nichts, deine Gefühle zu leugnen.«

Erin spürte Tränen in ihren Augen aufsteigen.

»Lass es ruhig raus«, sagte Lisa mitfühlend. »Danach wird es dir besser gehen. Wenn nicht jetzt, dann in ein paar Tagen.«

»Das glaube ich nicht«, schluchzte Erin plötzlich auf und klammerte sich verzweifelt an ihre Schwester. »Du weißt ja gar nicht, was los ist.«

»Wenn du so weit bist, kannst du es mir ja erzählen«, schlug diese sanft vor. »Und bis dahin ziehst du dich jetzt um und isst einen Teller heiße Suppe. Und wenn dir danach ist, kannst du dich ins Bett legen, dich mit Süßigkeiten vollstopfen und bis zum Umfallen DVDs anschauen.« Sie lächelte aufmunternd.

»Wie du meinst«, erwiderte Erin schwach. Sie wusste, dass alle DVDs und Süßigkeiten der Welt ihre Probleme nicht lösen würden. Weder würden dadurch ihre Gefühle für Daniel verschwinden noch die Tatsache, dass sie ihm nicht dauerhaft aus dem Weg gehen konnte.

»Ach ja, heute ist ein Brief für dich gekommen«, unterbrach Lisa ihre Grübeleien.

»Ein Brief? Von wem denn?«

»Keine Ahnung. Es stand kein Absender drauf. Ich habe ihn dir auf den Schreibtisch gelegt.«

Neugierig ging Erin in ihr Zimmer hinauf. Der Brief steckte in einem edlen Umschlag und da stand definitiv ihr Name darauf. Unschlüssig drehte sie ihn einige Male herum, doch es gab keine Anhaltspunkte, wer der Absender sein konnte. Ihr Herz schlug plötzlich schneller bei dem Gedanken, dass er von Daniel sein könnte. Ein Liebesbrief oder eine Entschuldigung. Vielleicht würde er sich auch von der *Bruderschaft* lossagen, um für immer mit ihr zusammenzubleiben.

Rasch, bevor ihre Fantasie noch weiter in diese verbotene Richtung wandern konnte, riss sie den Umschlag auf und entfaltete das darin enthaltene Papier.

Der Brief war nicht von Daniel. Natürlich nicht, er hätte ihn ja schon am Vortag schreiben müssen, damit er heute ankam. Und da wusste er ja noch nicht, dass sein Verführungsplan nicht aufgehen würde, sagte die bösartige Stimme in ihrem Kopf. Doch Erin brachte sie schnell zum Schweigen, als sie interessiert die ersten Zeilen las.

*Erin,*

*seit vielen Tagen fühle ich schon deine Macht erwachen und ich denke, es ist nun an der Zeit, dass wir uns endlich kennenlernen. Du hast zweifelsohne schon viel von uns gehört. Da deine Informationen jedoch von unseren Gegnern, der sogenannten Bruderschaft des Lichts, kommen, wage ich zu bezweifeln, dass das Bild, das du von uns hast, der Wahrheit entspricht. Dies würde ich gern korrigieren. Denn nur wenn du über alle Informationen verfügst, kannst du wirklich entscheiden, wer deine Freunde und wer deine Feinde sind.*

*Ich jedenfalls zähle mich zu den ersteren und garantiere dir sicheres Geleit, wenn du meiner Einladung Folge leistest. Ich erwarte deinen Anruf morgen Abend um 19:00 Uhr unter 01653-147568293.*

*Hochachtungsvoll*
*Enrico von Treibnitz*
*Großmeister der Suchenden im Zeichen des Sterns*

Erins Handy klingelte und Erin zuckte erschrocken zusammen. Rief der Großmeister sie etwa schon an? Nervös sah sie auf das Display. Es war Daniel.

Erin atmete tief durch, dann drückte sie entschieden auf die Power-Taste. Die Anzeige war schon längst erloschen, als sie den Knopf endlich losließ. Ob er wohl gespürt hatte, dass jemand Anders sie ihm unter der Nase wegschnappen könnte?

Sie hatte die Wahl. Und der Brief hatte eine empfindliche Stelle bei ihr getroffen. Sie wusste, dass Daniel und seine Mutter ihr nicht die volle Wahrheit erzählten, dass es noch viele Geheimnisse gab. Und vor allem wusste sie mit Sicherheit, dass sie ihnen nicht vertrauen konnte.

Die Frage war, konnte sie diesem Enrico von Treibnitz vertrauen? Immerhin gehörte er zu den Bösen. Auch wenn sie dafür, wie er selbst richtig bemerkt hatte, nur das Wort von Daniel und Melissa hatte. Von Menschen also, die hinterhältig und rücksichtslos genug waren, mit ihren Gefühlen zu spielen, nur um an ihre eigenen, machtgierigen Ziele zu kommen. Konnten die »Bösen« da wirklich viel schlimmer sein?

In diesem Augenblick klopfte Lisa an die Tür. »Hier, deine Suppe«, sagte sie und reichte Erin ein Tablett. »Von wem war denn der Brief?«, fragte sie neugierig, als sie das Papier in Erins Hand bemerkte.

»Ach das, bloß Werbung«, erwiderte diese schnell. »Danke für die Suppe. Ich denke, ich lege mich gleich ein wenig hin.«

»Ja, tu das. Du siehst echt mitgenommen aus. Und wenn du reden willst, weißt du ja, wo du mich findest.«

»Danke.« Erin nahm einen Löffel Suppe und lächelte. »Wirklich gut. Wie von Mama.«

»Ich habe mich auch genau an die Anweisungen gehalten. Ruh dich schön aus, ja?«

»Du bist echt ein Schatz.«

»Hey, dafür sind Schwestern schließlich da.« Lisa lächelte und ließ Erin mit ihren Gedanken allein.

Während sie langsam die Suppe löffelte, überlegte Erin, was sie nun tun sollte.

Es konnte doch nicht schaden, sich mal anzuhören, was die andere Seite zu sagen hatte, oder? Und doch hatte sie ein ungutes Gefühl bei der Sache. Sie umfasste ihr Amulett in dem Versuch, mehr über den Absender des Briefs zu erfahren, als sie plötzlich die Erinnerung an das letzte Mal durchzuckte, als sie die Kraft ihres Amuletts benutzt hatte. Abrupt ließ Erin ihren Anhänger los und atmete ein paarmal tief durch, um die wieder aufsteigende Panik zu unterdrücken. Der Großmeister, der jetzt so freundlich tat, hatte erst vor wenigen Tagen einen Mann geschickt, um sie zu töten. Einen Mann, der sie abgrundtief hasste und eine genauso abgrundtiefe Angst vor seinem Großmeister empfand. Das war etwas, das sie mit Sicherheit wusste.

Und sie wusste auch, dass sie sich niemals freiwillig in die Nähe dieses Menschen begeben würde.

Energisch stand Erin auf und warf den Brief in ihren Papierkorb. Egal, was Daniel ihr angetan hatte, und unabhängig davon, was sie von ihm hielt, sie glaubte nicht, dass er tatsächlich ihr Leben bedrohen würde. Für seine Mutter würde sie ihre Hand nicht ins Feuer legen, aber an ihn musste sie einfach glauben, wenn sie nicht den Verstand verlieren wollte.

Sie vermisste ihn. Sie vermisste ihn so fürchterlich, obwohl sie nur einen Tag lang nicht mit ihm gesprochen hatte. Es war ihr gar nicht bewusst gewesen, wie sehr sie sich an seine Gegenwart gewöhnt hatte. Und wie beschützt sie sich bei ihm trotz aller Zweifel und Unsicherheiten stets gefühlt hatte. Langsam ging Erin zu ihrem Handy hinüber und schaltete es wieder ein. Er hatte fünfmal angerufen und ihr dann eine SMS geschickt. »Erin, ich weiß nicht genau, was los ist. Es tut mir leid, falls ich dich bedrängt oder erschreckt haben sollte. Bitte, lass es mich dir erklären. Daniel.«

Es klang so aufrichtig, rücksichtsvoll und reumütig, dass Erin wieder die Tränen in die Augen schossen. Das Handy summte kurz und eine neue Nachricht erschien. »Erhard holt dich morgen früh wieder ab. Daniel.«

Verzweifelt warf Erin sich auf ihr Bett. Dieser Mistkerl! Warum nur musste er alles richtig machen? Warum musste er so unglaublich lieb sein? Auch wenn sie wusste, dass für ihn alles nur ein Spiel war, wäre es viel leichter für sie gewesen, wenn er sie bedrängen oder seinen Ärger spüren lassen würde. Aber dafür war er wohl viel zu gut.

# Kapitel 8

Am nächsten Morgen hielt Erin in der Schule nervös nach Daniel Ausschau. Doch ihre Sorge war unbegründet. Er war nicht da.

Unwillkürlich verspürte sie einen kleinen Stich in ihrem Herzen und tausend Fragen schossen ihr durch den Kopf. Hatte er sie nun doch aufgegeben? War er vielleicht krank? Oder hatten diese *Suchenden im Zeichen des Sterns* ihn erwischt? War er vielleicht verletzt? Nein, daran durfte sie nicht denken.

Vermutlich hatte seine Mutter eingesehen, dass ihr toller Verführungsplan nicht funktioniert hatte, und sie dachten sich gerade einen neuen Plan aus, wie sie sie auf ihre Seite ziehen konnten.

Und obwohl sie sich dies immer wieder einredete, ließ Erin ihren Blick in den Pausen ständig suchend durch die Menge schweifen, in der Hoffnung, seine vertraute Gestalt zu entdecken. Sie hätte nie gedacht, dass er ihr so sehr fehlen würde. Doch ihn nicht einmal aus der Ferne sehen zu können, war fast mehr, als sie ertragen konnte.

»Sagst du mir jetzt endlich, was los ist?«, stellte Mia sie schließlich zur Rede. »Deine Leidensmiene ist kaum noch auszuhalten.«

»Es geht um Daniel«, antwortete Erin widerstrebend.

»Was ist mit ihm?« Neugierig sah ihre Freundin sie an.

Erin atmete tief durch. Sie hatte keine Ahnung, was sie ihr erzählen sollte. Aber sie spürte, dass Mia nicht lockerlassen würde. »Er hat mich geküsst«, sagte sie schließlich.

»Glückwunsch!«, rief Mia begeistert aus, dann stockte sie. »Und warum bist du so mies drauf?«

»Ich weiß nicht, ob er es ehrlich mit mir meint.«

Mia schnaubte ungläubig. »Du solltest echt etwas lockerer werden«, bemerkte sie kopfschüttelnd. »Es muss nicht immer gleich die große Liebe sein. Manchmal reicht auch ein wenig Spaß.«

Erin zuckte mit den Schultern. »Ich bin nicht wie du«, erwiderte sie leise.

Mia sah sie nur weiterhin verständnislos an. Aber zumindest ließ sie sie für den Rest des Tages in Ruhe.

Niedergeschlagen schlenderte Erin nach der Schule zum Parkplatz. Sie rechnete fest damit, dass Erhard dort auf sie warten würde, um sie wieder nach Hause zu bringen. Sie entdeckte den schwarzen Mercedes und hielt direkt darauf zu. Doch als sie die Gestalt sah, die aus der Fahrertür stieg, um sie zu begrüßen, blieb sie wie erstarrt stehen.

Es war nicht der Sicherheitsmann. Es war Daniel.

»Wo ist Erhard?«, fragte sie tonlos, während ihr Herz wild in ihrer Brust zu klopfen begann.

»Er wollte dich abholen. Aber es gibt ein dringendes Problem, das seine Anwesenheit erfordert.« Daniel sah sie unsicher an und zuckte mit den Achseln. »Also bin ich gekommen.«

Erin nickte und musterte ihn scharf. Er war offensichtlich wohlauf, was sie einerseits erfreute. Aber andererseits hieß es, dass er heute vermutlich tatsächlich mit seiner Mutter weiter Ränke geschmiedet und taktische Pläne ausgearbeitet hatte. Nun, ihr sollte es egal sein. Sie mochte ihr Herz an ihn verloren haben, aber nicht ihren Verstand.

Wenn es nur nicht so wehtun würde. Und wenn er sie bloß nicht so ansehen würde, mit dieser Mischung aus Schmerz und Traurigkeit in den Augen, dass sie am liebsten ihre Arme um ihn schlingen, ihn an sich ziehen und trösten würde.

Wortlos ging sie zur Beifahrertür, öffnete sie und setzte sich hinein. Sie hörte, wie er auf den Fahrersitz stieg, doch sie drehte nicht ihren Kopf, um ihn anzusehen. Stattdessen starrte sie stumpf aus dem Fenster und wartete darauf, dass er endlich losfuhr.

»Erin, bitte sprich mit mir«, bat er leise. »Was auch immer ich getan habe, es tut mir leid. Ich würde nur gern verstehen, was es war.«

Als sie weiterhin schwieg, seufzte er schließlich auf und startete den Wagen.

Daniel unternahm keinen Versuch mehr, mit ihr zu sprechen, bis er das Auto in Erins Einfahrt geparkt hatte. Doch als sie ausstieg, kam er ihr hinterher. Sie tat, als würde sie es gar nicht bemerken, schloss einfach die Tür auf und huschte hinein. Als sie jedoch die Tür hinter sich wieder schließen wollte, hielt Daniel seine Hand dagegen und zwängte sich hinter ihr ins Haus hinein.

»Ich will jetzt endlich wissen, was los ist!«, verlangte er energisch. Und als sie ihn ansah, erkannte sie wieder eine Spur des alten Ärgers in seinen Augen.

Sie lehnte sich schweigend an die Wand, verschränkte die Arme vor der Brust und blickte ihn mit verschlossener Miene an.

»Mein Gott, Erin, ich verstehe dich einfach nicht!«, entfuhr es ihm aufgebracht. »Wir haben einen tollen, romantischen Abend, den auch du sehr zu genießen scheinst. Ich bringe dich nach Hause. Und weil ich es nicht mehr ertragen kann, dich einfach so gehen zu lassen, küsse ich dich. Und du kannst dir gar nicht vorstellen, wie glücklich ich war, als du mich tatsächlich zurückgeküsst hast. Doch dann stößt du mich weg und bist von da an kälter als ein gefühlloser Eisblock.« Er sah sie fassungslos an. »Ich denke, ich verdiene zumindest eine Erklärung.« Er verstummte erwartungsvoll.

Erin biss sich auf die Lippen, um ihre Tränen zurückzuhalten. Alles in ihr schrie danach, sich ihm an den Hals zu werfen, aber sie durfte diesem Verlangen nicht nachgeben.

»War es zu früh? Habe ich dich damit zu sehr bedrängt?«, fragte er weiterhin, als sie noch immer nichts sagte. »Oder hast du nur mit mir gespielt?«, entfuhr es ihm plötzlich verärgert. »Dachtest vielleicht, es wäre praktisch, wenn ich mich in dich verliebe? Aber dann hast du Angst bekommen, dass es zu weit gehen könnte? Ist es das?« Aufgebracht fuhr er sich durch die Haare und sah sie vorwurfsvoll an.

Erin schnappte empört nach Luft. Dieser hanebüchene Vorwurf durchdrang den Schutzschild aus Gleichgültigkeit, den sie um sich aufzubauen versuchte. »Du wagst es?«, flüsterte sie mit vor Wut und Schmerz zitternder Stimme. »Nach allem, was du mir angetan hast, wagst du es, mir so etwas vorzuwerfen?!« Ihre Stimme wurde immer lauter, bis sie sich schließlich überschlug. »Hinaus!«, schrie sie ihn an, während ihr gleichzeitig heiße Tränen aus den Augen strömten.

»Erin.« Erschüttert von ihrem plötzlichen Ausbruch streckte Daniel seine Hand nach ihr aus.

»Fass mich nicht an!«, schluchzte sie laut auf, drehte sich um und rannte in ihr Zimmer.

Als Daniel ihr kurze Zeit später zögernd folgte, lag sie bäuchlings auf ihrem Bett und weinte hemmungslos.

»Lass mich in Ruhe«, flüsterte sie, als er sich zu ihr setzte.

»Nein«, sagte er beherrscht. »Ich will wissen, was hier los ist. Was soll ich dir angetan haben, das ein solches Verhalten rechtfertigt?«

Sie hob ihren Kopf und sah ihn aus verheulten Augen, in denen jeder Kampfgeist erloschen war, traurig an. »Kann dir doch egal sein«, flüsterte sie müde.

»Ist es aber nicht. Und wenn du mir sagst, was dich bedrückt, können wir es bestimmt gemeinsam klären.« Zögerlich streichelte er über ihren Kopf, zog die Hand aber sofort zurück, als sie sich unwillig versteifte. »Wenn du mir nicht sagst, was los ist, kann ich das Missverständnis auch nicht bereinigen.« Nun klang er wieder verärgert. Anscheinend war er mit seiner Geduld endlich am Ende.

Erin setzte sich auf und sah ihn fest an.

»Du willst es wirklich wissen?«

»Ja.«

»Und wenn ich dir sage, dass es kein Missverständnis gibt, das du bereinigen könntest?«

»Dann glaube ich, dass du dich irrst. Und dass es umso wichtiger ist, dass wir darüber sprechen.«

»*Wir*?«, höhnte Erin. »Es gibt kein *wir* und es wird auch nie eins geben. Egal, was sich deine Mutter noch so einfallen lässt.«

»Was meinst du?«, fragte Daniel vorsichtig. »Was hat sie gemacht?«

»Oh, nicht nur sie. Ihr beide.«

Er sah sie aus großen Augen an und Erin merkte zufrieden, wie sich Angst in seinen Blick einschlich. »Oh ja«, fuhr sie schonungslos fort. »Hast du wirklich gehofft, das kleine, dumme Mädchen würde nichts merken? Dachtest wohl, ich wäre so jung und unerfahren, dass du nach Belieben mit mir spielen könntest, ohne dass ich es durchschaue? Dann habe ich eine kleine Überraschung für dich. Ich bin weder so dumm noch so naiv, wie ihr mich gerne hättet.«

»Wie meinst du das?« Daniel wirkte auf einmal leichenblass.

»Ich weiß alles über euren tollen Plan. Ich weiß, dass du mir den Kopf verdrehen solltest, nur damit ich euch irgendeinen blöden Schwur leiste und ihr mein Amulett in die Hände bekommt.«

»Das ist nicht wahr«, wehrte er schwach ab.

»Lüg mich nicht an!«, schrie sie ihm wütend entgegen. »Ich habe es selbst gehört!«

Daniel vergrub sein Gesicht in den Händen und atmete ein paarmal tief durch. »Ich wusste, dass es schiefgehen würde«, flüsterte er verzweifelt. »Ich habe es von Anfang an gewusst.« Er hob seinen Kopf und sah Erin bittend an. »Verzeih mir«, sagte er leise.

»Was?«

»Ich weiß, ich habe Mist gebaut.« Er biss sich auf die Lippen. »Aber ich habe mich wirklich in dich verliebt.«

»Ja klar. Wieso hast du es nicht gleich gesagt?«, erwiderte Erin ironisch. Dann sah sie ihn fassungslos an. »Für wie blöd hältst du mich eigentlich?«

»Es ist die Wahrheit«, sagte er fest. »Du hast recht. Meine Mutter wollte, dass ich dich verführe. Sie glaubte, dass du dann eher bereit wärst, der *Bruderschaft* beizutreten. Aber ich war von Anfang an dagegen.«

»Dafür hast du dich aber ziemlich schnell umstimmen lassen.«

»Mir blieb keine andere Wahl. Ich bin durch meinen Eid an ihre Befehle gebunden. Aber du musst mir glauben, ich wollte es nicht.«

»Ja. Weil das kleine, dumme Mädchen doch noch dahinterkommen und zum Feind überlaufen könnte.«

»Nein.« Er schüttelte den Kopf. »Ich wollte dich nicht derart hintergehen, weil ich mich schon damals sehr zu dir hingezogen gefühlt habe. Ich wollte es bloß nicht wahrhaben. Und je mehr Zeit ich mit dir verbrachte, desto tiefer wurden meine Gefühle für dich. Ich habe mich in dich verliebt, Erin.« Er sah sie offen aus seinen großen, blauen Augen an.

Erin schluckte. Es klang so plausibel, so wahr. Wie gern hätte sie ihm geglaubt. Doch das konnte sie nicht. Sie wusste, dass sie ihm nie würde vertrauen können, unabhängig davon, was sie für ihn empfand. Sie sah ihn traurig an und strich ihm eine kurze Strähne aus der Stirn. »Leider werde ich nie erfahren, ob das, was du sagst, wirklich wahr ist. Das Spiel ist aus, Daniel.«

»Warte!« Er sah aus, als würde er mit sich ringen. »Wenn ich dir zeigen würde, dass meine Gefühle für dich echt sind, würdest du mir dann verzeihen können?«

»Ich weiß nicht, vielleicht. Aber ich wüsste nicht, wie du das beweisen könntest.«

»Schließ deine Augen und konzentriere dich auf mein Herz. Kannst du es spüren?«

Erin schloss die Augen und öffnete ihren Geist. »Nein. Und das weißt du genau«, sagte sie schließlich traurig.

»Und jetzt?«

Eine Flut von Emotionen stürmte plötzlich auf sie ein und sie öffnete erschrocken die Augen. »Wie hast du das gemacht?«, fragte sie überrascht. Dann fiel ihr Blick auf Daniels Hände. Zwischen dem Daumen und Zeigefinger der rechten Hand hielt er den Silberring, den er sich vom kleinen Finger gezogen hatte.

»Ein harmloses Kommunionsgeschenk«, flüsterte Erin enttäuscht. Auch das war eine Lüge gewesen.

»Ich werde dir alles erklären«, versprach Daniel ihr nervös. »Jetzt konzentriere dich bitte auf das Wesentliche.«

Erin schloss wieder die Augen und atmete tief durch. Dann tauchte sie vorsichtig in Daniels vielschichtige Gefühlswelt ein. Sie hatte sich so sehr danach gesehnt, dies tun zu können. Und nun, da sich ihr endlich die Gelegenheit dazu bot, hatte sie Angst vor dem, was sie dort finden würde.

Das erste Gefühl, das sie wahrnahm, war seine Nervosität und direkt dahinter lag seine nackte Angst. Die Angst, sie zu verlieren. Erin schnappte überrascht nach Luft, als sie dies spürte. Ihm lag tatsächlich etwas an ihr. Es war nicht die Angst vor dem Versagen oder davor, die Erwartungen seiner Mutter zu enttäuschen. Es ging ihm nicht einmal um ihr Amulett, sondern darum, dass sie für immer aus seinem Leben verschwinden würde, wenn er es nicht schaffte, sie zu überzeugen. Sanft schob Erin diese Angst in ihm beiseite und tauchte noch ein wenig tiefer ein. Sie hatte noch nie so viele Emotionsschichten erlebt und sie wusste instinktiv, dass Daniel alle seine Barrieren vor ihr gesenkt und ihr sein Herz bloßgelegt hatte. Vorsichtig wagte sie sich noch ein Stückchen weiter und spürte sein Bedürfnis, sie vor allen Gefahren zu beschützen, die Zärtlichkeit und Liebe, die er für sie empfand. Und schließlich auch sein Verlangen nach ihr. Die Kraft seines Begehrens ließ sie erschrocken und fasziniert zugleich innehalten und dann schnell wieder in die oberen Emotionsschichten zurückkehren. Obwohl es sie reizte, noch tiefer in seine Seele hineinzutauchen, wusste sie, dass sie genug gesehen hatte. Es wäre nicht recht gewesen, ihm noch mehr von seiner Privatsphäre zu nehmen.

Langsam tauchte sie auf und ließ sich dabei von seiner Liebe umspielen, bis sie schließlich lächelnd die Augen aufschlug und in Daniels angespanntes Gesicht sah.

»Na endlich«, seufzte er erleichtert. »Geht es dir gut? Du warst so lange weg. Hättest du zum Schluss nicht so schön gelächelt, ich hätte dich vermutlich aus deiner Trance geholt.«

»Danke«, sagte sie leise.

»Wofür?«

»Dafür, dass du mich in dein Herz hast sehen lassen.«

Er schluckte. »Ich hätte das für niemanden sonst getan.«

»War es so schlimm?«

»Nein«, er schüttelte erstaunt den Kopf. »Ich wusste ja, dass du das bist.«

»Dann hast du mich gespürt?«

»Ein wenig. Ich weiß gar nicht, wie ich es beschreiben soll. Es war irgendwie schön und erschreckend zugleich.«

»Wieso erschreckend?«

»Weil ich nicht wusste, ob dir gefallen würde, was du da siehst.«

»Noch mehr Geheimnisse?«

»Nein. Nur mich, so wie ich bin, mit all meinen Schwächen.«

Nicht, dass sie da viele Schwächen gesehen hätte. »Und wieso schön?«

»Weil ich deine Gegenwart gespürt habe. Hier.« Er

162

zeigte auf sein Herz. »Und hier«, sagte er, als er leicht über seine Stirn strich. »Es war wie eine sanfte Berührung.« Dann sah er sie eindringlich an. »Und wie war es für dich?«

»Aufschlussreich«, erwiderte Erin. So leicht wollte sie ihn nicht vom Haken lassen, obwohl sie sich am liebsten in seine Arme geschmiegt hätte.

»Was heißt das?« Nervös sah er sie an. »Glaubst du mir jetzt?«

Sie atmete tief durch und sah ihm in die Augen. »Ja, ich glaube dir«, flüsterte sie schließlich.

Daniel ergriff erleichtert ihre Hände. »Und verzeihst du mir auch?«, fragte er hoffnungsvoll.

»Ja, ich denke schon. Auch wenn ich mich an diesen Gedanken erst noch gewöhnen muss.«

Daniel lächelte sie glücklich an, doch dann verfinsterte sich plötzlich sein Gesicht. »Wenn du gedacht hast, dass ich dir nur etwas vormache«, begann er zögerlich, »wieso hast du dich überhaupt darauf eingelassen?«

Erin senkte den Blick. »Zuerst dachte ich, dass es sicherer für mich wäre, wenn ich so tue, als würde euer Plan funktionieren«, sagte sie leise. »Doch dann merkte ich, dass es überhaupt nicht sicher für mich war.«

»Wieso nicht?«

»Weil ich mich wirklich in dich verliebt habe«, gab sie flüsternd zu. »Obwohl ich doch wusste, dass du nur mit mir …« Weiter kam sie nicht, denn Daniel riss sie stürmisch in seine Arme und küsste sie mit einer Leidenschaft, die keinen Platz für andere Gedanken ließ.

»Luft!«, japste Erin schließlich und riss sich ein

wenig von ihm los. Dann kuschelte sie sich in seine Arme, und während sie beide versuchten, wieder zu Atem zu kommen, spürte sie, wie sich ihre eigene Erleichterung und Freude mit der seinen vermischte.

Daniels Lippen streiften ihre Schläfe. »Genug geatmet?«, fragte er leise.

»Für den Augenblick schon«, gab Erin lächelnd zurück und hob ihm wieder ihr Gesicht entgegen.

Nun waren seine Lippen ganz weich und zärtlich, als sie sanft die ihren berührten. Und dennoch fühlte sie sich, als würde ihr ganzer Körper allmählich in Flammen aufgehen, und sie presste sich noch enger an ihn. Gefühle, die sie vorher noch nie verspürt hatte, rollten über sie hinweg und sie keuchte leise. Auch Daniels Atem ging nun stoßweise und Erin spürte ein unbändiges Verlangen in sich aufsteigen, das sie ein wenig erschreckte. Es erinnerte sie an das, was sie bei Daniel gespürt hatte, und daran, wie erleichtert sie gewesen war, dass es in den tieferen Schichten seiner Gefühle verborgen lag.

Sie rückte ein wenig von ihm ab und räusperte sich leicht. »Würde es dir etwas ausmachen, den Ring wieder aufzusetzen?«, sagte sie errötend.

»Was ist los?«, fragte Daniel verwirrt, steckte ihn sich aber widerstandslos zurück an den Finger.

»So schön das auch ist«, erklärte sie und strich mit ihrem Finger sanft über seine Wange und seinen Hals, »ich habe hier genug mit meinen eigenen Gefühlen zu tun.«

»Oh«, sagte er betreten. »Bin ich zu stürmisch?«

»Nein«, versicherte sie ihm eilig. »Ich muss mich nur noch daran gewöhnen.« Sie gab ihm einen kleinen Kuss. »Das alles ist noch ziemlich neu für mich, weißt du?«

»Na dann«, er beugte sich wieder über sie, »solltest du wohl noch ein wenig üben. Übung macht ja bekanntlich den Meister.«

»Unbedingt«, stimmte Erin ihm zu und dieses Mal waren es ihre Lippen, die auffordernd die seinen streiften.

»Ich bin wieder da!«, tönte Lisas Stimme durch das Haus und wenige Minuten später steckte sie ihren Kopf durch Erins Tür. »Wie geht es …« Sie brach überrascht ab und ließ das Bild vor ihren Augen auf sich wirken. Daniel hatte einen Arm eng um Erin geschlungen und ihr Kopf ruhte auf seiner Schulter. »Äh, hallo Daniel.«

»Hallo Lisa«, erwiderte er grinsend.

»Dann habt ihr euch beide wohl wieder vertragen?«

Erin nickte glücklich.

»Es ist schon spät«, sagte Daniel plötzlich und machte Anstalten, sich zu erheben.

Erin streckte ihre Arme protestierend nach ihm aus und er gab ihr einen Kuss. »Wir sehen uns morgen früh.« Dann drückte er sie noch einmal fest an sich, nickte Lisa zu und ging hinaus.

»So ist es also«, bemerkte Lisa und sah ihre Schwester belustigt an.

165

»Ja, so ist es«, stimmte Erin ihr zu und konnte sich das zufriedene Grinsen nicht verkneifen.

Am nächsten Morgen konnte es Erin kaum erwarten, Daniel wiederzusehen. Immer wieder schaute sie aus dem Fenster, in der Hoffnung, sein Auto schon in der Einfahrt stehen zu sehen. Und als er endlich kam, lief sie schnell die Treppe hinunter und öffnete ihm atemlos die Tür, noch bevor er klingeln konnte.

Doch als er schließlich tatsächlich vor ihr stand, senkte sie plötzlich verunsichert den Blick. Würden sie jetzt einfach da weitermachen, wo sie gestern aufgehört hatten, oder hatte sich über Nacht vielleicht etwas geändert?

»Was ist los? Keine Begrüßung?«, fragte Daniel überrascht. Dann blickte er sich schnell um, ging zu ihr hinein und schloss die Tür hinter sich. Noch bevor sie etwas sagen konnte, zog er sie in seine Arme und vergrub sein Gesicht in ihrem Haar. »Ich habe dich vermisst«, flüsterte er.

»Hallo«, sagte Erin erleichtert und hielt ihm ihre Lippen empor.

Er küsste sie sanft und ausgiebig, dann löste er sich bedauernd von ihr. »Ich fürchte, wir müssen los, sonst kommen wir noch zu spät.«

Erin nickte, nahm ihre Schultasche und folgte ihm zum Auto. »Und, hast du deiner Mutter von uns erzählt?«, fragte sie betont gleichgültig, als sie losgefahren waren.

»Nein.« Er sah sie ernst an.

»Nein?«, entfuhr es ihr überrascht. »Wieso?«

Daniel schmunzelte leicht. »Zum einen wollte ich deinen Zorn nicht schon wieder auf mich ziehen.« Dann wurde er plötzlich ernst. »Das hier«, er nahm ihre Hand und drückte sie fest, »geht nur uns beide etwas an. Und ich wollte es angesichts der Vorgeschichte«, er verzog schuldbewusst das Gesicht, »nicht über deinen Kopf hinweg meiner Mutter erzählen. Nicht, dass sie sich nicht für uns freuen würde«, fuhr er schnell fort. »Und ich streite nicht ab, dass auch ich mir wünsche, du würdest dich unserer Sache anschließen. Aber das soll deine freie Entscheidung sein, ich werde dich nicht dazu drängen.«

»Was hieße es eigentlich, der *Bruderschaft* beizutreten?«, fragte Erin neugierig.

»Du müsstest einen Eid leisten, dass du dein Leben in ihren Dienst stellst.«

»Das ist alles?«

»Nimm es nicht zu leicht«, warnte Daniel sie mit einem eigenartigen Unterton. »Es würde bedeuten, dass die *Bruderschaft* in deinem Leben wichtiger ist als alles Andere, sogar wichtiger als dein Leben selbst. Und du wärst meiner Mutter als der Anführerin zu absolutem Gehorsam verpflichtet«, fügte er leise hinzu.

Sie sah ihn verständnislos an. »Es ist mir schon klar, dass man seine Versprechen einhalten sollte, dass es um die Ehre geht und so was. Aber wenn mir jemand einen Schwachsinn befiehlt oder Dinge, die ich für falsch halte, würde ich doch immer nach meinem eigenen Gewissen handeln.«

»So einfach ist das nicht. Der Eid wird auf den Stern geleistet und seine Macht bindet dann auch dich.«

»Du meinst, man kann den Eid nicht brechen, selbst wenn man es wollte?«

»Ja.«

»Hat es denn schon mal jemand versucht?«

»Es gibt ein paar überlieferte Fälle«, erwiderte er unwillig.

»Und was ist geschehen?«

»Die Menschen haben Selbstmord begannen, soweit ich weiß.«

»Oh.« Nachdenklich sah Erin aus dem Fenster. Das hörte sich nicht nach etwas an, worauf sie unbedingt Lust hatte. Auch wenn sie ihm die Sache mit dem Selbstmord nicht so ohne Weiteres abkaufte. Vermutlich hatte da doch jemand nachgeholfen.

Als hätte Daniel ihre Gedanken gelesen, fuhr er eindringlich fort. »Die *Bruderschaft* arbeitet für eine gute Sache, wir wollen den Menschen mit der Macht des Sterns bloß helfen. Und meine Mutter leitet die Organisation schon seit über zwei Jahrzehnten. Sie genießt höchsten Respekt und Loyalität. Sie würde nie etwas befehlen, das uns oder jemand Anderem schaden würde.«

Erin hatte da ihre Zweifel, aber die behielt sie im Augenblick lieber für sich. »Hat deine Mutter eigentlich auch so einen Ring?«, fragte sie plötzlich.

»Ja.« Daniel nickte.

»Und wie funktioniert er?«

»Ich weiß es nicht. Ich weiß nur, dass die Ringe alt

sind. Nicht so alt zwar wie die Amulette, aber sie stammen definitiv nicht aus der Neuzeit. Ich nehme an, sie wurden irgendwann erschaffen, um die Macht der Anhänger zu blockieren.«

»Dann funktioniert der Ring nicht nur bei mir?«

»Er soll den Träger vor allen Kräften beschützen, die auf den Geist wirken.«

»Also gegen meine Fähigkeit, das Gedankenlesen und die Hypnose«, zählte Erin langsam auf.

»So heißt es. Aber ich hatte zum Glück noch keine Gelegenheit, die letzten beiden Teile dieser Theorie zu überprüfen.«

»Er schützt dich aber nicht vor der Kraft, über die deine Mutter verfügt, oder?«

»Nein. Das haben wir ausprobiert.«

»Und wie viele solche Ringe gibt es?«

»Keine Ahnung. Wir haben nur diese beiden.«

»Aber damit seid ihr euren Gegnern doch weit im Vorteil. Ihr könntet ihnen vermutlich sogar ihre Amulette abnehmen, oder? Ich meine, die können nichts gegen euch tun.«

»Ihr Hauptquartier ist streng bewacht, ebenso wie unseres. Der Kampf würde nicht mit irgendwelchen magischen Gegenständen ausgefochten werden müssen, sondern mit Menschen. Es würde zu viele Opfer fordern und der Ausgang wäre mehr als ungewiss. Mit dir an unserer Seite stünden unsere Chancen deutlich besser.«

»Was kann ich denn schon tun?«

Daniel sah sie bewundernd, beinah ehrfürchtig an.

»Du bist eine wahre Trägerin. Und das allein ist schon mehr, als wir oder die Anderen in den letzten zweihundert Jahren vorzuweisen hatten. Wenn du dich uns anschließt, wird das der *Bruderschaft* neue Kraft verleihen, die über die Magie deines Amuletts weit hinausgeht.«

Erin war noch immer nicht überzeugt und sah ihn unsicher an. »Wenn ich ehrlich bin, habe ich immer noch keine Ahnung, was ihr eigentlich macht. Ihr sucht den Stern, ist schon klar«, sagte sie schnell, als Daniel sie erstaunt ansah. »Aber *wie* macht ihr das?«

»Nun«, er überlegte kurz. »Wir finanzieren verschiedene archäologische Ausgrabungen, um mehr über die Wirkungsweise des Sterns und der einzelnen Amulette zu erfahren. Zum einen, um uns vor den Amuletten der *Suchenden* besser schützen zu können, zum anderen, um die Macht der Amulette, die wir finden werden, besser einsetzen zu können. Außerdem müssen wir die Nachrichten aus aller Welt im Auge behalten, falls irgendwo Hinweise auf eines der Amulette auftauchen. Wir haben ein ganzes Expertenteam, das nichts Anderes tut. Außerdem müssen wir natürlich auch die Aktivitäten der *Suchenden* genau verfolgen, weil das fragile Gleichgewicht, das sich zwischen uns gebildet hat, jederzeit kippen kann.«

»Wie viele Mitglieder habt ihr denn?«

»So um die dreihundert. Die genaue Zahl kenne ich nicht. Wir haben aber natürlich noch viel mehr Leute, die rund um die Welt für uns arbeiten, ohne Bescheid zu wissen.«

»Und was macht bei alldem deine Mutter?«

»Sie betreibt sehr viel Lobbyarbeit. Es ist lebenswichtig für uns, dass einflussreiche Persönlichkeiten aus Politik, Wirtschaft und Wissenschaft auf unserer Seite stehen. Das ist ein richtiger Drahtseilakt, da wir einerseits ihre Unterstützung benötigen, sie andererseits aber nicht zu viel über uns erfahren sollen.«

Erin dachte kurz nach. »Und woher habt ihr das Geld für das alles? Die Ausgrabungen, das große Haus, in dem ihr wohnt, das Sicherheitspersonal?«

Daniel grinste. »Im Laufe der Jahrhunderte hat sich eben so einiges angesammelt. Unsere Mitglieder haben sich meist aus den höheren Bevölkerungsschichten rekrutiert. Und es gab einige, die ihr Vermögen der *Bruderschaft* verschrieben hatten«, erklärte er leichthin und Erin schüttelte fassungslos den Kopf. So, wie er das sagte, klang es, als wäre es völlig normal. »Du hast dir wirklich nie Sorgen um Geld machen müssen, oder?«

Ein wenig schuldbewusst erwiderte er ihren Blick. »Nein.« Dann nahm sein Gesicht einen seltsam verbissenen Ausdruck an. »Aber glaub mir, es gab genug andere Dinge.«

Nun war es an Erin, schuldbewusst dreinzuschauen. Er hatte recht, sein Leben war alles Andere als sorgenfrei und unkompliziert, auch wenn er genügend Geld hatte, um sich jeden Konsumwunsch erfüllen zu können. Daher beeilte sie sich, das Gespräch wieder auf die *Bruderschaft* zurückzuführen.

»Wie lange gibt es euren Verein denn schon?«

Daniel gluckste amüsiert über ihre Wortwahl. »Die ersten *Vereine*, wie du sie nennst, entstanden zur Zeit der Kreuzzüge, als die ersten Hinweise auf den Stern der Macht von den rückkehrenden Rittern nach Europa gebracht wurden. Wir und die *Suchenden* sind aber die einzigen, die noch existieren.«

»Dann haben die Amulette davor fast zweitausend Jahre nur herumgelegen?«, wunderte Erin sich.

Daniel zuckte mit den Achseln. »Zum Teil stimmt das sogar. So manches hat wohl zwischendurch einige Hundert Jahre in einer Grabkammer verbracht. Aber natürlich hat es die Suche danach schon immer gegeben. Nur waren es stets einzelne Menschen gewesen, die den Mythen und Legenden gefolgt waren und nach den Amuletten gesucht hatten. Es war schon damals sehr gefährlich gewesen, eins davon zu besitzen, und noch gefährlicher, seine Macht so zu nutzen, dass Andere es mitbekamen. Ironischerweise war wohl das Amulett der Heilung das gefährlichste von allen gewesen.«

»Warum denn das?«

»Es ist das mächtigste, das begehrenswerteste. Wer möchte denn nicht unsterblich und vor allen Krankheiten gefeit sein.«

»Aber wenn man unsterblich ist, kann einem doch nichts etwas anhaben«, wandte Erin verwirrt ein.

»Nun ja, das Amulett macht nicht unverwundbar, man kann nur jede Wunde und jede Krankheit damit heilen, sodass man theoretisch fast ewig leben könnte. Doch wenn eine Wunde so tödlich ist und so schnell wirkt, dass man keine Gelegenheit bekommt, die Macht des Amuletts zu nutzen, wird man sterben wie jeder andere Mensch auch. Es heißt, viele der Träger wären durch einen Genickbruch oder durch Enthauptung gestorben.«

»Ihhh.« Erin schüttelte sich. »So genau wollte ich es doch nicht wissen.« Dann dachte sie kurz nach. »Das heißt also, zweitausend Jahre lang haben sich die Menschen munter abgeschlachtet, um an die Amulette zu kommen. Und dann haben sie beschlossen, sich zu organisieren, um es noch besser tun zu können?«

Daniel blickte gekränkt drein. »Wir schlachten keine Menschen ab. Wir wollen ihnen helfen.«

»Ja, schon gut«, sagte Erin schnell. Sie war da nun mal etwas anderer Auffassung, aber sie wollte ihn nicht beleidigen. »Ihr macht es vielleicht nicht, die Anderen aber schon.« Sie verstummte und versuchte, sich auf ihren ursprünglichen Gedanken zu konzentrieren. »Wenn ihr seit den Kreuzzügen nach den Amuletten sucht, dann geht die Suche ja bereits …«, sie rechnete kurz nach, »über neunhundert Jahre!«, schloss sie fassungslos. »Müssten da nicht alle Amulette schon längst gefunden worden sein?«

»Mehr oder weniger sind sie es ja auch«, erklärte Daniel, erntete aber nur einen verwirrten Blick. »Im Laufe der Jahrhunderte sind die meisten Amulette durch die Hände der *Bruderschaft* oder der *Suchenden* gegangen. Einige haben auch öfter die Seiten gewechselt.«

»Wie denn das?«

»Hin und wieder gelang es einer der Seiten, der anderen ein Amulett abzujagen. Und ein paarmal sind Amulette auch wieder verloren gegangen, weil ihr Träger plötzlich desertierte und mit dem Amulett untertauchte.«

»Wieso sollte jemand so etwas tun?«

»Ganz einfach, weil er die Macht für sich selbst nutzen wollte oder auch aus edleren Motiven. Zuletzt war das mit dem Amulett der Heilung geschehen. Es war ein finsterer Tag für die *Bruderschaft* gewesen, als es den *Suchenden* gelungen war, es in ihren Besitz zu bringen. Doch dann nahm eins ihrer hochgestellten Mitglieder das Amulett eines Tages einfach an sich. Das war kurz nach Ausbruch des zweiten Weltkrieges geschehen und er nutzte die Wirren des Krieges, um damit unterzutauchen. Wir wissen nicht, wieso er das tat. Vielleicht strebte er wirklich nach Unsterblichkeit, vielleicht hatte er einfach Skrupel bekommen und wollte es nicht in den Händen der *Suchenden* lassen. Auf jeden Fall ist das Amulett seitdem spurlos verschollen.«

»Und was ist mit meinem Anhänger?« Unbewusst griff Erin nach ihrer Kette. »Wieso hattet ihr es nicht schon längst gefunden?«

»Leider kenne ich seine Geschichte nicht genau. Den Trägern des Herz-Amuletts war es wohl am besten gelungen, seine Existenz geheim zu halten und es im Verborgenen zu nutzen, sodass sich nur sehr wenige Hinweise darauf finden. Soweit wir es feststellen konnten, hatte deine Vorgängerin den Anhänger vor einigen Monaten im Nachlass ihrer kinderlos verstorbenen Freundin gefunden. Wie viele Jahrzehnte es zu diesem Zeitpunkt in irgendeiner verstaubten Kiste im Keller oder auf dem Dachboden verbracht hatte, konnten wir nicht bestimmen. Auf jeden Fall wählte das Amulett die alte Frau zu seiner Trägerin und sie nahm es an sich. Sie hatte natürlich keine Ahnung, was es war, aber sie spürte seine Kraft und musste es instinktiv genutzt haben. Wodurch genau sie die Aufmerksamkeit der *Suchenden* auf sich gezogen hat, wissen wir nicht, denn uns ist es entgangen. Selbst das wenige, das wir wissen, verdanken wir dem Zufall, dass wir ihren Mörder an diesem Morgen routinemäßig beschatten ließen. So sind wir auch auf dich aufmerksam geworden.«

»Ihr hättet den Tod der Frau also verhindern können?« Schockiert sah Erin ihren Freund an. Wie konnte er nur so kaltblütig darüber sprechen?

»Nein!«, sagte Daniel schnell, als er sah, wie sich Angst und Misstrauen in Erins Blick schlichen. »Wir wussten doch nicht, was er vorhatte. Erst, als er die Frau gerammt hatte, erkannte unser Mann überhaupt, was los war. Wärest du nicht aufgetaucht, wäre er eingeschritten. So aber durfte er keine Aufmerksamkeit auf sich ziehen. Er hätte ohnehin nichts mehr für die Frau tun können.«

Es klang so logisch und nachvollziehbar. Erin sah Daniel eindringlich an. »Bist du wirklich sicher, dass ihr das Schicksal der Welt zum Besseren verändern könntet? Dass ihr wirklich den Menschen helfen würdet, wenn ihr Stern einmal habt?«

»Ja, das bin ich.«

Sie zögerte. »Ich wäre bereit, euch zu helfen, unter einer Bedingung.«

»Und die wäre?« Erfreut und überrascht sah Daniel sie an.

»Wenn deine Mutter mich so wie du in ihr Herz schauen lässt, ohne den Schutz ihres Rings.«

»Wieso denn das?«

Erin wählte ihre nächsten Worte mit Bedacht. Trotz aller Differenzen, die Daniel mit Melissa haben mochte, war sie seine Mutter. Und er schien es nicht besonders gut aufzunehmen, wenn man sie anzweifelte und kritisierte. Darüber hinaus war ihr eigenes gutes Verhältnis zu Daniel noch so frisch, dass sie es nicht schon am zweiten Tag auf die Probe stellen wollte. »Ich weiß, dass in bestimmten Situationen der Zweck die Mittel heiligen kann«, begann sie vorsichtig. »Die Art und Weise, wie sie mit mir bisher umgegangen ist, war nicht gerade fair. Ich würde gern sicher sein, dass es wirklich einem höheren Zweck dienen sollte. Einem Zweck, der es rechtfertigen würde, mit den Gefühlen anderer Menschen zu spielen.«

Daniel sah sie entschuldigend an. »Es tut mir wirklich leid, wie das gelaufen ist, Erin, mehr als du es dir vorstellen kannst. Und ich verstehe deine Zweifel. Aber ich glaube nicht, dass es so funktionieren würde, wie du es dir vorstellst.«

»Und wieso nicht?«

»Bei der *Bruderschaft* geht es um Vertrauen und um Loyalität. Wer bei uns aufgenommen wird, kommt aus freien Stücken und mit vollem Herzen, weil er von unserer Sache überzeugt ist. Solange für dich Beweise erforderlich sind, bist du noch nicht soweit. Aber das ist nicht schlimm, wir können warten.« Er sah sie aufmunternd an. »Wir sind da«, fügte er dann hinzu und lenkte das Auto in eine der wenigen freien Parklücken. »Warte, bitte«, hielt er Erin zurück, als sie ihren Sicherheitsgurt löste und ihre Tür öffnen wollte. Dann sprang er schnell aus dem Wagen, lief zur Beifahrerseite und öffnete ihr die Tür. »Wollen wir?« Einladend hielt er Erin seine Hand hin, die sie mit klopfendem Herzen ergriff. Sie sah in Daniels Augen und konnte ihr Glück kaum fassen. Würde sie gleich tatsächlich mit diesem so unglaublich gut aussehenden, charmanten Kerl Hand in Hand die Schule betreten?

»Was ist los?«, fragte Daniel, der ihren Gesichtsausdruck nicht deuten konnte.

Erin lächelte und sah ihn verliebt an. »Nichts weiter. Außer, dass ich mein Glück noch immer nicht ganz fassen kann.«

»Ich meins auch nicht«, erwiderte er, dann huschte ein spitzbübisches Lächeln über seine Lippen. »Und jetzt lass uns reingehen und für ein wenig Gerede sorgen.«

»Ich bin gespannt, wie viele Herzen du heute brechen wirst«, murmelte Erin stirnrunzelnd.

»Gar nicht so viele«, erwiderte Daniel plötzlich ernst. »Du glaubst doch nicht, dass all diese Barbies ein ehrliches Interesse an mir gehabt haben? Für sie wäre ich bloß eine Trophäe für ihre Sammlung gewesen.«

»Interessanter Gedanke«, bemerkte Erin mit einem neckischen Lächeln.

»Untersteh dich«, grollte Daniel. Dann zog er sie aus dem Auto heraus. »Der Unterricht fängt in fünf Minuten an. Wir sollten uns lieber beeilen.«

Erin stöhnte resigniert, doch sie stieg aus dem Wagen und hakte sich bei ihm unter. Mit wild klopfendem Herzen und zitternden Knien betrat sie an seiner Seite das Schulgebäude.

Daniel begleitete Erin noch zu ihrem Kursraum, bevor er selbst zu seinem Unterricht ging. Während Erin versuchte, die Blicke zu ignorieren, die von überrascht über fassungslos bis hin zu unverhohlen neidisch reichten, schien Daniel das Ganze irgendwie lustig zu finden. Zum Abschied gab er ihr mitten auf dem Gang einen ausgedehnten Kuss, den Erin wegen der vielen Augen, die sich wie Pfeile in ihren Rücken bohrten, kaum genießen konnte. Sobald er sich bedauernd von ihr gelöst hatte, schoss Mia aufgeregt auf sie zu und zog sie schnell zur Seite.

»Ich flipp' gleich aus!«, rief das Mädchen begeistert. Sie sah aus, als könnte sie jeden Augenblick anfangen, auf und ab zu hüpfen.

»Und ich erst!«, stimmte Erin ihr zu und verdrehte überglücklich die Augen.

»Ich hab's dir doch gleich gesagt! Und ich habe dir

diese ‚Wir-sind-nur-Freunde'-Ausrede nicht für eine Sekunde abgekauft! Das eben war wohl etwas mehr als ein Freundschaftskuss.« Sie verstummte und sah ihre Freundin neugierig an. »Und wie war er?«

»Was denn?«

»Na, der Kuss! Wie küsst er so?«

Erin sah Mia überrascht an und spürte, wie sie rot anlief. »Es ist der Wahnsinn!«, gestand sie flüsternd.

»Du hast natürlich keine Vergleichsmöglichkeit«, schränkte Mia gleich ernüchternd ein.

»Glaub mir, die brauche ich nicht!«, erwiderte Erin grinsend im Brustton der Überzeugung.

»Ich freue mich ja so für dich, Süße!«, sagte Mia und drückte Erins Hände.

Erin selbst hätte am liebsten vor Freude gekichert. »Ich hätte nie gedacht, dass sich die Sache mit Daniel so gut anfühlt! Es scheint alles irgendwie richtig zu sein.«

»Wow!«, entfuhr es Mia erstaunt. »Dich hat es ja wirklich schwer erwischt.«

Erin nickte betreten. »Ich fürchte, schon.«

»Du musst mir alles erzählen«, bat Mia. »Bei mir ist gerade totale Liebesflaute, da kann ich zumindest indirekte Glückshormone richtig gut gebrauchen. Versprich mir, dass du mich auf dem Laufenden hältst, wenn dein Romeo dir mal ein wenig Zeit lässt.«

Erin nickte lächelnd. Der Gedanke, dass sie nun ihre ganze freie Zeit womöglich mit Daniel zusammen verbringen konnte, war fast zu schön, um wahr zu sein. Sie hoffte nur, dass es ihm genauso erging.

# Kapitel 9

Erin sah von ihren Geschichtsaufzeichnungen auf, die sie sich gerade einzuprägen versuchte, und musterte Daniel, der auf ihrem Bett saß und besorgt auf sein Handy starrte. »Was ist los? Du bist schon seit ein paar Tagen so schweigsam.«

»Was?« Verwirrt sah er sie an. »Ach so, alles in Ordnung. Mach dir keine Sorgen«, beruhigte er sie automatisch.

»Lüg mich nicht an«, entgegnete sie fest. »Ich sehe doch, dass dich etwas bedrückt. Muss ich dir etwa erst den Ring vom Finger ziehen, um die Wahrheit zu erfahren?«, fragte sie, um einen lockeren Ton bemüht. »Ich könnte das tun, weißt du?«

Daniel lächelte leicht. »Du müsstest nicht einmal Gewalt anwenden, sondern mich nur fragen.« Er stand auf und drückte sie an sich. »Du hast recht, ich sollte es dir wohl sagen. Aber ich wollte dich nicht damit belasten.«

»Jetzt machst du mich wirklich nervös. Möchtest du nicht mehr mit mir zusammen sein?«, sprach sie das aus, was sie am meisten fürchtete.

»Wie kommst du denn darauf?« Fassungslos starrte er sie an. »Wann wirst du endlich begreifen, dass du das Beste bist, was mir in meinem ganzen Leben passiert ist.«

»Wirklich?«, fragte Erin geschmeichelt.

»Wirklich«, bestätigte er. »Und deswegen macht mich allein der Gedanke, dir könnte etwas zustoßen, geradezu wahnsinnig.«

»Gab es denn neue Angriffe, von denen ich nichts mitbekommen habe?«, fragte sie und fröstelte.

»Nein, das ist es ja.« Frustriert fuhr Daniel sich durch die Haare.

»Das verstehe ich nicht.«

»Schon seit Tagen herrscht absolute Stille. Keine Beschattungen, keine Versuche, an dich heranzukommen. Nichts. Die müssen etwas Großes planen. Und wir haben keine Ahnung, was!« Er zuckte hilflos mit den Schultern.

»Ich weiß vielleicht, woran es liegen könnte«, sagte Erin plötzlich.

Überrascht schaute Daniel sie an.

»Ich habe einen Brief von dem Großmeister der *Suchenden im Zeichen des Sterns* bekommen, oder wie auch immer sie sich nennen mögen.«

»Einen Brief?«

»Ja, ganz regulär mit der Post. Er hat mich um ein Treffen gebeten und versprochen, mir Informationen zu geben, die ihr mir vorenthalten würdet.«

»Und was hast du gemacht?«

»Nichts. Ich war zu dem Zeitpunkt zwar nicht gerade gut auf dich zu sprechen, aber lebensmüde war ich trotzdem nicht.«

»Wo ist der Brief?«

»Ich habe ihn weggeworfen.«

»Und du meinst, sie tun nichts …«

»Weil sie noch immer auf meine Antwort warten«, beendete sie seinen Satz. »Wäre doch möglich.«

»Aber sie werden nicht mehr lange warten«, sagte Daniel finster. »Irgendwann werden sie einsehen, dass du nicht kommen wirst. Und dann werden sie zuschlagen.«

»Und was machen wir nun?«

»Am liebsten wäre es mir, du würdest mit zu mir kommen. Dort könnten wir dich am besten beschützen.«

Erin dachte kurz nach. »Es ist vielleicht wirklich nicht die schlechteste Idee.«

»Echt?« Überrascht sah Daniel sie an.

»Ja. Nächste Woche haben wir eh keinen Unterricht mehr, ich muss dann nur noch für die Abi-Prüfungen büffeln. Und Lisa und Florian fahren für eine Woche auf so ein komisches Segelseminar. Eigentlich wollte ich dich fragen, ob du dann hier bei mir bleibst. Aber bei euch ist das Essen viel besser.«

Daniel lachte erleichtert auf. »Ich wollte dich eigentlich mit romantischen Abenden zu mir locken, aber wenn dir ein warmes Essen auch schon reicht …«

»Man kann ja das eine tun, ohne das andere zu lassen«, erwiderte Erin mit einem, wie sie hoffte, verführerischen Augenaufschlag.

Daniel schluckte und zog sie an sich.

»Warte, ich bin noch nicht fertig«, murmelte sie gegen seine Lippen, doch er hörte nicht auf, sie zu küssen. Instinktiv presste Erin sich noch enger an ihn.

Und als seine Zungenspitze neckisch die ihre berührte, verschwanden alle anderen Gedanken schlagartig aus ihrem Kopf.

»Du wolltest noch etwas sagen?«, fragte er sie schwer atmend gut zehn Minuten später.

»Was?« Sie sah ihn verständnislos an. »Ach so, ja. Ich wollte sagen, dass ich noch etwas üben wollte.«

»Üben?« Er zog bedeutungsvoll die Augenbrauen hoch. »Ich finde, du machst es schon richtig gut. Aber wenn du meinst, stelle ich mich dir gerne zur Verfügung.« Er neigte seinen Kopf, um sie wieder zu küssen.

»Nein!«, sagte Erin schnell und wandte ihr Gesicht ab, bevor er sie wieder völlig aus dem Konzept bringen konnte. »Ich meine, meine Fähigkeit. Ich würde gern lernen, sie noch gezielter und vielleicht sogar auf Entfernung einzusetzen.«

»Das ist eine gute Idee«, stimmte er ihr zu. Dann sah er ihr tief in die Augen. »Wann fährt Lisa denn weg?«

»Samstag früh. Ich kann heute mit ihr sprechen und meine Sachen packen. Und morgen könnte ich nach der Schule direkt mit zu dir kommen. Wenn du willst, natürlich.«

»Und ob ich will!«, rief Daniel enthusiastisch. »Am liebsten würde ich dich schon heute mitnehmen.«

»Heute muss ich aber packen«, erinnerte sie ihn sanft.

Erin war sich ihrer Sache so sicher gewesen und freute sich sehr auf eine ganze Woche mit Daniel. Doch als sie abends allein ihre Tasche packte, wurde sie plötzlich nervös. Sie hatten gar nicht darüber gesprochen, ob sie in seinem Zimmer schlafen würde. Hatte sie seine Erwartungen vielleicht zu hoch geschraubt? Und was sollte sie mitnehmen? Das dünne Spitzennachthemd, das ihr Mia zum letzten Geburtstag geschenkt hatte und das völlig ungetragen in ihrem Schrank hing, oder den bequemen Baumwollschlafanzug, den sie so gerne trug? Und wieso hatte sie auf einmal keine passenden BHs zu ihren Slips? Würde es überhaupt dazu kommen, dass Daniel sie zu Gesicht bekam?

Sie liebte ihn und er brachte sie mit seinen Küssen um den Verstand. Wenn sie nur daran dachte, breitete sich ein angenehmes Kribbeln in ihrem Körper aus und sie fing an, idiotisch zu lächeln. Aber wollte sie wirklich schon weiter gehen?

Sie war drauf und dran, das Ganze einfach abzusagen, als Lisa in ihr Zimmer kam. »Und, packst du schön?«, fragte sie mit einem Blick auf den großen Wäscheberg auf Erins Bett. »Glaubst du wirklich, dass du den brauchen wirst?«, fragte sie und hob einen schwarzen Spitzentanga hoch.

Erin errötete. »Ich weiß es nicht. Aber so wäre ich zumindest vorbereitet.«

Lisa setzte sich hin und zog Erin neben sich auf das Bett. »Es ist das erste Mal, dass du bei einem Jungen übernachtest, oder? Besonders bei einem Jungen, mit dem es dir so schnell so ernst geworden ist.«

Erin nickte unsicher.

»Ich will, dass du eins weißt. Selbst wenn du *bei* ihm schläfst, musst du nicht *mit* ihm schlafen.« Sie sah ihre Schwester bedeutungsvoll an.

»Aber Jungs erwarten doch bestimmte Dinge …« Erin wurde knallrot und senkte den Blick. Sie fasste es nicht, dass sie mit ihrer großen Schwester gerade tatsächlich über Sex redete.

Lisa lachte. »Sie erwarten nicht, sie hoffen. Das ist ein großer Unterschied.« Dann wurde sie wieder ernst. »Daniel liebt dich. Er wird nichts wollen, was du nicht auch willst, da bin ich sicher.«

»Es ist ja nicht so, dass ich nicht will …«, murmelte Erin.

»Aber du bist noch nicht bereit. Keine Angst.« Sie stand auf und tätschelte ihrer Schwester beruhigend den Arm. »Du wirst wissen, wenn der richtige Augenblick gekommen ist. Das mag morgen sein oder erst nächstes Jahr. Wann auch immer, es wird deine Entscheidung sein.«

»Danke«, flüsterte Erin. Und als Lisa rausging, warf sie entschlossen das sexy Nachthemd und den Schlafanzug zusammen in die große Reisetasche.

»Bereit?«, fragte Daniel und sah Erin erwartungsvoll an.

Sie nickte. Auch wenn sie es nicht glauben konnte, dass sie sich selbst freiwillig in die Höhle des Löwen, beziehungsweise in diesem Fall eher in die Höhle der Löwin, begab. »Lass uns gehen«, sagte sie tapfer.

»Eine Sache noch«, wandte er plötzlich ein. »Können wir das mit uns endlich erzählen, oder muss ich mich heimlich in dein Zimmer schleichen?«

»In mein Zimmer?«, wiederholte Erin und plötzlich stiegen ihr Tränen der Enttäuschung in die Augen. Trotzig wischte sie sie weg.

»Hey.« Sanft legte Daniel ihr einen Finger unter das Kinn und drehte ihr Gesicht zu sich herum. »Was ist denn los?«

»Nichts. Ich dachte nur … Ach, vergiss es!«, stammelte sie. Sie wusste auch nicht, wieso sie insgeheim davon ausgegangen war, er würde sie die ganze Zeit bei sich haben wollen. Vermutlich brauchte er auch ein wenig Freiraum.

Er sah sie einen Augenblick lang verwirrt an. »Du kannst natürlich auch in meinem Zimmer bleiben, wenn du dich dann sicherer fühlst. Es ist wirklich groß genug«, sagte er schließlich zögernd.

Sicherer, ja klar, dachte Erin enttäuscht. »Ich will dir keine Umstände machen.«

Er blieb plötzlich stehen und schloss sie fest in seine Arme. Mit einer Mischung aus Zärtlichkeit, Frustration und Belustigung blickte er auf sie hinab. »Was würde ich nicht dafür geben, ab und zu einen kleinen Einblick in deinen Kopf zu bekommen. Denkst du etwa, ich würde dich nicht bei mir haben *wollen*?« Als Erin verlegen schwieg, fuhr er fassungslos fort. »Am liebsten würde ich dich nie wieder loslassen. Aber ich will dich nicht bedrängen, verstehst du?«

»Wirklich?«, fragte Erin und lächelte erleichtert.

»Wirklich. Und jetzt komm.«

Drinnen wartete Melissa bereits auf sie. Erin zog innerlich eine Grimasse. Dieser Frau entging auch gar nichts.

»Erin, wie schön, dich endlich wiederzusehen!«, rief Daniels Mutter und streckte ihre Arme nach dem Mädchen aus.

Steif ließ Erin sich von ihr umarmen.

»Mutter«, sagte Daniel und gab ihr einen Kuss auf die Wange. »Erin möchte sich bestimmt ein wenig frisch machen«, sagte er dann. »Und danach müssen wir lernen. Wir sehen uns beim Abendessen.« Er nahm Erins Tasche und ging zu der großen Treppe, die nach oben führte.

Als Erin ihm folgen wollte, hielt Melissa sie sanft am Arm zurück. »Du hast den Jungen also endlich erhört?«, fragte die Frau strahlend. »Es war kaum noch auszuhalten. Er hat ständig nur von dir geredet«, fügte sie verschwörerisch hinzu. »Du hast ihm ganz schön den Kopf verdreht. So verliebt habe ich ihn noch nie erlebt.«

Erin lächelte neutral. Diese falsche Schlange, dachte sie bloß. Dann nickte sie ihr kurz zu und lief zu Daniel hinüber, der an der Treppe auf sie wartete.


»Da wären wir«, sagte er, als er schließlich stehen blieb und einladend eine Tür öffnete.

Neugierig betrat Erin den Raum. Daniel hatte nicht übertrieben. Das Zimmer war wirklich *groß genug*, um ehrlich zu sein, war es sogar gigantisch. Und es war sehr hell und überaus modern eingerichtet. Ein riesiges Fenster befand sich an der Stirnseite des Raums und davor stand ein großer, geschwungener Schreibtisch. An der linken Seite gab es eine Art Fernsehecke mit einem Flachbildschirm, einem Sofa und einer überaus imposanten Musikanlage. Und auf der rechten Seite befanden sich ein wunderschöner gemauerter Kamin, ein Kleiderschrank und ein ziemlich breites Bett mit dunkler Satinbettwäsche. Schnell ließ Erin ihren Blick weiterschweifen. Jede verfügbare Wandfläche war mit deckenhohen Regalen bestückt, in denen sich Bücher, Blu-Rays und CDs stapelten.

»Wow!«, entfuhr es ihr. »Das ist ja fast eine ganze Wohnung!«

Daniel lächelte. »Das Bad ist dort hinten.« Er wies auf eine schmale Tür, die sie bisher übersehen hatte. »Und ich habe dir etwas Platz im Kleiderschrank freigeräumt.« Er ging hinüber und öffnete das entsprechende Fach.

»Ich dachte, du wolltest mich in einem separaten Zimmer unterbringen«, sagte Erin neckisch.

»Von Wollen konnte keine Rede sein«, gab Daniel zurück. Dann wurde er schlagartig ernst und ein verführerischer Glanz trat in seine Augen. Langsam ging er auf Erin zu.

»Was hast du vor?«, fragte sie plötzlich atemlos und ihre Knie wurden weich.

»Dich küssen«, erwiderte er. »Du glaubst gar nicht, wie unwiderstehlich du gerade bist.«

»Dito«, flüsterte sie und vergrub ihre Hände in seinen dichten, dunklen Haaren.

»Jetzt muss ich aber wirklich was tun«, sagte sie nach gut einer halben Stunde und löste sich widerstrebend aus Daniels Umarmung. Er versuchte, sie festzuhalten, doch sie entwand sich seinem Griff. »Erst die Arbeit, dann das Vergnügen«, ermahnte sie ihn streng und er erhob sich seufzend.

»Was ist denn so dringend, dass du deinen Freund voll Sehnsucht zurücklässt?«

»Wenn ich meinen Lernplan einhalten will, muss ich noch ein Shakespeare-Sonett interpretieren, mindestens fünf Stochastikaufgaben rechnen und ein Kapitel Homo Faber lesen.« Plötzlich hielt sie inne und sah Daniel scharf an. »Wie kommt es eigentlich, dass du nie Hausaufgaben machst oder lernst?«

Er grinste schuldbewusst. »Zum einen habe ich mein Abi ja schon, also sind mir die Noten so ziemlich egal. Zum anderen habe ich noch meine ganzen Mitschriften. Und so sehr hat sich der Schulstoff in den letzten paar Jahren nicht verändert.« Er dachte kurz nach. »Ich mach dir ein Angebot«, sagte er dann. »Ich gebe dir meine Aufzeichnungen zu der Interpretation von drei Sonetten. Dafür lässt du Homo Faber sausen, das Buch wird eh überbewertet. Und da du ein absolutes Mathe-Genie bist, kannst du getrost darauf verzichten, noch mehr Übungsaufgaben zu rechnen. Und damit ist dein Lernplan für heute bereits erfüllt und du hast auf einmal ganz viel Zeit für mich. Was sagst du?« Er grinste sie hoffnungsvoll an.

»Ein wirklich unmoralisches Angebot«, sagte Erin lächelnd und Daniel wusste, dass er gewonnen hatte.

Begeistert sprang er auf und schloss sie wieder in die Arme. »Also, wo waren wir?«

»Es gibt da noch einen klitzekleinen Haken«, sagte Erin schnell und sah ihn entschuldigend an.

»Einen Haken?« Überrascht ließ er sie los.

»Ja, meine Eltern wollen dich kennenlernen. Das war die Bedingung dafür, dass ich hier übernachten darf«, murmelte sie zerknirscht.

»Aber ich dachte, sie wären in Kanada. Ich glaube nicht, dass ich mal eben dort rübersausen kann, um mir ihren Segen abzuholen. Es sei denn, ich finde noch mein altes Superman-Cape.« Er grinste und Erin bemühte sich vergeblich, ernst zu bleiben.

»Du hast ein Superman-Cape?«, fragte sie ungläubig.

»Vom letzten Karneval. Für dich würde ich mich sogar noch einmal in die blaue Strumpfhose quälen.«

»So gern ich das auch sehen würde«, sagte Erin, wobei sie sich alle Mühe geben musste, bei dem Gedanken an Daniel in einem rotblauen Superheldenanzug nicht laut loszulachen, »wird das zum Glück nicht erforderlich sein. Dank moderner Skype-Technik sind meine Eltern nur ein paar kleine Klicks entfernt. Wir sprechen mindestens zweimal die Woche miteinander«, erklärte sie. »Ich habe es bisher immer so gelegt, dass du nicht da warst, um dir ein Verhör zu ersparen. Aber ich habe ihnen natürlich schon einiges über dich erzählt und nun, wo – ich zitiere – ,es anscheinend ernster mit uns wird', wollen sie dich eben kennenlernen.« Erin sah auf ihre Armbanduhr. »Und ziemlich genau jetzt sitzen sie vor ihrem Laptop und warten auf unseren Anruf.«

Daniel schluckte. »Das ist dein Ernst«, sagte er mit plötzlich belegter Stimme.

»Du wirst doch nicht etwa nervös werden?«, fragte Erin belustigt.

»Doch, ein wenig schon«, gab er zu und wischte sich die Hände an seiner Jeans ab.

»Wird schon halb so schlimm werden«, schmunzelte sie. »Wenn alle Stricke reißen, kannst du immer noch vorgeben, die Verbindung wäre gestört, und mein Vater kann dich anschließend nicht einmal aus dem Haus werfen.«

»Haha«, murmelte er trocken. »Lass es uns hinter uns bringen.« Er schnappte sich die Fernbedienung seines Fernsehers und schaltete ihn ein. »Skypefähig«, erklärte er, als er Erins verwunderten Blick bemerkte. »Die Wunder der modernen Technik.«

Kaum hatte Erin den Benutzernamen ihrer Eltern gewählt, erschienen auch schon ihre gespannten Gesichter auf dem großen Bildschirm.

»Hallo Liebling«, sagte ihre Mutter. »Und du musst wohl Daniel sein«, fügte sie mit einem kleinen Lächeln hinzu.

»Guten Abend, Frau Bruckmann. Herr Bruckmann. Oder eigentlich eher guten Morgen.«

»Hallo Daniel. Schön, dass wir uns endlich mal sehen. Geht es euch beiden gut?«

»Alles bestens«, erwiderte Erin fröhlich. »Wenn ich nur nicht so viel lernen müsste.«

»Was sind eigentlich deine Fächer?«, wandte ihr Vater sich ohne Umschweife an Daniel.

Erin rollte peinlich berührt mit den Augen. Das Verhör hatte begonnen.

»Ich habe die meisten Kurse zusammen mit Erin«, erwiderte Daniel stoisch.

»Was für ein Zufall«, kommentierte ihr Vater trocken.

»Ja, so können wir gut zusammen lernen«, warf Erin schnell ein.

»Ist es denn nicht schwer, so kurz vor den Prüfungen noch dazuzukommen? Vor allem, wenn man schon einige Jahre aus der Schule raus ist?«

»Es ist nicht ohne«, erwiderte Daniel höflich. »Aber mit einiger Mühe gut zu schaffen.«

»Wir freuen uns, dass du die Schule so ernst nimmst. Um ehrlich zu sein, waren wir ein wenig besorgt, als wir hörten, dass du das Abi schon einmal abgebrochen hattest«, sagte Erins Mutter.

»Das kann ich verstehen. Aber dafür weiß ich jetzt genau, wie wichtig eine gute Ausbildung ist«, sagte Daniel im Brustton der Überzeugung.

»Schön. Wir möchten nämlich nicht, dass Erins Noten leiden.«

»Natürlich nicht.«

Erins Mutter lächelte leicht. »Ich muss zugeben, ich war nicht gerade erfreut, als mir Erin von eurem Altersunterschied erzählte. Schön zu sehen, dass damit bei dir auch eine gewisse Reife und Verantwortungsbewusstsein einhergehen.«

»Mama«, sagte Erin gedehnt und warf Daniel einen beschämten Blick zu, doch er ließ sich nichts anmerken. Bevor er sich jedoch irgendwie äußern konnte, lehnte sich ihr Vater ein wenig näher an den Bildschirm heran.

»Nur, damit wir uns richtig verstehen«, sagte er und schien dabei Daniel direkt in die Augen zu schauen. »Erin ist noch minderjährig und wir billigen eure Beziehung nur solange, wie ihr gewisse Regeln erfüllt.«

Erin holte tief Luft und spürte, wie sie rot anlief. Ihr Vater würde jetzt doch nicht ein Gespräch über verantwortungsvollen Umgang mit SEX beginnen, oder? Sie wagte es kaum, ihre Augen zum Bildschirm zu heben. Doch zum Glück blieb ihr das Schlimmste erspart.

»Wir wollen, dass sie sich mindestens jeden zweiten Tag bei uns meldet, und sie darf die Abi-Vorbereitungen nicht vernachlässigen. Solange sie bei dir ist, unterliegt sie deiner Verantwortung, ist das klar?«

»Ja.« Daniel nickte ernst und erwiderte fest den Blick ihres Vaters. Einige Sekunden lang fixierten sich die Männer, dann nickte ihr Vater schließlich. »Wir verlassen uns auf dich. Und sollte ihr irgendetwas zustoßen, wirst du dich dafür verantworten müssen.«

»Keine Angst«, erwiderte Daniel und zog Erin sanft an sich. »Ihre Tochter ist bei mir in guten Händen, ich werde gut auf sie aufpassen.«

»Und ich bin auch noch da«, warf Erin schmollend ein.

»Das weiß ich doch, mein Schatz«, sagte ihr Vater liebevoll. »Und jetzt erzähl uns mal, was es sonst noch Neues bei dir gibt.«

»Uff, das wäre geschafft«, seufzte Erin eine Viertelstunde später, als Daniel die Verbindung wieder getrennt hatte. »Tut mir leid«, sagte sie und sah ihn entschuldigend an. »Ich hoffe, das war nicht zu peinlich für dich.«

»Keineswegs«, erwiderte er und schlang seine beiden Arme um ihre Schultern. »Hätte ich eine Tochter wie dich, würde ich sie auch nicht dem Erstbesten überlassen wollen. Ich hoffe nur, ich konnte deine Eltern überzeugen.«

Erin lachte. »Ich denke schon. Du hast deinen Charme ja gehörig spielen lassen. Sie halten dich jetzt bestimmt für den Traum aller Schwiegermütter.«

Er lächelte breit. »Nun, da ich also offiziell den Segen deiner Eltern habe, möchte ich gern auf mein ursprüngliches Anliegen zurückkommen«, flüsterte er verführerisch in ihr Ohr.

Erin schmiegte sich wohlig an ihn und gab ihm einen kleinen Kuss. »Später«, hauchte sie dann und entzog sich rasch seiner Umarmung.

Daniel seufzte übertrieben. »Was denn nun?«

»Zuerst würde ich gern noch etwas probieren.« Sie ging zum Bett herüber, setzte sich hin und klopfte einladend mit der Hand auf den freien Platz neben sich.

»Was denn?« Vorsichtig setzte er sich neben sie.

»Wir hatten doch besprochen, dass ich meine Fähigkeit trainieren sollte.«

»Also gut, was soll ich tun?«

»Halt mich fest und nimm deinen Ring ab.«

»Okay, das kann ich.«

Daniel lehnte sich bequem an das Kopfteil des Bettes und zog Erin mit sich. Dann nahm er seinen Ring ab. »Und nun?«

»Und nun werde ich dir Fragen stellen, die du mal ehrlich und mal mit einer Lüge beantwortest. Und ich werde versuchen, herauszufinden, was wahr ist und was nicht.«

»Das könnte spannend werden«, murmelte Daniel. »Fang an.«

»Magst du mich?«

»Ja«, kam es, ohne zu zögern.

»Dein Glück, dass es wahr ist«, sagte sie und kuschelte sich enger an ihn. »Dein Lieblingsessen?«

»Pasta.«

»Deine Lieblingsfarbe?«

»Ich habe keine.«

Erin runzelte die Stirn. »Das stimmt nicht.«

»Und welche sollte es deiner Ansicht nach sein?«, fragte er.

Erin konzentrierte sich und versuchte, tiefer in seinen Geist einzutauchen. Doch alles, was sie zu sehen bekam, war ein Bild von ihr selbst. »Könntest du dich bitte auf die Frage konzentrieren und nicht immer nur an mich denken?«

»Wieso, was siehst du denn?«

»Mich, wie ich mit offenen Haaren in der Sonne stehe.«

Plötzlich wirkte Daniel ein wenig verlegen. »Ich schätze, das ist wirklich meine Lieblingsfarbe«, gestand er leise.

»Was denn?«

»Dein Haar, wie es in der Sonne schimmert. Da ist von allem etwas drin: Kastanie, Mahagoni, Honig …«

»Gut, wir halten also fest, deine Lieblingsfarbe ist Kastanie-Mahagoni-Honig«, sagte Erin schnell, um ihre eigenen Gefühle zu überspielen. Sie hatte echt den süßesten Freund der ganzen Welt.

»Ich wünschte, ich könnte mich irgendwie dafür revanchieren«, brummte Daniel. »Es ist wirklich nicht fair, dass nur du in meinen Kopf schauen kannst.«

»Sollen wir aufhören?«, fragte Erin betroffen. Sie fand es toll, eine so intime Einsicht in Daniels Herz zu bekommen, aber sie konnte sich vorstellen, dass es ihm dabei anders erging.

»Nein, mach weiter. Es ist wichtig, dass du deine Fähigkeiten voll einsetzen kannst.«

»Gut. Wann hast du Geburtstag?«

»Am 23. Juli.«

Eigentlich hatte Erin die Frage nur gestellt, um auf unverfänglicheres Terrain zurückzukommen. Doch etwas an seiner Antwort klang falsch. »Wann?«, hakte sie nach und schloss die Augen, um sich besser konzentrieren zu können.

»Am 23. Juli«, wiederholte Daniel verwirrt. »Was stimmt denn nicht?«

»Ich bin nicht sicher«, sagte sie langsam. »Aber ich glaube nicht, dass das stimmt.«

»Natürlich stimmt das. Hier.« Er zog seine Brieftasche hervor und zeigte ihr seinen Ausweis.

»Irgendetwas passt hier trotzdem nicht«, beharrte sie. »Du sagst die Wahrheit, zumindest die Wahrheit, die du kennst. Aber irgendein Teil von dir, dein Unterbewusstsein oder so, weiß, dass es nicht stimmt.«

»Das ist doch Blödsinn!«, entfuhr es Daniel aufgebracht.

»Möglicherweise irre ich mich auch«, stimmte Erin ihm kleinlaut zu. »Ich mache das immerhin noch nicht besonders lange.« Doch ihr ungutes Gefühl blieb. »Wo ist eigentlich dein Vater?«, fragte sie plötzlich.

»Keine Ahnung.« Daniel zuckte mit den Schultern. »Ich habe ihn nie gekannt.«

Als er das sagte, zuckte für den Bruchteil einer Sekunde ein Bild vor Erins innerem Auge vorbei. Ein Mann, der lachend ein Baby in die Luft hielt.

»Hast du deine Mutter nie nach ihm gefragt?«

»Doch. Sie sagte, er hatte sie noch vor meiner Geburt verlassen, weil er mit ihrer führenden Rolle in der *Bruderschaft* nicht zurechtkam.«

»Würde es dir etwas ausmachen …« Erin zögerte. »Würde es dir etwas ausmachen, wenn ich noch ein wenig tiefer gehe …?« Sie sah ihn unsicher an.

»Wieso denn das? Und weshalb interessiert dich überhaupt mein Vater?«

»Ich weiß nicht genau. Aber ich glaube, dass du eine Erinnerung an ihn hast.«

»Eine Erinnerung?« Er sah sie skeptisch an.

Erin blickte entschuldigend zu ihm hoch. »Ich hatte vorhin ein Bild gesehen, als du von deinem Vater gesprochen hattest. Da war ein Mann, der ein Baby hochhielt. Und ich denke, dass dieser Mann womöglich dein Vater war.«

»Es könnte ein x-beliebiger Mann gewesen sein, der mich da kurz gehalten hat«, widersprach Daniel entschieden.

»Ich weiß, deswegen würde ich gern noch mehr Erinnerungen suchen.«

»Ich weiß nicht.« Er schüttelte unwillig den Kopf und Erin spürte genau, was ihn beschäftigte. Er war hin- und hergerissen zwischen Neugier, Hoffnung und Angst. Der Angst davor, dass seine Mutter ihn angelogen hatte. Der Angst davor, dass sie die Wahrheit gesagt und sein Vater sich wirklich nicht für ihn interessiert hatte. Der Angst davor, eine alte Wunde wieder aufzureißen.

»Es muss ja nicht jetzt sein«, sagte Erin schnell und strich ihm über die Wange. »Wenn du irgendwann bereit dazu sein solltest, kann ich ja mal einen Blick riskieren, okay?«

»Okay.« Er sah sie erleichtert an. »Hast du noch weitere Fragen?«

»Nur noch eine. Gibt es eigentlich Baby-Fotos von dir?«

»Wieso? Willst du wissen, wie ich pummelig und ohne Hose aussehen würde?«

»Nein. Eigentlich wollte ich nur überprüfen, ob du schon immer so unglaublich süß gewesen bist.« Sie sah ihn verliebt an.

Daniel drückte sie fest an sich und küsste leicht ihre Nasenspitze. »Zum Glück musst du mir einfach glauben, dass ich ziemlich lange pummelig und kahl-köpfig gewesen bin. Zumindest hat Mutter mir das einmal erzählt. Wir haben nämlich kaum Fotos aus meiner Kindheit. Irgendwie hatte Mutter da nie besonderen Wert drauf gelegt. Vielleicht, weil wir so häufig umgezogen sind.«

»Das tut mir leid«, sagte Erin betroffen.

»Das braucht es nicht. Wen kümmert schon die Vergangenheit, wenn die Gegenwart so schön sein kann?« Er neigte seinen Kopf und verschloss ihre Lippen mit den seinen, bevor sie ihm noch weitere Fragen stellen konnte.

Obwohl Erin zugeben musste, dass seine Ablenkungstaktik mehr als gelungen war, ließ sie der Gedanke an seinen Vater einfach nicht los. Der Mann hatte das Baby mit so viel Liebe angesehen, dass sie sich nicht vorstellen konnte, dass er seinen Sohn jemals freiwillig verlassen hätte.

Was also war wirklich passiert? Und wieso hatte Melissa ihrem Sohn nicht die Wahrheit darüber gesagt? Wen hatte sie durch ihre Lüge schützen wollen: Daniel oder sich selbst?


»Ich muss sagen, ihr zwei gebt ein wirklich schönes Paar ab«, sagte Melissa zufrieden beim Abendessen. »Ihr strahlt ja richtig vor Glück.«

Daniel warf Erin einen verliebten Blick zu und lächelte. Doch das Mädchen behielt Melissa sorgfältig im Auge. Sie war sich sicher, dass gleich noch etwas kommen würde.

»Und ich denke, dass es jetzt an der Zeit ist, dass du dich uns endlich anschließt«, bestätigte seine Mutter ihre Vermutung.

»Mich euch anschließe?«, wiederholte Erin, um etwas Zeit zu gewinnen.

»Ja.« Melissa nickte ernst. »Du solltest der *Bruderschaft* beitreten und an Daniels Seite den dir zustehenden Platz einnehmen. Immerhin bist du eine Amulett-Trägerin.«

»Aber ich bin doch schon an seiner Seite«, erwiderte Erin schlicht und drückte seine Hand. »Was wollt ihr mehr?«

Daniels Mutter sah sie überrascht an. »Wir müssen es natürlich offiziell machen. Du musst der *Bruderschaft* beitreten und den Eid leisten.«

»Ich weiß nicht«, sagte Erin unsicher. »Die *Bruderschaft*, ein Eid – das kommt mir alles irgendwie zu okkult und mittelalterlich vor. Immerhin leben wir im 21. Jahrhundert. Da kommt es doch mehr auf Ergebnisse als auf irgendwelche Traditionen und Riten an, oder?«

Melissa sog bei ihren Worten scharf die Luft ein und musterte Erin verärgert. »Diese okkulten Traditionen und Riten, wie du sie nennst, haben sich seit Jahrhunderten bewährt. Wir können dich nicht beschützen, wenn du nicht zu uns gehörst!«

Erin blickte Daniel Hilfe suchend an. Allmählich gingen ihr die Ausflüchte aus. Aber sie war fest entschlossen, den dummen Eid auf keinen Fall zu leisten.

»Selbstverständlich werden wir dich weiterhin beschützen«, sagte Daniel plötzlich. »So, wie wir es bisher auch gemacht haben. Natürlich wollen wir auch, dass du dich uns anschließt. Aber das sollte aus freien

Stücken und vollem Herzen geschehen, weil du von unserer Sache überzeugt bist. Und nicht, weil du Angst hast. Wenn du noch etwas Zeit brauchst oder Fragen hast, haben wir vollstes Verständnis dafür, nicht wahr, Mutter?« Er sah Melissa erwartungsvoll an.

»Aber natürlich, meine Liebe«, erwiderte diese schnell. »Es ist nur meine Angst um deine Sicherheit, die mich antreibt. Aber ich bin sicher, du wirst schon sehr bald erkennen, dass deine Zukunft bei Daniel und unserer *Bruderschaft* liegt.« Sie warf ihrem Sohn einen bedeutungsvollen Blick zu.

Erin tat, als hätte sie das nicht bemerkt, und stocherte lustlos in ihrem Essen herum. Wenn alle Mahlzeiten in diesem Haus so angespannt verliefen, wunderte es sie nicht, warum Daniel sich so sehr über das Essen vom China-Imbiss gefreut hatte.

»Erin, wieso gehst du nicht schon mal nach oben?«, fragte Daniel nach einer Weile. »Ich muss noch kurz was mit meiner Mutter besprechen.«

Erin sah ihn überrascht an, nickte jedoch dann und erhob sich. Sie vertraute Daniel ja. Sie vertraute ihm wirklich. Dennoch verstand sie nicht, wieso er auf einmal Geheimnisse vor ihr hatte. Wieso hatte er sie bloß weggeschickt?

Während sie in seinem Zimmer auf ihn wartete, machte sich ein ganz mulmiges Gefühl in ihr breit. Würde er sich wieder von seiner Mutter beeinflussen lassen? Würde sie ihn zwingen, ihr zu gehorchen?

Beinah ängstlich blickte sie zur Tür, als sich diese

endlich öffnete und Daniel ins Zimmer trat. Er wirkte aufgebracht. Fast automatisch schickte Erin ihre Gedanken nach ihm aus und prallte vor eine Mauer. Er hatte den Ring wieder aufgesetzt. Enttäuscht atmete sie aus. So viel zum Thema Vertrauen.

»Hey, was ist denn mit dir los?« Besorgt eilte Daniel zu ihr herüber und nahm sie in den Arm. »Nimm dir das mit Mutter nicht so zu Herzen«, sagte er dann. »Sie hat nur ihre *Bruderschaft* im Kopf, da schießt sie schon manchmal über das Ziel hinaus. Aber sie meint es nicht böse, glaub mir.«

Und schon verteidigt er sie wieder, schoss es ihr verbittert durch den Kopf. »Hast du alles geklärt?«, fragte sie tonlos.

»Wie man's nimmt.« Er fuhr sich verärgert durch die Haare. »Sie meint es ja bestimmt gut, aber sie kann manchmal so verdammt unnachgiebig sein. Doch das ist jetzt nicht so wichtig. Sag mir lieber, was dich bedrückt.«

»Nichts.« Erin versuchte ein kleines Lächeln und wandte ihr Gesicht von seinem forschenden Blick ab. Dann sah sie überrascht wieder hoch, als er sie plötzlich losließ. »Was machst du da?«

»Ich ziehe den verdammten Ring wieder aus«, sagte er entschieden. »Ich will nicht, dass du denkst, ich hätte Geheimnisse vor dir. Ich habe versucht, Mutter davon zu überzeugen, dass du dich uns auch ohne den Eid anschließen kannst, aber sie wollte nichts davon hören. Zumindest habe ich sie überzeugt, dich vorerst in Ruhe zu … Was ist?«, fragte er plötzlich lächelnd, als Erin ihn anstrahlte und sich wortlos an ihn schmiegte.

»Ich liebe dich«, sagte sie glücklich, dann zuckte sie erschrocken zusammen. Oh mein Gott, hatte sie das gerade wirklich gesagt? Sie spürte, wie ihr Kopf knallrot anlief. »Ich meine …«, stotterte sie hilflos.

»Mach es nicht kaputt«, flüsterte Daniel leise und beugte sein Gesicht zu ihr herunter, bis ihre Nasenspitzen sich berührten und sie in seinen so unglaublich blauen Augen versank. »Ich liebe dich nämlich auch.« Er küsste sie und sie spürte, wie sein Herz vor Zärtlichkeit überquoll. Erleichtert tauchte sie ein in dieses warme Gefühl, das ihr so viel Glück und Geborgenheit versprach.

Während ihre Küsse immer leidenschaftlicher wurden, konnte Erin nicht sagen, wo ihre eigenen Gefühle endeten und die seinen begannen. Ihre Herzen waren eins.

Schließlich löste Daniel sich keuchend von ihr. Sie spürte, wie er entschieden seine Gefühle ein Stück weit zurückdrängte. In einem Moment strahlte sein Herz ihr noch in warmen Gelb- und glühenden Rottönen entgegen und im nächsten war es, als hätte er einen Dimmer betätigt. Und zumindest das pulsierende Rot in die tieferen Schichten seiner Seele verdrängt. Sie konnte es noch unter der Oberfläche spüren, aber es dominierte nicht mehr seinen Verstand.

»Du machst es mir wirklich nicht leicht, mich wie ein Gentleman zu benehmen«, sagte er mit belegter Stimme.

Erin sah ihn neckisch an. »Immer nur Gentleman wäre auch etwas langweilig, oder?«

Ein leises Knurren entwich Daniels Kehle, er zog sie rasch an sich und küsste sie fest. Doch noch bevor sie den Kuss richtig erwidern konnte, ließ er sie wieder los. »Dennoch denke ich, dass es viel sicherer wäre, wenn wir uns einfach einen Film angucken. Du hast die freie Auswahl.« Er wies mit seiner Hand auf das volle Blu-Ray-Regal.

Während Erin langsam die Filmtitel studierte, dachte sie etwas nervös über den weiteren Verlauf des Abends nach.

»Und, hast du dich schon entschieden?« Leise trat Daniel hinter sie und umarmte sie sanft, bevor er ihr einen Kuss auf die Wange gab. Er war völlig entspannt, zufrieden und glücklich. Und plötzlich fiel auch Erins Unruhe von ihr ab. Sie würde ihren bequemen Baumwoll-Shorty tragen und die Nacht, gemütlich an Daniel gekuschelt, in seinem großen Bett verbringen.

»Ja, das hier.« Aufs Geratewohl zog sie einen Film aus dem Regal heraus. Es spielte keine Rolle, was das für einer war. Sie wusste, dass sie ohnehin nur Augen für ihren Freund haben würde.

Erin wachte schlagartig auf und wusste im ersten Augenblick nicht, wo sie sich befand. Dann fiel es ihr wieder ein: das große Bett und Daniel, der neben ihr fest schlief. Sie setzte sich vorsichtig auf und strich sich über das Gesicht, um klarer denken zu können.

Bilder und Emotionen, auf die sie sich keinen Reim machen konnte, strömten auf sie ein. Sie sah Gesichter von Menschen, die sie bisher noch nie zuvor gesehen hatte, und es dauerte eine Weile, bis sie verstand, dass sie Daniels Träume miterlebte. Ziemlich unruhige Träume, wie es schien. Das war es, was sie geweckt hatte.

Sie legte sich wieder hin und schloss die Augen. Sie wollte wirklich nicht spannen, doch plötzlich sah sie das Gesicht des Mannes auftauchen, den sie für Daniels Vater hielt.

Erin konnte der Versuchung nicht widerstehen und öffnete noch weiter ihren Geist. Behutsam tauchte sie in Daniels Erinnerungen ein und versuchte, ihnen einen Schubs in die richtige Richtung zu geben, ohne ihn dabei aufzuwecken. Es funktionierte. Sie sah wieder diesen Mann, der seinen Baby-Sohn hielt, und sie sah eine Frau, die nie im Leben Melissa gewesen sein konnte. Eine Frau, die ihr Baby fütterte und fröhlich mit ihm spielte. Und sie spürte die Zufriedenheit, Geborgenheit und Liebe, die das Baby – die Daniel – bei diesen Menschen gefühlt hatte.

Erschüttert zog sie sich aus Daniels Traum zurück. Wenn das, was sie gesehen hatte, wirklich seine Erinnerungen waren, die sie durch ihre Fragen an die Oberfläche geholt hatte, dann …

Sie wagte kaum, diesen Gedanken weiterzuspinnen.

Nachdenklich kaute Erin auf der Unterlippe. Ihr Schlaf war verflogen. Wenn die Bilder stimmten und sie sie richtig verstand, war Melissa überhaupt nicht

Daniels Mutter. Er hatte eine andere Mutter und einen Vater gehabt, bevor er zu Melissa gekommen war. Es gab eine Menge plausibler Gründe, wie das geschehen sein konnte. Vielleicht waren seine Eltern in der *Bruderschaft* gewesen und es war ihnen etwas zugestoßen. Oder es waren Freunde oder Verwandte von Melissa gewesen. Aber irgendwie konnte Erin sich diese Frau nicht als jemanden vorstellen, der aus reiner Herzensgüte ein Waisenkind bei sich aufnahm. Was also hatte sie vor?

»Guten Morgen, Sonnenschein«, sagte Daniel lächelnd, als Erin die Augen öffnete. Er lag neben ihr auf der Seite und sah sie verliebt an.

Erin drehte sich ebenfalls auf die Seite und schlang ihre Arme um seinen Hals. Langsam zog sie ihn zu sich herüber und gab ihm einen langen Kuss.

»Mmhh, daran könnte ich mich gewöhnen«, seufzte er zufrieden. »Hast du gut geschlafen?«

Erin zögerte kurz, dann nickte sie. Irgendwann in der Nacht, als sie endlos über Daniel und seine Abstammung gegrübelt hatte, hatte sie schließlich beschlossen, es ihm nicht zu sagen. Noch nicht. Sie wollte ihn nicht unnötig aufregen. Und irgendwelche Behauptungen aufzustellen, ohne den Hauch eines Beweises zu haben, wäre vermutlich auch nicht besonders schlau von ihr gewesen. »Und du?«, fragte sie daher nur.

»Wie auf Wolken. Muss wohl an der tollen Gesellschaft liegen«, erwiderte er grinsend.

206

»Keine komischen Träume?«, vergewisserte Erin sich.

»Nein.« Er schüttelte den Kopf. Dann sah er sie prüfend an. »Wieso, hast du etwas gespürt?«

»Nein«, erwiderte sie schnell. In diesem Augenblick klingelte der Wecker. »Oh, müssen wir jetzt wirklich aufstehen?« Erin verzog schmollend den Mund.

»Eigentlich nicht.« Er lächelte breit. »Ich hatte nur vergessen, die Weckzeit rauszunehmen. Was meinst du, wir schwänzen einfach das Frühstück und bleiben den Vormittag im Bett?« Hoffnungsvoll sah er sie an.

Erin seufzte. »Es ist ein wirklich sehr verlockendes Angebot«, sagte sie bedauernd, während sie langsam mit ihrem Finger über seine Brust strich. »Aber es geht leider nicht. In zwei Wochen beginnt die Klausurphase und ich muss noch wirklich viel lernen. Nicht alle von uns haben ihr Abi nämlich schon in der Tasche, weißt du?«

Daniel fing ihren Finger ein und küsste ihn leicht. »Aber eine halbe Stunde hast du doch gewiss noch, oder?«

Erin lächelte verliebt. »Auf eine halbe Stunde mehr oder weniger kommt es wohl nicht an«, murmelte sie und kuschelte sich eng an seine Brust.

»Wenn du mal etwas mit Mia unternehmen willst oder sonst irgendwie ein wenig Zeit für dich brauchst, dann sag es bitte einfach«, sagte Daniel, als Erin seinem Drängen endlich nachgegeben und eine längere Lernpause eingelegt hatte. Sie lagen eng aneinandergekuschelt auf dem Sofa und er fuhr mit dem Finger gedankenverloren den Umriss ihrer Schulter nach, während im Hintergrund eine Kuschelrock-CD lief.

Oh nein, Mia!, fuhr es Erin schuldbewusst durch den Kopf. Es war bereits Sonntagnachmittag und sie hatte an diesem Wochenende noch kein einziges Mal an ihre Freundin gedacht, so sehr genoss sie die gemeinsame Zeit mit Daniel. Andererseits würde Mia gewiss Verständnis für sie und ihre Glückshormone haben. Immerhin war sie selbst kaum für etwas Anderes ansprechbar, wenn sie gerade einmal frisch verliebt war.

Erin hob ihren Kopf und sah Daniel direkt in die Augen. »Ich bin hier wunschlos glücklich.«

Er lächelte sein strahlendes, ganz besonderes Lächeln, das aus der Tiefe seine Seele zu kommen schien und stets nur ihr galt.

Erin stockte der Atem. Hätte sie nicht bereits gesessen, sie wäre vermutlich zu Boden gesunken, so weich waren ihre Knie auf einmal geworden. Doch dann durchzuckte sie plötzlich ein furchtbarer Gedanke und sie sah Daniel erschrocken an. »Wieso? Brauchst du etwa Freiraum? Möchtest du Zeit ohne mich verbringen? Ich würde es verstehen, weißt du …« Ihre Stimme verklang und Daniel schüttelte halb fassungslos, halb entrüstet den Kopf.

»Nein, du Dummchen. Wann wirst du endlich verstehen, dass ich dich am liebsten jede Sekunde meines Lebens bei mir haben würde? Man könnte meinen, die Tatsache, dass du meine Gefühle lesen kannst, sollte dir dabei ein wenig auf die Sprünge helfen.«

Erin schluckte und wandte ihren Blick verlegen ab. »Ich kann es vermutlich immer noch nicht fassen, dass jemand, der so toll ist wie du, jemanden wie mich haben will. Ich meine, du könntest jede bekommen und ich wirke auf Jungs in der Regel nicht besonders anziehend.«

»Nicht besonders anziehend?«, grummelte Daniel und zog sie fest an sich. »Mensch, Erin, du hast keine Ahnung, wie wunderschön, verführerisch, begehrenswert und sexy du doch bist. Und wie schwer es mir fällt, meine Finger von dir zu lassen.«

»Das ist echt süß von dir«, erwiderte sie dankbar. »Aber eben trotzdem schwer zu begreifen. Immerhin habe ich vor dir noch nie einen Freund, noch nicht einmal einen Verehrer gehabt.« So, nun war es raus. Doch falls sie erwartet hatte, dass dies Daniel abstoßen würde, hatte sie sich gewaltig getäuscht.

Ein überaus zufriedenes Lächeln erschien auf seinen Zügen. »Nun, Glück für mich und Pech für alle Anderen!« Er ließ seine Augenbrauen zweimal anzüglich in die Höhe schnellen. Doch als er ihren immer noch skeptischen Blick bemerkte, seufzte er resigniert. »Du glaubst, du hättest keinen Verehrer gehabt, weil die Jungs dich nicht wollten?«

Sie nickte leicht.

»Daran lag es aber gewiss nicht. Ich habe die Blicke gesehen, die sie dir zuwerfen. Und ich musste wirklich an mich halten, um den einen oder anderen nicht zur Seite zu nehmen und ihm einprägsam zu erläutern, dass du nur zu mir gehörst!«

»Echt?«, fragte Erin geschmeichelt. »Wem denn?«

»Das tut hier nichts zur Sache«, erwiderte Daniel schnell. Er würde sie doch nicht auf seine Konkurrenz aufmerksam machen. »Auf jeden Fall ist es bisher bei den Blicken geblieben, weil sich keiner an dich herangetraut hat. Du spielst so eindeutig in einer anderen Liga, dass sie den Versuch lieber gleich gelassen haben.«

»Aber du nicht?«, fragte Erin kokett. Durch Daniels Worte fühlte sie sich auf einmal in der Tat äußerst begehrenswert.

»Wer nicht wagt, der nicht gewinnt«, erwiderte er mit einem selbstzufriedenen Grinsen und zog sie in seine Arme.

# Kapitel 10

Die Woche mit Daniel verging für Erin wie im Flug. Sogar Melissa ließ sie weitgehend in Ruhe. Ob das an Daniels Einmischung lag oder daran, dass im gesamten Anwesen irgendwelche geheimen Vorbereitungen vonstattengingen, konnte Erin nicht sagen. Doch sie spürte, dass die Spannung stieg. Und am Freitagabend brachte Melissa das Thema endlich auf den Tisch.

Immerhin hatte sie gewartet, bis Erin ihr Lachsblätterteigtörtchen aufgegessen hatte, bevor sie das Mädchen mit ihrem Blick fixierte. »Du hattest jetzt ein paar Tage Zeit, dich bei uns ein wenig einzuleben. Und ich denke, du konntest dich davon überzeugen, dass wir keinen okkulten Praktiken anhängen oder irgendjemandem einen Schaden zufügen.«

»Das habe ich nie …«, setzte Erin erschrocken an, doch Melissa winkte nur ab.

»Wie auch immer«, fuhr die Frau streng fort. »Du musst dich nun entscheiden. Bist du bereit, dich uns anzuschließen?«

»Ich … nein … Ich weiß nicht …«, stammelte Erin überrumpelt.

Melissa atmete tief durch und sah das Mädchen enttäuscht an. »Du wirst sicher verstehen, dass wir dir nicht länger Zutritt zu unserem Hauptquartier gewähren können, wenn du nicht zu uns gehörst.«

Erins Blick zuckte zu Daniel herüber, doch er schien von diesem Ultimatum genauso überrascht zu sein wie sie. »Mutter!«, setzte er ungläubig an.

»Und auch Daniel muss sich wieder mehr um seine Aufgaben in der *Bruderschaft* kümmern«, fuhr Melissa ungerührt fort. »Ich weiß nicht genau, wie viel Zeit ihm dann noch für andere Dinge bleibt.«

Erin wurde kreidebleich.

Melissa lächelte zuckersüß. »Du musst verstehen, er ist der Organisation verpflichtet. Unsere Aufgabe wird immer ein wichtiger Teil seines Lebens sein. Wir alle würden uns sehr freuen, wenn du auch daran teilhaben könntest. Aber letztendlich ist es deine Entscheidung. Du musst wissen, wie viel dir wirklich an ihm liegt.«

Fassungslos und empört öffnete Erin den Mund, doch es kamen einfach keine Worte heraus.

»Mutter!« Daniel kämpfte sichtlich um seine Selbstbeherrschung. »Sie muss sich doch sicher nicht sofort entscheiden.«

»Nein. Morgen früh reicht völlig aus.«

»Wieso die Eile?«, fragte Erin plötzlich.

»Nun.« Melissa sah sie abschätzend an. »Du wirst bemerkt haben, dass hier gewisse Vorbereitungen im Gange sind. Eine Versammlung der gesamten *Bruderschaft* steht bevor. Natürlich kann ich dir nicht sagen, wann das Treffen stattfinden wird. Und genau das ist das Problem.« Ihr Ton wurde eine Spur weicher. »Solange du nicht zu uns gehörst, stellst du ein Sicherheitsrisiko für uns dar. Bisher habe ich es stillschweigend hingenommen, aber nun kann ich es einfach nicht mehr verantworten. Meine Fürsorge gilt nun mal nicht nur eurem Glück, sondern auch dem Wohl der Organisation. Außerdem wäre das Treffen ideal geeignet, dich als die Trägerin des *Herzens* vorzustellen. Du kannst dir gewiss denken, welchen Einfluss dies auf den Kampfgeist und die Moral der *Bruderschaft* haben würde!« Melissas Augen glänzten aufgeregt. »Ein weiteres Amulett würde alle Zweifler endlich zum Schweigen bringen!«

Erin schluckte. Der Gedanke daran, dass Melissa Daniel und sie tatsächlich voneinander fernhalten könnte, ließ ihr Herz erstarren. Doch wie sollte sie einer Frau blinden Gehorsam schwören, die machthungrig genug war, das Glück ihres Sohnes zu zerstören? Auf einmal konnte sie Melissas Gegenwart nicht länger ertragen. »Bitte entschuldigt mich«, flüsterte Erin und verließ fluchtartig den Raum.

»Mutter, was sollte das eben?«, fragte Daniel aufgebracht, sobald Erin fort war.

»Wir brauchen sie«, erwiderte Melissa nachdrücklich.

»Und du glaubst, dass du sie durch Erpressung dazu kriegst, uns zu folgen?« Ungläubig starrte er sie an.

»Ich allein vermutlich nicht. Aber du hast ja noch die ganze Nacht Zeit, sie davon zu überzeugen, wie furchtbar schmerzlich eine Trennung wäre. Und dass die *Bruderschaft* die einzige Möglichkeit einer gemeinsamen Zukunft für euch bietet.«

Daniel atmete tief durch, dann lehnte er sich in seinem Stuhl zurück und verschränkte entschieden die Arme vor seiner Brust. »Das werde ich nicht tun«, sagte er fest.

Überrascht sah sie ihn an. »Und wieso nicht? Hast du etwa wirklich Gefühle für das Mädchen entwickelt?«

Irgendetwas hielt Daniel davon ab, ihr ein trotziges »Und wenn?« an den Kopf zu werfen. »Natürlich nicht!«, sagte er stattdessen. »Ich glaube bloß nicht, dass das der richtige Weg wäre.«

»Oh, ich denke schon, dass sie auf dich hören wird. Ich habe gesehen, wie sie dich anhimmelt.« Sie lächelte anerkennend. »Du hast ganze Arbeit geleistet.«

Daniel bemühte sich, sich nichts anmerken zu lassen. Mit unbewegter Miene starrte er seine Mutter an. »Ich könnte es versuchen«, sagte er langsam. »Aber was, wenn sie sich trotzdem weigert?«

Melissa musterte ihn ungerührt. »Wie ich sagte, sie ist ein Sicherheitsrisiko und wir brauchen das Amulett.«

Daniel erbleichte. »Was willst du damit andeuten?«

»So gern ich Erin auch persönlich habe, meine oberste Priorität hat die *Bruderschaft*. Wenn sie sich uns nicht anschließt, werden wir ihr das Amulett abnehmen müssen.«

»Aber ohne die Trägerin ist es praktisch nutzlos für uns«, wandte Daniel schockiert ein.

Melissa lächelte süffisant. »Das würde ich nicht sagen. Die symbolische Wirkung wäre immer noch immens. Insbesondere, wenn niemand wüsste, dass das Amulett nicht von seinem rechtmäßigen Träger benutzt wird.«

»Du würdest die *Bruderschaft* belügen?«

»Wenn es hilft, den Kampfgeist zu stärken – ja. Und selbst wenn ich es nicht täte. Wenn das Amulett für uns ohne das Mädchen völlig wertlos wäre, ist es immer noch besser, wir haben es, als wenn es den *Suchenden* in die Finger fiele. Das siehst du doch ein, oder?«

»Ja.« Daniel nickte widerstrebend.

»Gut. Dann schlage ich vor, du gehst jetzt nach oben und überzeugst deine kleine Freundin davon, sich uns anzuschließen.«

»Ja, Mutter«, sagte er langsam und verließ den Raum.


Als sich die Tür öffnete, sprang Erin schnell von der Couch auf, auf die sie sich gerade eben gesetzt hatte. Sie lief auf Daniel zu und warf sich ihm in die Arme. »Wieso hat das so lange gedauert?«

»Ich habe versucht, mit Mutter zu reden.«

»Und?«

Er zuckte mit den Achseln. »Sie lässt sich nicht von ihrer Meinung abbringen.«

Ängstlich sah Erin ihn an. »Meinst du … Meinst du, sie könnte dir wirklich verbieten, mich zu sehen?«

»Nein.« Er schüttelte den Kopf, klang aber nicht ganz überzeugt. »Jemand muss immerhin auf dich aufpassen.«

Erin nickte. Doch sie dachte daran, dass Melissa genügend andere Männer zur Verfügung hatte, die sie bewachen konnten.

»Natürlich wäre es für uns alle einfacher, wenn du tatsächlich der *Bruderschaft* beitreten würdest.« Fragend sah er sie an.

»Niemals!«, rief Erin leidenschaftlich aus, bevor sie sich zurückhalten konnte. Überrascht und verwirrt starrte sie Daniel an. Dass er so etwas überhaupt vorschlagen konnte!

Er lächelte besänftigend und zog sie eng an sich. »Ich wollte nur sichergehen«, sagte er und küsste sie auf den Kopf. »Wenn ich ehrlich bin, würde ich es vermutlich auch nicht zulassen, dass du den Eid leistest.«

»Und warum nicht?« Neugierig sah sie ihn an. »Noch vor wenigen Wochen warst du ganz versessen darauf.«

Daniel zog sie zu dem Sofa herüber, bevor er ihr antwortete. Und selbst dann kamen seine Worte sehr langsam, als wählte er sie mit Bedacht. »Durch den Eid wird man gebunden. Wenn du einen Befehl bekommst, musst du gehorchen.«

»So wie du immer gehorchen musst?« Sie sah ihn prüfend an. »Wie kommt es dann, dass du gerade mit Sicherheit gegen Melissas Willen handelst?«

Er lächelte schief. »Sie hat mir keinen formellen Befehl erteilt. Vermutlich, weil ich ihr bisher keinen Grund gegeben habe, an meiner Loyalität zu zweifeln.«

216

»Und wenn sie Zweifel hätte?«

»Würde sie sicherstellen, dass ich ihre Befehle befolge.«

»Aber sie ist deine Mutter!«, entfuhr es Erin fassungslos.

»An erster Stelle ist sie die Anführerin der *Bruderschaft*.«

»Und was machen wir jetzt?«, fragte Erin verzweifelt. Sie spürte ganz deutlich, dass sie Daniel verlieren würde, wenn sie sich gegen Melissa entschied. Aber der Frau zu folgen, war einfach undenkbar für sie. Es gab keinen Ausweg.

»Hey, nicht weinen«, sagte Daniel sanft und wischte eine kleine Träne von ihrer Wange. »Uns wird schon etwas einfallen. Morgen früh bringe ich dich zuerst nach Hause und dann werde ich noch einmal mit meiner Mutter sprechen.«

»Sollte ich ihr meine Antwort nicht selbst überbringen?«

»Ich glaube, das wäre keine gute Idee, mein kleiner Hitzkopf.« Erin sah ihn beleidigt an. »Wenn du ihr morgen dein *Niemals!* genauso kompromisslos an den Kopf schleuderst wie vorhin, wäre es für uns kaum förderlich«, erklärte er. »Ich spreche mit ihr und dann komme ich, so schnell es geht, wieder zu dir.«

Wenn sie dich gehen lässt, fuhr es Erin pessimistisch durch den Kopf. Dann kam ihr ein noch schlimmerer Gedanke. »Und woher weiß ich, dass sie dir nicht mit irgendeinem Befehl eine Gehirnwäsche verpasst hat, wenn du bei mir auftauchst?«

»Hierdurch«, sagte Daniel, ohne zu zögern, und zog seinen Ring vom Finger. »Und hey. Sie ist immer noch meine Mutter und eine von den Guten, nicht unser Feind.« Er lächelte leicht und zog Erin auf seinen Schoß. »Mach dir keine Sorgen.«

Sie nickte und kuschelte sich an seine Brust. Seine Worte klangen so vernünftig und wahr. Aber warum spürte sie dann eine neue Angst in seinem Herzen? Die Angst, sie zu verlieren, sie vor einer noch nicht greifbaren Gefahr nicht beschützen zu können.

Am nächsten Morgen erwachte Erin mit einem flauen Gefühl im Magen. Sie war sich sicher, dass Melissa nicht gut auf ihre Antwort reagieren würde.

»Möchtest du frühstücken?«, fragte Daniel, als er besorgt in ihr betrübtes Gesicht blickte.

»Nein.« Sie schüttelte entschieden den Kopf. »Ich möchte einfach nur nach Hause.«

»Komm her.« Er zog sie an sich und vergrub sein Gesicht in ihren Haaren. »Mach dir keine Sorgen. Es wird alles gut, du wirst schon sehen.«

Sie klammerte sich an ihn und hob ihren Kopf, um ihn ansehen zu können. Sanft strich sie mit ihrem Finger die Konturen seines Gesichts nach. »Ich werde dich vermissen«, murmelte sie und Tränen stiegen ihr in die Augen.

»Du wirst gar nicht dazu kommen. Ich werde in null Komma nix wieder bei dir sein«, erwiderte er leichthin. Doch er konnte seine Besorgnis nicht vor ihr verbergen.

Die ganze Autofahrt über hielt Erin Daniels Hand fest umklammert und konnte sich an seinen Zügen, die ihr in den letzten Wochen so unendlich vertraut geworden waren, einfach nicht sattsehen. »Versprich mir, dass du mich anrufst, sobald du mit ihr gesprochen hast«, bat sie, als er schließlich vor ihrer Haustür hielt.

»Mache ich. Und dann komme ich zu dir«, versprach er fest. Und Erin konnte seine Entschlossenheit spüren. Sie lächelte dankbar. Er würde sich nicht von ihr fernhalten lassen. Für Melissa mochte die *Bruderschaft* an erster Stelle kommen, doch sie fühlte ganz sicher, dass sich Daniels Prioritäten allmählich geändert hatten.

Nachdem er den Motor abgestellt hatte, zog er sie stürmisch an sich und küsste sie lange und ausgiebig. Erin wünschte, der Kuss würde ewig dauern. Sie sah ihm tief in die Augen. »Ich liebe dich«, flüsterte sie ergriffen.

»Ich liebe dich noch viel mehr«, erwiderte er.

»Du musst jetzt zurück, oder?«

»Ich fürchte, ja.« Er riss sich von ihr los.

»Pass auf dich auf.«

»Du auch. Bis später.«

Erin löste ihren Gurt und stieg aus dem Wagen. Sie starrte Daniels Auto hinterher, bis es nicht mehr zu sehen war, dann ging sie langsam ins Haus.

Oben in ihrem Zimmer wartete schon wieder ein weißer Briefumschlag auf sie. Erin hatte keine Mühe, die

Schrift darauf zu erkennen, auch wenn ein Absender wieder fehlte. Mit zitternden Fingern riss sie den Umschlag auf. Sie hatte sich nicht geirrt. Der Großmeister der *Suchenden* versuchte erneut, Kontakt zu ihr aufzunehmen.

*Erin,*
*angesichts der jüngsten Entwicklungen ist es nun wichtiger denn je, dass wir uns endlich persönlich sprechen. Es gibt entscheidende Informationen, die dir von der Bruderschaft vorenthalten werden.*

*Ich erwarte deinen Anruf morgen Abend um 19:00Uhr unter 01753-138865741.*

*Hochachtungsvoll*
*Enrico von Treibnitz*
*Großmeister der Suchenden im Zeichen des Sterns.*

*PS: Dein Freund Daniel ist uns ebenfalls äußerst willkommen. Auch für ihn haben wir wichtige Informationen. Euch beiden wird sicheres Geleit garantiert.*

»Das hättet ihr wohl gern«, murmelte Erin leise. Wenn sie von ihr und Daniel wussten, wussten sie natürlich auch, wer er war. Sie konnte sich gut vorstellen, dass die *Suchenden* Melissas Sohn liebend gern in die Finger bekommen würden. Aber darauf konnten sie lange warten. Auf keinen Fall würde sie ihnen Daniel auf dem Silbertablett servieren.

Unruhig ging sie auf und ab. Ihre Gedanken sprangen pausenlos zwischen Daniel, Melissa und der Einladung des Großmeisters hin und her, bis sie das Gefühl hatte, ihr Kopf müsste zerspringen. Es war einfach zu viel.

Entschieden ging sie zu ihrem Schreibtisch hinüber und packte den Brief des Großmeisters in ihre Schublade. Sie hatte im Augenblick ganz andere Sorgen. Zum wiederholten Mal zog sie ihr Handy aus der Tasche und schaute nach, ob sie einen Anruf von Daniel verpasst hatte. Obwohl sie natürlich wusste, dass das nicht möglich war. Immerhin hatte sie den Klingelton auf volle Lautstärke eingestellt.

Schließlich setzte sie sich auf ihr Bett und starrte stumpf auf das Gerät in ihrer Hand. Mit jeder Minute, die verstrich, ohne dass es ein Lebenszeichen von sich gab, sank ihr Herz ein bisschen mehr. Bis sie keine Hoffnung mehr hatte. Hatte Melissa Daniel tatsächlich jeglichen Kontakt zu ihr verboten, nur um sie mürbe zu machen?

Als das Handy endlich klingelte, ließ Erin es vor Schreck auf den Boden fallen und beugte sich hektisch herunter, um es aufzuheben. Es war tatsächlich Daniels Nummer. Mit zitternden Fingern nahm sie das Gespräch an.

»Hallo?«, fragte sie, zwischen Hoffnung und Angst hin- und hergerissen.

»Erin?«, klang Daniels Stimme aus dem Lautsprecher und sie atmete erleichtert auf.

»Geht es dir gut?«, fragte sie besorgt.

»Ja. Ich habe mit Mutter gesprochen. In einer halben Stunde bin ich bei dir.« Er klang angespannt, aber nicht betrübt oder verärgert.

»Sie lässt dich einfach so wieder zu mir?«, vergewisserte Erin sich.

»Aber sicher. Ich habe alles geklärt. Und sie ist ja nicht irgendein Monster, sondern nur meine Mutter. Ich erzähle dir alles, wenn ich da bin, okay?«

»Okay«, murmelte Erin erleichtert. Er würde bald bei ihr sein, alles Andere war nebensächlich.

»Liebe dich«, sagte Daniel und legte auf.

»Ich dich auch«, flüsterte sie, auch wenn er es nicht mehr hören konnte.


Sie wartete draußen vor der Tür auf ihn und stürmte ihm entgegen, kaum dass er aus dem Auto gestiegen war.

»Hey! Das ist ja eine Begrüßung!«, rief Daniel erfreut aus und drückte sie fest an sich.

»Ich habe mir Sorgen gemacht«, erwiderte sie leicht betreten.

»Das brauchtest du nicht. Ich hatte dir doch gesagt, dass ich das regle.«

»Wie ist es denn gelaufen?«

»Das erzähle ich dir gleich. Lass uns erst einmal reingehen.«

Daniel wartete, bis sie sich beide auf Erins Bett gemütlich aneinandergekuschelt hatten, bevor er mit seinem Bericht begann. »Natürlich war Mutter alles Andere als begeistert, als ich ihr deine Entscheidung mitgeteilt habe«, sagte er, während er sich beiläufig den kleinen Silberring vom Finger zog und ihn in seine Jeanstasche steckte.

Erin lächelte. Er hatte sein Versprechen nicht vergessen.

»Eigentlich war Mutter richtig wütend«, fuhr er fort. »Sie meinte, ich hätte dich mehr bearbeiten sollen. Du musst sie auch verstehen«, sagte er schnell, als Erin empört nach Luft schnappte. »Sie glaubt wirklich, dass es das Beste für dich, für uns alle wäre. Wie auch immer«, setzte er seine Erzählung fort. »Ich habe ihr gesagt, dass du auch ohne diesen blöden Eid von unschätzbarem Wert für die *Bruderschaft* sein kannst. Dass du bereit wärst, uns auch so zu helfen. Das stimmt doch, oder?« Besorgt sah er sie an.

Erin nickte unsicher. »Ich denke schon.« Es schien ihr ein geringer Preis zu sein, wenn sie dafür mit Daniel zusammenbleiben durfte. Der Gedanke, ihn zu verlieren, war einfach unerträglich. Wenn sie ihn nicht mehr sehen durfte, hätte ihr Leben keinen Sinn. »Was müsste ich denn tun?«

»Zunächst einmal geht es nur um die Versammlung, die demnächst stattfinden soll. Ich glaube, Mutter hofft noch immer, dass du deine Meinung schließlich ändern wirst. Auf jeden Fall haben wir nicht darüber gesprochen, was danach geschieht.«

»Demnächst?«, fragte Erin nachdenklich. »Übernächste Woche sind schon die Klausuren, das weißt du doch.«

»Keine Angst«, beruhigte er sie. »Das Datum ist natürlich streng geheim und ich darf dir nichts verraten. Aber wie es der Zufall so will, findet das Treffen am Abend nach deiner mündlichen Prüfung statt. Du kannst dich also erst in Ruhe auf das Abi konzentrieren.« Er grinste sie aufmunternd an.

»Na toll. Nach dem ganzen Abi-Stress darf ich also zur Belohnung zu einer mysteriösen Versammlung gehen, anstatt wie alle Anderen wild zu feiern.«

»Wäre es dir anders lieber? Soll ich Mutter bitten, sie doch noch einen Tag vorzuverlegen?«, neckte Daniel sie.

»Meinst du, das Prüfungskomitee würde die Teilnahme an einer geheimen Versammlung als zulässige Entschuldigung für das Nichterscheinen bei einer Prüfung werten?«

»Ich fürchte nicht.« Er schüttelte bedauernd den Kopf.

»Dann werde ich mich wohl an euren Zeitplan halten müssen.« Sie sah ihn belustigt an. »Schon komisch, dass die Versammlung ausgerechnet an diesem Abend stattfinden soll, oder?«

»Ja. Zufälle gibt's, die gibt's gar nicht.«

»Deine Mutter hat also von Anfang an keinen Zweifel daran gehegt, dass ich dabei sein werde, wie?«

Daniel senkte betreten den Blick. »Ich denke, sie wollte eher ausschließen, dass du aus einem triftigen Grund verhindert wärst«, sagte er jedoch schließlich.

»Ist ja auch egal.« Erin zuckte resigniert mit den Schultern. »So oder so werde ich da wohl nicht drum rumkommen.«

Daniel sah sie ernst an. »Wäre es denn wirklich so schlimm für dich? Ich meine, wenn du auf keinen Fall daran teilnehmen möchtest, wird uns bestimmt noch etwas einfallen.«

»Süß von dir.« Erin lächelte. »Ich habe zwar keine besondere Lust darauf, aber so furchtbar wird es schon nicht werden. Immerhin wirst du doch auch da sein, oder?«

»Sicher. Ich werde keinen Augenblick von deiner Seite weichen.«

»Was soll ich überhaupt auf dieser Versammlung tun?«

»Neben mir stehen und hübsch aussehen«, erwiderte Daniel lächelnd. »Nein, im Ernst. Du sollst tatsächlich neben Mutter und mir stehen, sodass alle dein Amulett sehen können. Natürlich kannst du nur bei der Eröffnung dabei sein. Da du nicht zur *Bruderschaft* gehörst, wirst du nicht in den inneren Kreis zugelassen.«

»Damit kann ich leben.«

»Das dachte ich mir auch.« Daniel grinste.

»Das hört sich ja wirklich nicht so schlimm an«, sagte Erin erleichtert.

»Es gibt da nur noch eine Kleinigkeit. Nichts Ernstes«, versicherte er ihr schnell. »Wegen der ganzen Vorbereitungen darfst du leider nicht mehr in unser Haus, bis alles vorbei ist. Aber ich kann hier bei dir bleiben, wenn du willst?« Fragend sah er sie an.

»Und ob ich will«, erwiderte Erin begeistert und schlang ihre Arme um seinen Hals.

Zärtlich berührten Daniels Lippen die ihren, und während sie sich in den Kuss vertieften, konnte sie seine Erleichterung spüren. Seine Erleichterung darüber, dass sie irgendetwas nicht bemerkt hatte. Eine unterschwellige Sorge, die er sorgfältig ganz tief in seinem Herzen verbarg. Sie runzelte die Stirn und wollte schon diesem eigenartigen Gefühlseindruck nachgehen. Doch da schoss Daniels Zunge hervor und leckte schnell über ihre Lippen, bevor sie sich Eingang zu ihrem Mund verschaffte. Erins Körper reagierte sofort. Sie schmiegte sich eng an ihn, und als sich ihre Zungenspitzen berührten, waren alle anderen Gedanken aus ihrem Kopf verschwunden. Was zählte, waren nur er und sie und die Gefühle, die er in ihr weckte.

# Kapitel 11

»Bist du soweit?« Daniel sah Erin, die unschlüssig im Auto saß, aufmunternd an.

»Ich habe Angst«, flüsterte sie nervös. »Ich kann das nicht.«

»Natürlich kannst du das. Es ist nur eine Prüfung, deine letzte, um genau zu sein. Die Klausuren hast du doch auch schon geschafft.«

»Das weißt du nicht«, erwiderte Erin jämmerlich. »Vielleicht habe ich sie auch vergeigt. Und eine mündliche Prüfung habe ich noch nie gehabt. Ich habe keine Ahnung, was ich da machen soll.«

Daniel gluckste. »Der Prüfer wird es dir schon sagen. Und glaub mir, es ist halb so schlimm.«

»Du hast gut reden. Immerhin hast du deine Prüfung gestern mit Bravour bestanden, schon zum zweiten Mal.«

»*Mit Bravour* würde ich es nicht gerade nennen, immerhin sind nur neun Punkte für mich herausgesprungen.« Er grinste.

»Ja, weil du überhaupt nicht dafür gelernt hast.«

»Du dafür umso mehr. Glaub mir, du schaffst das schon. Es sei denn«, er zögerte und sah sie nachdenklich an.

»Es sei denn was?«, fragte Erin alarmiert.

»Es sei denn, du bleibst noch länger hier im Auto und verpasst deine Prüfung«, erwiderte er neckisch.

»Oh mein Gott, wie spät ist es?« Erschrocken sah Erin ihn an.

»Viertel vor zwölf. Du hast also noch eine Viertelstunde, um aus dem Auto zu steigen und zum richtigen Raum zu gehen.«

Erin atmete tief durch. »Es gibt keinen Ausweg, oder?«

»Nein.« Er schüttelte ernst den Kopf. Dann beugte er sich zu ihr herüber und schloss beide Arme um ihre Schultern. »Du gehst jetzt da raus, kassierst deine Eins und in spätestens einer Stunde ist alles vorbei. Dann hast du dein Abi in der Tasche, Erin.« Er strahlte sie an. »Nie wieder Schule – na, wie hört sich das an?«

»Großartig«, murmelte Erin und ein breites Lächeln erschien auf ihren Lippen. »Einfach nur unglaublich und toll!«

»Siehst du«, sagte er erleichtert. »Soll ich dich begeleiten?«, fragte er dann, als sie aus dem Auto stieg.

»Nein, ich schaffe das schon. Du wartest doch auf mich, oder?«

»Ich rühre mich nicht von der Stelle«, versprach er und holte ein dickes Buch aus dem Handschuhfach hervor. »Alexandre Dumas wird mir hier solange Gesellschaft leisten.«

Mit zitternden Knien betrat Erin die Schule und stieg die Treppe zum Prüfungsraum hinauf. Während ihr das Herz bis zum Hals klopfte, dachte sie daran, dass sie jetzt lieber den *Suchenden* gegenüberstehen würde, als diese Prüfung machen zu müssen. Als sie schließlich den richtigen Raum erreicht hatte, lehnte sie sich an die Flurwand und versuchte, ihr wild pochendes Herz zu beruhigen. Daniel hatte recht, sie war nur noch eine Prüfung vom Abschluss entfernt. Ungläubig ließ sie ihren Blick über die grauen Betonwände schweifen, die ihr in den letzten Jahren so vertraut geworden waren. Nur noch eine Stunde und dann würde sie sie für immer verlassen.

Als ihr Name aufgerufen wurde, atmete Erin tief durch und ging entschlossen hinein.

Hinterher vermochte sie nicht mehr zu sagen, um was es in der Prüfung genau gegangen war. Sie hatte irgendeinen geschichtlichen Text bekommen, über den sie etwas erzählen musste, dann wurden ihr Fragen gestellt, die sie mal besser, mal schlechter beantworten konnte. Sie tauchte erst aus dem Nebel ihrer Aufregung hervor, als der Prüfer sie freundlich anblickte und »Ich denke, es reicht jetzt« sagte.

Erin versuchte seinen Blick einzufangen. Er lächelte leicht, das war doch bestimmt ein gutes Zeichen, oder?

»Warte bitte kurz draußen«, fügte er hinzu. »Wir müssen uns beraten, dann wirst du wieder hereingerufen.«

Erin erhob sich gehorsam und ging auf hölzernen Beinen zur Tür.

Als sie schließlich wieder hereingerufen wurde und ihr Ergebnis hörte, konnte sie ihren Ohren kaum glauben.

Wie in Trance schwebte sie aus der Schule hinaus

und nahm die anderen Mitschüler um sie herum kaum wahr. Sie lief geradewegs zu Daniels Auto und riss strahlend die Tür auf.

»Vierzehn Punkte!«, rief sie fassungslos und begann hemmungslos zu kichern. »Ich habe vierzehn Punkte geschafft!« Sie quietschte sogar vor Freude und Erleichterung.

Daniel sprang aus dem Auto heraus und lief auf sie zu. Er riss sie in seine Arme und drehte sie einmal schwungvoll im Kreis. »Herzlichen Glückwunsch, mein Schatz!«, sagte er lachend. »Und, darf ich es jetzt sagen?«, fragte er sie neckend.

»Was denn?«

»Ich hab's dir ja gesagt«, intonierte er und grinste.

Erleichtert grinste Erin zurück.

»Das muss gefeiert werden«, sagte Daniel dann.

»Oh.« Auf einmal wurde Erin wieder ernst.

»Was ist denn los?«

»Heute steigt die große Party in der »Mühlenschanze«. Und wir können nicht hin.«

»Hey.« Er sah ihr tief ins Gesicht. »Ich weiß etwas, das dich bestimmt aufmuntert.«

»Was denn?«, fragte Erin neugierig.

»Da du heute Abend ja nur bei der Eröffnung dabei sein wirst, habe ich mit Mutter gesprochen. Und ob du es glaubst oder nicht, sie hat mir danach ebenfalls frei gegeben. Wir müssen also nur eine Stunde oder so aushalten und können dann feiern gehen. Wenn du in die »Mühlenschanze« willst, können wir da gerne hin. Und wenn nicht …«, er lächelte verführerisch. »Ich habe in meinem Zimmer eine Flasche Sekt kalt gestellt, falls du mehr Lust auf eine private Feier hättest.«

Erin lächelte glücklich. »Das muss ich mir genau überlegen.«

»Tu das. Und jetzt fahren wir erst mal was Essen. Ich kenne da einen gemütlichen Italiener, der dir eigentlich bekannt sein sollte und in dem ich zufällig einen Tisch reserviert habe, was meinst du?«

»Klingt gut.« Sie zückte ihr Handy und stieg in den Wagen hinein. »Du fährst und ich bringe alle auf den neusten Stand. Vierzehn Punkte!«, rief sie wieder begeistert, während sie die erste SMS zu tippen begann.

Nach dem Essen schlenderten sie noch eine Weile durch die Innenstadt, bis Daniel schließlich auf die Uhr schaute.

»Wir sollten uns langsam auf den Rückweg machen«, sagte er. »Wir wollen doch nicht die Versammlung verpassen.«

»Auf gar keinen Fall«, stimmte Erin ihm sarkastisch zu, doch sie wehrte sich nicht, als er den Weg zum Auto einschlug.

Zu Hause angekommen lief sie in ihr Zimmer hinauf, während Daniel noch etwas aus dem Kofferraum holte.

»Was ist denn das?«, fragte sie neugierig, als er ihr mit einem leicht zerknirschten Gesichtsausdruck eine Plastiktüte reichte. »Ein Geschenk?«

»Nicht ganz«, erwiderte Daniel und senkte den Blick. »Nur deine Garderobe für nachher.«

Das klang ja nicht besonders vielversprechend. Ein

schönes Kleid hätte er wohl kaum so achtlos in eine Tüte geknüllt. Vorsichtig spähte Erin hinein.

»Das ist jetzt ein Witz, oder?«, entfuhr es ihr fassungslos, als sie eine kratzige braune Kutte aus der Tüte zog. »Ich ziehe das nicht an, nie im Leben!«

Als Antwort zuckte er nur hilflos mit den Schultern. »So schlimm ist es gar nicht«, versuchte er, sie zu besänftigen. »Außerdem werden alle solche Kutten tragen.«

»Alle?« Skeptisch sah sie ihn an. »Auch du?«

»Auch ich.«

»Und wo ist dann deine?«

»Im Auto. Ich ziehe sie über, wenn ich da bin.«

Er hielt Erin einladend ihren Umhang hin. »Nun komm schon.«

Widerstrebend ließ sich das Mädchen das Kleidungsstück überstreifen und band es an der Taille mit der dazugehörigen Kordel fest.

»Sexy«, kommentierte Daniel grinsend und ließ ein anzügliches Pfeifen ertönen.

»Witzig«, erwiderte Erin ironisch und drehte sich zu ihrem großen Spiegel um.

»Ich meine es ernst.« Daniel trat hinter sie und drückte sie fest an sich. »Ich habe noch nie jemanden gesehen, der darin so verführerisch aussieht wie du.«

»Können wir dann los?«, fragte Erin missmutig und zupfte kritisch an der Kutte herum. Aber es war einfach nichts zu machen. Ein Sack war und blieb eben ein Sack.

»Ähm.« Daniel zögerte und sah sie unsicher an. »Da ist noch eine Kleinigkeit«, sagte er und holte mit einem entschuldigenden Lächeln ein Stück schwarzen Stoffs aus der Tasche.

»Was ist denn …?« Erin stockte und schüttelte halb belustigt, halb schockiert den Kopf. »Sag mir bitte, dass das keine Augenbinde ist.«

»Ich fürchte doch.« Vorsichtig machte Daniel einen Schritt auf sie zu und streckte besänftigend seine Hand nach ihr aus. »Es tut mir leid.«

»Fahren wir etwa nicht zu eurem Haus?«

»Das darf ich dir nicht sagen«, erwiderte er in einem übertrieben geheimnisvollen Tonfall und Erin konnte sich ein Lächeln nicht verkneifen.

»Darf ich vielleicht erst noch zum Auto gehen oder ist der Weg dorthin auch geheim?«

Daniel tat, als müsste er überlegen. »Ich denke, das geht schon in Ordnung. Aber um ganz sicher zu gehen, sollte ich vielleicht meine Mutter anrufen«, feixte er und zückte sein Handy.

»Untersteh dich!«, rief Erin und sprintete aus ihrem Zimmer hinaus.


»Soll ich es machen oder willst du es tun?« Daniel saß neben ihr auf dem Fahrersitz und hielt ihr unnachgiebig die Augenbinde hin.

»Du hast es also nicht vergessen?«, grummelte Erin. Aber sie nahm ihm das Tuch widerstandslos ab und verband sich die Augen.

Auch wenn sie Daniel vollkommen vertraute, war es doch ein komisches Gefühl, auf einmal des wichtigsten Sinns beraubt zu werden. Als das Auto losfuhr, musste Erin schlucken. Es war wirklich beklemmend, nicht zu wissen, wohin sie gebracht wurde.

»Alles in Ordnung?«, fragte Daniel besorgt und griff nach ihrer Hand.

»Geht schon«, erwiderte sie gepresst. »Sobald wir da sind, darf ich die Binde aber abnehmen, oder?«, fragte sie plötzlich besorgt.

»Natürlich. Sobald wir den Versammlungsraum erreicht haben, werde ich dich befreien.«

»Das will ich aber auch hoffen«, brummte Erin.

Da sie nichts sehen konnte, konzentrierte sie sich während der Fahrt auf ihre anderen Sinne und griff unbewusst auch auf die Kraft ihres Amuletts zurück. Während sie durch die Straßen fuhren, konnte sie immer wieder Gefühlsfetzen und Bilder von den anderen Autofahrern und Fußgängern empfangen. Nur von dem Mann, der neben ihr am Steuer saß, kam nichts. Natürlich nicht, sagte Erin sich immer wieder. Er musste seinen Ring aufsetzen, sonst würde seine Mutter Verdacht schöpfen. Dennoch hatte sie sich in den letzten Wochen so daran gewöhnt, auch ohne bewusste Anstrengung immer das schwache Echo von Daniels Emotionen spüren zu können, dass sie jetzt das Gefühl hatte, gleich zweier Sinne beraubt worden zu sein.

Nach einiger Zeit bog der Wagen nach links ab und das Geräusch der Reifen veränderte sich. »Komisch«, sinnierte Erin, die sich inzwischen wieder ein wenig beruhigt hatte. »Es hört sich genauso an wie der Schotterweg zu eurer Einfahrt.«

Der Wagen blieb stehen. Ein Luftzug streifte ihr Gesicht, als Daniel sein Fenster herunterließ, und kurz darauf drang das leise Quietschen eines sich öffnenden Tors in ihre Ohren.

»Und das hört sich genau wie das Tor in eurer Einfahrt an«, bemerkte Erin kichernd.

»Purer Zufall«, kommentierte Daniel trocken, doch sie konnte das Lachen in seiner Stimme hören. »Ich hatte Mutter gleich gesagt, dass es Unsinn war, doch sie wollte nicht auf mich hören.« Er parkte das Auto und zog die Handbremse an. »So, da wären wir.«

Erin hob ihre Hände, um sich die Augenbinde abzunehmen, doch Daniel hielt sie zurück. »Bitte halte noch ein wenig länger durch. Nur bis wir drin sind. Ich mache dir die Tür auf.« Er sprang aus dem Auto, lief auf die Beifahrerseite und half Erin beim Aussteigen. Den Arm um ihre Schultern gelegt, lotste er sie zum Hauseingang. »Vorsicht, Stufen«, warnte er, als sie die Eingangstreppe erreichten.

»Ich weiß.« Erin seufzte genervt. »Ich rate mal völlig ins Blaue, dass es genau fünf Stufen sind.«

Daniel schnaubte belustigt und führte sie hinauf.

»Ich hatte recht«, bemerkte Erin, als sie oben waren. »Vielleicht sollte ich unter die Wahrsager gehen.«

»Ich freue mich, dass du das Ganze mit so viel Humor nimmst.«

»Was Anderes bleibt mir ja auch nicht übrig. Hast du eigentlich deine Kutte schon an?«

»Noch nicht. Aber ich habe sie hier.« Er hielt den groben Stoff an ihre Hand.

»Wehe, du hast sie nicht an, wenn ich meine Augenbinde abnehme. Ich werde auf keinen Fall die Einzige in so einem Ding sein.«

»Vertrau mir einfach, das wirst du nicht«, beruhigte er sie, dann nahm er plötzlich seinen Arm von ihrer Schulter. »Warte mal kurz, ich brauche eben beide Hände.«

»Wofür?«, fragte sie misstrauisch. »Jetzt sag bloß nicht, dass du ein geheimes Erkennungszeichen machen musst?«, fügte sie ungläubig hinzu. Als Daniel nicht antwortete, konnte Erin ihr Lachen nicht länger zurückhalten. »Gibt es eigentlich irgendein Klischee, das ihr ausgelassen habt?«

»Ich habe mir das alles nicht ausgedacht«, brummte Daniel.

»Keine Angst«, erwiderte sie noch immer kichernd. »Ich finde dich noch immer cool, auch wenn du alberne Kutten trägst und geheime Erkennungszeichen mit den Fingern machst.«

In diesem Augenblick schwang die Tür schließlich auf und Daniel wurde schlagartig ernst. Er nahm wieder ihre Hand und neigte seine Lippen ganz nah zu ihrem Ohr. »Du hattest deinen Spaß, aber bitte lass die Leute hier nicht hören, was du wirklich von ihnen hältst. Es könnte gefährlich werden. Wenn sie dich für eine Sicherheitslücke halten, werden Mutter und ich dich vielleicht nicht beschützen können.«

Erins Kopf schoss alarmiert in seine Richtung, auch wenn sie ihn nicht sehen konnte. »Und das sagst du mir erst jetzt?«, zischte sie.

»Es wird alles gut, wenn du dich nur etwas zurückhältst, okay?«, gab er besänftigend zurück. »Ich werde dich keinen Augenblick allein lassen. Aber sei bitte einfach ein wenig auf der Hut.«

»Okay«, murmelte Erin unsicher. Auf einmal fühlte sie sich ziemlich unwohl in ihrer Haut.

»Hier entlang«, sagte Daniel, der ihre Nervosität nicht zu bemerken schien. Vielleicht war er selbst auch zu nervös, um noch mehr auf sie achten zu können. Was hätte Erin jetzt nicht dafür gegeben, seine Gefühle lesen oder zumindest einen Blick in sein Gesicht werfen zu können. So blieb ihr aber nichts übrig, als Daniel eine steile Steintreppe herunter zu folgen.

Erin musste mit einer Hand den Saum ihrer Kutte hochhalten, damit sie nicht darüber stolperte. Ihren anderen Arm hielt Daniel mit eisernem Griff umklammert, damit sie auf der schmalen Treppe nicht hinfiel. Als sie hinabstiegen, wurde es deutlich kühler und die Luft roch feucht und muffig.

»Ihr habt aber einen tiefen Keller«, bemerkte Erin und hielt sofort erschrocken inne, als ihre Stimme unnatürlich laut von den dicken Steinwänden widerhallte. »'Tschuldigung«, murmelte sie gepresst.

Daniel drückte aufmunternd ihre Hand. »Lass uns weitergehen.«

Erin machte einen Schritt nach vorne. Dabei rutschte ihr Fuß von der glatten Stufe ab und sie verlor das Gleichgewicht. Nur mit Mühe gelang es Daniel, sie vor dem Sturz zu bewahren.

»Aua!« Instinktiv ließ Erin ihre Kutte los und fasste nach ihrem Oberarm, den Daniels Finger schmerzhaft umklammert hielten.

»Es tut mir leid«, flüsterte er erschrocken. »Habe ich dir sehr wehgetan?«

»Es geht schon«, erwiderte sie gepresst. »Ist immer noch besser, als auf dem Hintern die ganze Treppe hinunterzurutschen.«

Daniel schnaufte erleichtert und drückte ihr einen schnellen Kuss auf die Stirn. »Jetzt reicht es aber«, sagte er dann entschieden und riss ihr die Binde von den Augen. »Auch Mutter wird wohl einsehen, dass es niemandem etwas bringt, wenn du dich hier zu Tode stürzt.«

Erin blinzelte und drehte neugierig den Kopf. Die Treppe war nur vom flackernden Schein der an den Wänden angebrachten Kerzen erhellt. Das Mädchen fröstelte. Das schwache Licht, verbunden mit der modrigen Luft, gab ihr das Gefühl, lebendig begraben zu sein. Und auf einmal wusste sie, dass es vermutlich ein großer Fehler gewesen war, sich auf die ganze Sache einzulassen. Halt suchend, griff sie nach Daniels Hand und sah ihm ängstlich ins Gesicht.

»Keine Sorge, wir sind fast da«, erklärte er. »Ich lasse dich nicht fallen.«

Erin nickte. Gern hätte sie ihm erklärt, dass es nicht die rutschige Treppe war, die ihr plötzlich solche Angst einjagte. Aber das hier war definitiv nicht der richtige Ort dafür. »Lass uns gehen«, sagte sie nur.

Zwei Treppenwindungen später hatten sie endlich ebenen Boden erreicht. »Und jetzt ziehe auch ich

238

mich um«, sagte Daniel lächelnd in dem Bemühen, die Stimmung wieder ein wenig aufzuheitern. Er warf sich die Kutte über, fixierte sie mit der Kordel und zog sich schließlich die Kapuze auf den Kopf. »Und, wie sehe ich aus?«, fragte er.

»Schwer zu sagen, da ich dein Gesicht nicht mehr sehen kann«, gab Erin zurück. »Aber später kannst du mir ja mal zeigen, was du so unter deiner Kutte trägst.« Sie hörte, wie Daniel amüsiert gluckste, bevor er seine Hände nach ihr ausstreckte.

»Du musst auch deine Kapuze aufsetzen«, sagte er, als er sie ihr tief ins Gesicht zog. Dann sah er sie sich aus verschiedenen Blickwinkeln an. »Perfekt«, sagte er schließlich. »Dein Gesicht ist nicht zu erkennen.«

»Und wieso ist das wichtig?«

»Eins der obersten Gebote der *Bruderschaft* ist die Anonymität. Nur wenige Eingeweihte kennen die Gesichter oder gar Namen der anderen Mitglieder.«

»Und wieso sollte ich dann überhaupt mit?«, fragte Erin verständnislos. »An meiner Stelle könnte jetzt genauso gut jemand völlig Anderes stehen.«

»Nicht ganz«, erwiderte Daniel und fasste an den runden Ausschnitt ihrer Kutte.

»Ich glaube nicht, dass das jetzt der richtige Zeitpunkt dafür ist«, bemerkte Erin irritiert.

»Was?« Daniel schien mit seinen Gedanken woanders zu sein. Hastig zog er nun seine Hand zurück. »So war das nicht gemeint. Leider«, fügte er hinzu und sie konnte wieder das Lächeln in seiner Stimme hören. »Ich wollte lediglich dein Amulett hervorholen.«

»Wieso denn das? Ich dachte, das darf niemand sehen.«

»Normalerweise schon. Aber heute ist es etwas Anderes. Immerhin sollst du gleich als seine Trägerin präsentiert werden.«

»Eine Trägerin ohne Gesicht oder Namen?«

»Genau. Deine Identität geht die Anderen nichts an. Wichtig ist nur, dass du das Amulett trägst und an unserer Seite stehst.«

»Wir sollten wohl weiter«, sagte Erin, als weiter oben plötzlich Schritte zu hören waren.

»Ja, gehen wir«, stimmte Daniel ihr zu und reichte ihr den Arm.

Er führte sie in eine große Halle, die von unzähligen Kerzen an der Decke und den Wänden erhellt wurde. An der Seite gegenüber der Tür, durch sie gerade den Raum betreten hatten, gab es eine Art Bühne, die besonders hell erleuchtet war. Der Raum war bereits gut mit Menschen gefüllt. Sie standen einzeln oder in kleinen Gruppen und trugen alle die gleichen braunen Kutten mit tief in die Stirn gezogenen Kapuzen. Erin atmete erleichtert auf. Nun kam sie sich nicht mehr ganz so auffällig und fehl am Platz vor. Sie ließ ihren Blick durch die Menge schweifen und wunderte sich, wie gleich sie alle aussahen. Selbst Unterschiede in Größe und Körperbau wurden durch die sackförmige Kleidung erstaunlich gut kaschiert. Bei manchen hätte sie nicht einmal zu sagen gewusst, ob es sich um einen Mann oder eine Frau handelte. Doch dann entdeckte sie eine Gestalt, bei der es keinen

Zweifel geben konnte. Melissa stand mitten auf der hell erleuchteten Bühne. Und obwohl sie auch eine Kutte trug und ihr Gesicht verbarg, hatte Erin sie sofort erkannt. Die stolze Haltung und die befehlsgewohnte Art, mit der sie gerade einem anderen Kuttenträger irgendwelche Anweisungen gab, waren Hinweis genug. Außerdem trug Daniels Mutter wie sie selbst auch ihr Amulett für alle sichtbar auf ihrer Brust. Und das funkelnde Blau der beiden Edelsteine war selbst auf die Entfernung hin wunderbar zu erkennen. Erin vermutete, dass die Beleuchtung extra so ausgerichtet worden war, damit alle das Amulett sehen konnten.

In diesem Augenblick hatte Melissa die beiden Neuankömmlinge entdeckt und winkte sie energisch zu sich herüber. Während sie zu ihr gingen, fragte Erin sich, woran die Frau sie erkannt haben mochte. Hatte sie das Herz-Amulett an ihrer Brust gesehen oder waren sie einfach die Einzigen, die gemeinsam eingetroffen waren?

»Wie schön, dass ihr endlich hier seid!« Melissas Stimme klang atemlos vor Aufregung. »Ich hatte schon fast befürchtet, ihr würdet doch nicht kommen.«

»Wieso denn das?«, fragte Erin stirnrunzelnd. Melissa schien regelrecht aufgedreht, ja fast nervös zu sein. So hibbelig hatte sie Daniels Mutter noch nie erlebt.

»Es hätte alles Mögliche passieren können«, winkte diese Erins Frage schnell ab. »Unsere Feinde lauern überall.« Sie wandte ihren Kopf zu Erin und das Mädchen spürte, wie Melissas kalter Blick sie fixierte, auch wenn sie die Augen der Frau nicht sehen konnte. »Und gerade du dürftest ganz oben auf ihrer Abschussliste stehen.«

Erin erbleichte und Daniel legte ihr beschützend seinen Arm um die Schultern.

»Das solltest du lieber lassen«, sagte seine Mutter bedeutungsvoll und er ließ Erin so schnell wieder los, als hätte er sich verbrannt.

Plötzlich hatte Erin das Gefühl zu ersticken. Ihr war furchtbar heiß unter der Kutte, die Luft war von den vielen Kerzen rauchgeschwängert und ihr Herz pochte unnatürlich laut in ihrer Brust. Sie schwankte leicht und Daniels Arm legte sich stützend um ihre Taille.

»Keine Angst«, flüsterte er ihr zu. »Hier bist du in Sicherheit. Immerhin ist dies die Hochburg der *Bruderschaft*, also im Augenblick wohl der allersicherste Ort für dich.«

Erin nickte schwach und zwang ihre Panikattacke zurück.

»Kannst du stehen?«

Sie nickte erneut und Daniel ließ sie vorsichtig los. Als sie daraufhin nicht gleich umkippte, entspannte er sich ein wenig, blieb aber dennoch ganz nah bei ihr.

»Wir sollten jetzt unsere Plätze einnehmen«, sagte Melissa leise. »Es sind schon fast alle da.«

Erin ließ ihren Blick wieder durch die Halle schweifen. Und tatsächlich waren in den letzten Minuten noch einige weitere Personen eingetroffen, sodass sich nun an die zweihundert Leute im Raum befanden.

242

Gehorsam stieg sie hinter Daniel auf die Bühne und ließ sich zwischen Melissa und ihm positionieren.

Da sie wusste, dass ihre Beziehung zu Daniel möglicherweise auf dem Spiel stand, wenn Melissa mit ihrem Verhalten an diesem Abend nicht zufrieden war, beschloss Erin, ihre Rolle so gut wie möglich zu spielen. Und da von ihr nichts Anderes erwartet wurde, als den Mund zu halten und so zu tun, als würde sie Melissa aus ganzem Herzen unterstützen, wandte sie die Öffnung ihrer Kapuze der Anführerin der *Bruderschaft* zu und hoffte, dass dies von allen Anwesenden als treue Ergebenheit und Ehrerbietung aufgefasst werden würde.

Da sie Melissa keine Sekunde aus den Augen ließ, entging ihr auch nicht, wie sie einer Kapuzengestalt in der dritten Reihe unauffällig zunickte und genauso ein kleines Nicken zurückerhielt. Es gab vermutlich eine Million harmloser Gründe dafür, vermutlich hatte Melissa die Person einfach nur erkannt, und doch stellten sich bei Erin die Nackenhaare auf. Sie versuchte, die Emotionen der Gestalt zu lesen, doch die Menschen standen so dicht gedrängt, dass es ihr nicht möglich war, die Empfindungen einer einzelnen Person zu isolieren. Zudem kochten die Emotionen gerade hoch, als immer mehr Leute ihren Anhänger entdeckten und Neugier, Hoffnung und Begeisterung ihr in hohen Wogen entgegenschlugen. Erin schloss die Augen und konzentrierte sich erneut. Doch es war, als würde sie versuchen, vor einem großen Lagerfeuer einen einzigen Funken auszumachen. Außerdem schwächten die vielen Kleiderschichten die Verbindung zu ihrem Medaillon. Und es fehlte ihr sehr, es nicht direkt auf ihrer Haut zu spüren.

Plötzlich ging ein Ruck durch die Menge. Und als Erin die Augen wieder öffnete, sah sie, dass Melissa die Arme gehoben hatte und nun wartete, bis Stille einkehrte.

»Meine Freunde«, sagte diese schließlich. Obwohl sie ohne Mikrofon sprach, trug ihre Stimme durch den gesamten Raum. »Willkommen. Ich freue mich, dass so Viele von Euch den Weg hierher gefunden haben. Und doch konnten nicht alle da sein. Auch im vergangenen Jahr hat unser Kampf für die Zukunft der Menschheit Opfer in unseren Reihen gefordert. Sieben unserer Mitglieder, die rund um die Welt unermüdlich für unsere Sache gearbeitet haben, sind den *Suchenden* in die Hände gefallen.« Ein Murren ging durch die Menge und sie hob beschwichtigend ihre Hand. »Keine Angst, meine Freunde. Ihre Namen werden nicht vergessen werden und ihr Tod soll nicht umsonst gewesen sein.« Sie machte eine kleine Pause. »Doch bevor wir ihrer gedenken, will ich euch endlich die Frage beantworten, die euch allen auf den Herzen brennt.« Sie ließ ihren Blick durch die Menge schweifen und Erin konnte ihre Selbstzufriedenheit fast körperlich spüren, auch wenn sie ihr Gesicht nicht sehen konnte.

Melissa trat ein paar Schritte zurück und stellte sich hinter Erin. »Wir haben einen großen Triumph errungen!«, verkündete sie donnernd. »Die Macht des *Herzens* gehört nun der *Bruderschaft des Lichts*!«

Tosender Beifall wurde laut und Erin biss wütend die Zähne zusammen. Die Macht des *Herzens* gehörte der *Bruderschaft*? Was würden die wohl alle sagen, wenn sie erfuhren, dass Erin dem Verein noch gar nicht beigetreten war? Sie hatte sich ja noch nicht einmal wirklich entschieden, ob sie da überhaupt mitmachen wollte. Sie war nur wegen Daniel noch hier.

Melissa hob wieder die Hand und der Beifall sowie das Stimmengewirr erstarben. Eigentlich erwartete Erin, dass Daniels Mutter nun etwas darüber sagte, dass Erin die wahre Trägerin des Amuletts war. Doch anscheinend hatte die Frau nicht vor, dieses kleine Detail mit ihren Anhängern zu teilen. Wieso nicht?

Während Melissa ihren ursprünglichen Platz wieder einnahm und eine begeisterte Rede über die glorreiche Zukunft der *Bruderschaft* begann, blickte Erin heimlich zu Daniel hinüber. War es ihm ebenfalls aufgefallen, dass seine Mutter die Wahrheit verdreht hatte? Natürlich konnte sie nichts von seinem Gesicht erkennen, blöde Kapuze. Doch sie hatte irgendwie den Eindruck, dass er angespannt war. Oder bildete sie sich das alles bloß ein?

In diesem Augenblick ging ein Ruck durch seinen Körper und mehrere Dinge geschahen gleichzeitig:

»Erin, nein!«, schrie Daniel verzweifelt und streckte seine Hand nach ihr aus, jedoch ohne sie zu erreichen. Ein Knall ertönte.

Ein brennender Schmerz explodierte in Erins Kopf und sie hörte Leute schreien und rennen, während sie selbst leblos zu Boden sank.

Als sie die Augen wieder öffnete, blickte sie direkt in Daniels Gesicht. Die Kapuze war ihm vom Kopf gerutscht und sie freute sich, endlich wieder seine Augen sehen zu können, auch wenn sie sie dieses Mal voller Angst musterten. »Wir brauchen einen Arzt!«, rief er panisch. »Und jemand muss mir helfen, diese Blutung zu stoppen!« Aus irgendeinem Grund presste er ihr ein Taschentuch an den Kopf.

Blutung? Welche Blutung? Erin verstand nichts. Wenn nur ihr Kopf nicht so hämmern würde. »Was ist passiert?«, murmelte sie.

»Es wird alles wieder gut«, sprach Daniel fieberhaft auf sie ein. »Nein, nicht die Augen schließen. Bleib bei mir, Liebling.«

»Aber ich bin müde und mein Kopf tut weh«, beschwerte Erin sich schwach.

»Ich weiß.« Er strich ihr sanft über das Gesicht. »Du wurdest angeschossen, mein Schatz. Aber du schaffst es schon, hörst du? Es wird alles gut.« Tränen liefen ihm über das blasse Gesicht. »Wo bleibt denn der Arzt!«, schrie er laut.

»Der Attentäter ist gefasst«, sagte plötzlich Melissas Stimme und im nächsten Augenblick schob sich das Gesicht der Frau in Erins Blickfeld. »Und der Notarzt ist auch schon unterwegs. Wir müssen sie jetzt erst einmal nach oben schaffen.« Erin schauderte unwillkürlich. In Melissas Stimme lag keine Sorge, ja noch nicht einmal Mitgefühl.

»Ich weiß nicht, ob wir sie überhaupt bewegen dürfen«, wandte Daniel besorgt ein.

»Uns bleibt keine Wahl«, sagte seine Mutter entschieden. Ohne Daniels Antwort abzuwarten, winkte sie einige weitere Kapuzenmänner heran. »Bringt sie nach oben. Ich muss den Angreifer verhören.«

Daniel wollte ihr entschieden widersprechen, doch ein Blick in ihr Gesicht zeigte ihm, dass es jetzt nichts bringen würde. Sie wirkte verstimmt, beinahe wütend. Und er konnte es ihr nicht verdenken. Allein der Gedanke, dass sich ein Attentäter der *Suchenden* Zugang zum geheimsten Treffen der *Bruderschaft* verschafft hatte, war schon ungeheuerlich. Dafür, dass er es dann auch noch gewagt hatte, Erin zu verletzen, würde Daniel ihm am liebsten eigenhändig den Kopf abreißen. Trotzdem wünschte er sich, seine Mutter würde sich etwas mehr um Erin und etwas weniger um den Rest der Leute kümmern, denen sie gerade schon wieder Befehle erteilte, während sie eilig aus dem Raum stürmte. Sie hatte sich nicht einmal wirklich erkundigt, wie es ihr eigentlich ging.

»Ich mach das schon«, sagte Daniel schroff, als ein paar Hände nach Erin greifen wollten. Rasch schob er ihr noch den Anhänger unter die Kutte, dann nahm er sie so vorsichtig wie möglich hoch und trug sie behutsam aus dem Raum.

Dankbar legte Erin ihren Kopf an seine Schulter und ließ sich von der Dunkelheit umfangen, die endlich den Schmerz vergehen ließ.

# Kapitel 12

Als Erin das nächste Mal die Augen öffnete, wusste sie nicht, wo sie sich befand. Sie lag in einem Bett, über sich sah sie eine weiße Zimmerdecke, ihr Kopf hämmerte und in ihrem Arm steckte eine Kanüle, an der ein Tropf befestigt war. Vorsichtig drehte sie den Kopf zur Seite und sah sich um. Ihre Sicht war zwar ein wenig verschwommen, aber anscheinend befand sie sich in einem Krankenhauszimmer.

»Hallo, du schlafende Schönheit«, sagte Daniels Stimme erleichtert neben ihr.

Rasch drehte Erin ihren Kopf, um ihn anzusehen. »Aua!«, entfuhr es ihr, als der Schmerz plötzlich stechend wurde. Automatisch wanderte ihre Hand zu der pochenden Stelle oberhalb ihrer Schläfe und ertastete einen Verband. »Aua!«, beschwerte sie sich noch einmal.

»Du solltest es langsam angehen«, sagte Daniel leise und nahm ihre Hand. Eindringlich sah er sie an und drückte ihre Finger so fest, als hatte er Angst, dass Erin sonst verschwinden könnte.

»Was ist passiert?«, fragte sie und ärgerte sich, dass sie ihre Augen noch immer nicht scharf stellen konnte. Selbst Daniels vertrautes Gesicht konnte sie nur verschwommen erkennen.

»Hat sie etwa auch noch Amnesie?«, fragte panisch eine Stimme neben ihm. Im nächsten Augenblick schob sich das Gesicht ihrer Schwester in ihr Blickfeld. »Erin, Süße, kannst du dich wirklich nicht mehr an den Sturz erinnern?«

»Sturz?«, wiederholte Erin verdattert. Klar, sie war zu Boden gefallen, aber erst nachdem auf sie *geschossen worden* war! Erschrocken sog sie die Luft ein, als sie diese Erkenntnis traf.

»Ja, du bist vom Fahrrad gefallen«, sagte Daniel schnell und warf ihr einen beschwörenden Blick zu. »Ich hätte dich wirklich nicht ohne einen Helm mit dem Mountainbike fahren lassen dürfen.«

»Und dazu auch noch im Wald!« Lisa schoss Daniel einen wütenden Blick zu. »Ich hatte wirklich gedacht, du würdest besser auf sie aufpassen!«

»Es tut mir leid«, murmelte Daniel aufrichtig. »Ich werde nicht zulassen, dass ihr noch einmal etwas passiert. Und ich fange gleich morgen damit an, indem ich ihr einen Fahrradhelm besorge.«

»Das will ich auch hoffen«, brummte Lisa, aber sie klang einigermaßen besänftigt. »Wie fühlst du dich?«, wandte sie sich dann an ihre Schwester. »Kannst du dich wirklich nicht an den Sturz erinnern?«

»Doch, so langsam kommt es wieder«, erwiderte Erin vorsichtig.

»Das ist nach einer Gehirnerschütterung ganz normal«, setzte Daniel erleichtert hinzu.

»Gehirnerschütterung?«, wiederholte Erin stumpf. Die Worte drangen nur sehr träge zu ihr durch.

»Nur eine leichte«, schränkte Daniel ein und strich ihr zärtlich über die Wange. »Und eine Platzwunde an

der Stirn. Du bist wirklich sehr glimpflich davongekommen.«

Vermutlich hatte er recht, doch der Schmerz in ihrem Kopf sagte ihr etwas Anderes. Sie atmete tief
durch und unterdrückte ein Stöhnen.

»Fehlt dir etwas? Hast du Schmerzen?«, fragte
Lisa besorgt.

»Mein Kopf«, erwiderte Erin schwach.

»Soll ich eine Schwester rufen, damit sie dir was
gegen die Schmerzen gibt?«

Erin nickte.

»Gut.« Lisa lächelte sie aufmunternd an. »Ich bin
gleich wieder da. Und wenn morgen Mama zu dir
kommt, wirst du bestimmt ganz schnell wieder gesund.«

»Mama?!«, schrie Erin erschrocken auf. Der
Schock hatte für einen Augenblick den Nebel aus ihrem Kopf vertrieben. »Du hast den Eltern Bescheid
gesagt?« Ungläubig und anklagend sah sie ihre
Schwester an.

»Natürlich!«, entgegnete diese überrascht. »Ich
meine, was hätte ich tun sollen? Den Eltern etwa ver-
schweigen, dass du mit einer Gehirnerschütterung und
einer Kopfverletzung, die sogar genäht werden musste, ins Krankhaus gebracht worden bist?«

»Aber mir geht es doch gut«, erwiderte Erin
schwach und versuchte sogar ein Lächeln. Wenn tatsächlich jemand auf sie geschossen hatte, wollte sie
ihre Eltern so weit weg wie möglich von hier wissen.
Es war schlimm genug, dass sie Lisa möglicherweise
in Gefahr brachte.

Ihre Schwester sah sie kopfschüttelnd an. »Gut ist etwas Anderes.« Dann zuckte sie mit den Achseln. »Ihr Flug geht, glaube ich, in sechs Stunden. Wenn du sie also vorher erwischst und davon überzeugst, dass alles in Ordnung ist, soll es mir recht sein.« Ihr Ton verriet deutlich, dass sie nicht wirklich daran glaubte. »Ich sag dann der Schwester wegen der Schmerzmittel Bescheid. Und dann schicke ich Mia zu dir rein. Sie ist dort draußen nämlich schon fast wahnsinnig geworden und sie lassen nur zwei Besucher auf einmal zu dir rein.« Sie beugte sich herunter und gab Erin einen Kuss auf die unverletzte Seite ihrer Stirn. »Bis morgen, Schwesterherz. Und jag mir bitte nie wieder solch einen Schrecken ein, versprochen?«

»Ich werde mich bemühen«, flüsterte Erin mit einem leichten Lächeln.

Als Lisa das Krankenzimmer verließ, schlüpfte Mia leise hinein. »Wie geht es dir?«, fragte sie mitfühlend und fasste zögernd nach Erins Hand.

»Ging schon mal besser«, gab Erin ihr zu.

»Ich habe mir solche Sorgen um dich gemacht. Als ich Daniels SMS bekommen habe, dachte ich schon, du lägst im Sterben.« Sie schoss ihm einen bösen Blick zu. »Dein Freund ist wirklich total unsensibel.«

»Es tut mir leid«, verteidigte er sich. »Aber ich stand selbst noch unter Schock und war wohl nicht wirklich zurechnungsfähig.«

»Trotzdem hätte dir etwas Besseres einfallen können, als: *Erin im Krankenhaus mit Kopfverletzung. Wird operiert.* Es muss wohl ein heftiger Sturz gewesen sein.« Sie sah Erin ungläubig kopfschüttelnd an. »Was war denn genau passiert?«

»Es ist meine Schuld«, sagte Daniel leise. »Ich habe sie zu einem Mountainbikerennen im Wald überredet. Ihr Fahrrad war an einer herausragenden Wurzel hängengeblieben und sie ist bei vollem Tempo gestürzt.«

»Aber du wirst wieder gesund, oder?«

»Ja.« Daniel atmete tief durch und nickte. »Wir haben wirklich Glück gehabt, es hätte viel schlimmer ausgehen können. Sie braucht nur ein paar Tage Ruhe. Wenn alles gut läuft, kann sie übermorgen schon nach Hause.«

»Gut«, sagte Mia erleichtert. Dann sah sie ihre Freundin verständnislos an. »Du lässt die Schulabschlussfete sausen, um *Fahrrad zu fahren*?«, fragte sie fassungslos. »Ich dachte, ihr hattet eine kleine private Feier geplant.«

Erin warf Daniel einen hilflosen Blick zu. Es stimmte, sie hatte Mia erzählt, dass sie nicht zu der Party des Jahres gehen würden, weil Daniel und sie etwas Besseres vorhatten.

»Hatten wir auch«, sprang Daniel schnell in die Bresche. »Ich wollte ein romantisches Mitternachtspicknick mit ihr veranstalten. Du weißt schon, nur wir und die Sterne.« Er seufzte zerknirscht. »War wohl eine selten blöde Idee. Du siehst ja, wohin das geführt hat.«

In diesem Augenblick ging die Tür auf und eine stämmige Schwester kam ins Zimmer. »Ich bringe Ihnen Ihre Tabletten«, sagte sie und legte einen kleinen Plastikbehälter auf Erins Tisch. »Sie können alle vier Stunden eine davon nehmen, wenn die Schmerzen zu stark sind.« Dann musterte sie die Patientin mit einem erfahrenen Blick. »Sie sollten sich jetzt ausruhen. Schlafen Sie ein bisschen, danach wird es Ihnen viel besser gehen. Ihr Besuch kann ja auch morgen wiederkommen.«

Mia sprang hastig auf. »Sie hat recht, du siehst müde aus. Ich gehe dann lieber.« Sie hauchte Erin einen Kuss auf die Wange. »Morgen schaffe ich es nicht zu dir. Und übermorgen auch nicht. Meine Oma kommt zu Besuch und ich darf sie nun zwei Tage lang beschäftigen. Als Dank für die ganze Büffelei und die Prüfungen.« Mia verzog unwillig den Mund. »Aber halt mich bitte auf dem Laufenden und melde dich bei mir, wenn du wieder draußen bist.«

»Klar, mache ich. Und danke.«

»Kein Problem.« Mia winkte Daniel zum Abschied zu und verließ das Zimmer.

Er machte nun auch Anstalten, sich zu erheben. »Nein, bitte bleib hier«, bat Erin erschrocken.

»Keine Angst. Ich gehe nicht weg. Ich warte auf dem Flur.«

Erin sah ihn flehend an. »Bleib bei mir.«

Fragend blickte Daniel zu der Schwester herüber, die gerade Erins Vitalwerte kontrollierte.

Die Schwester zuckte mit den Achseln. »Wenn sie es so möchte und Sie sie nicht beim Schlafen stören, können Sie von mir aus auch hierbleiben. Ruhen Sie sich wirklich aus, Kindchen«, sagte sie dann zu Erin. »Ich werde in zwei Stunden wieder nach Ihnen sehen.«

»Uff.« Mit einem erleichterten Stöhnen sank Erin auf ihr Kissen zurück und schloss für einen Moment die Augen. Plötzlich spürte sie, wie Daniel sie vorsichtig in seine Arme schloss und ganz fest an seine Brust drückte.

»Ich bin so froh, dass dir nichts passiert ist«, flüsterte er erstickt in ihr Haar. Dann löste er sich langsam wieder von ihr. »Ich hoffe, ich habe dir nicht wehgetan?«

Zu müde, um ihm zu antworten, schüttelte Erin nur leicht ihren Kopf.

»Ich musste dich einfach ganz nah bei mir spüren, um wirklich zu begreifen, dass du noch lebst«, murmelte er. »Für ein paar grauenhafte Sekunden hatte ich wirklich geglaubt, dass ich dich verloren hätte.« Er schauderte. »Ich weiß nicht, was ich dann getan hätte.« Seine Stimme brach.

Erin war so erschöpft, dass sie kaum die Kraft fand, ihre Augen wieder zu öffnen, doch mit ungeheurer Anstrengung riss sie sich zusammen. Im Augenblick durfte sie sich keine Schwäche erlauben. Sie zwang ihren Blick, sich auf Daniels besorgtes Gesicht zu fokussieren. »Was ist wirklich geschehen?«, verlangte sie zu wissen. »Ich wurde angeschossen, nicht wahr?« Obwohl sie es ganz ruhig hatte sagen wollen, überschlug sich ihre Stimme vor Müdigkeit, Fassungslosigkeit und Angst.

»Ja«, gab Daniel leise zu und drückte sie wieder fest an sich. »Aber darüber können wir noch später sprechen. Jetzt musst du dich erst einmal ausruhen.« Er strich ihr sanft über die Stirn. »Keine Angst, du bist hier in Sicherheit. Ich werde nicht noch einmal zulassen, dass dir jemand etwas tut.«

Erin lächelte dankbar. Doch als sie an ihre Eltern dachte, schüttelte sie entschieden den Kopf. »Ich muss meine Mama anrufen, sie darf nicht hierherkommen.« Sie versuchte, sich aufzurichten, um an ihr Handy heranzukommen, das auf dem Beistelltisch neben ihrem Bett lag.

»Bleib liegen«, hielt Daniel sie sanft zurück. Er griff nach dem kleinen Gerät und hielt es nachdenklich in der Hand. »Bist du dir sicher? Vielleicht würde es dir ja guttun, deine Eltern zu sehen.«

Erin guckte ihn an, als hätte er den Verstand verloren. »Klar würde es das«, erwiderte sie sarkastisch. »Für etwa fünf Minuten. Und anschließend müsste ich mir Sorgen machen, dass ihnen auch noch etwas zustößt. Ganz abgesehen davon, dass ich ihnen dann noch eine ganze Menge zu erklären hätte. Dinge, die ich nicht wirklich erklären kann, oder?«

Daniel presste traurig die Lippen zusammen. »Du hast natürlich recht«, murmelte er. »Ich hätte dir das Ganze gern erspart.«

»Ich mir nicht.« Erin drückte seine Hand und sah ihn ernst an. »Ohne das alles hätte ich dich doch niemals kennengelernt. Also, was auch immer geschieht, ich möchte die letzten Monate auf keinen Fall missen.«

»Ich liebe dich«, war alles, was Daniel dazu sagte. Dann räusperte er sich. »Was willst du deinen Eltern eigentlich erzählen?«

»Dass ich einen kleinen Fahrradunfall hatte und es mir nun schon wieder besser geht.«

»Dann solltest du vorher noch ein wenig an deiner Stimme arbeiten. Niemand, der dich jetzt hören würde, würde dir glauben, dass du in Ordnung bist.«

»Das haben wir gleich«, erwiderte Erin und schmiss sich entschlossen eine Schmerztablette in den Mund. »Jetzt müssen wir nur ein wenig warten, bis das Mittel wirkt«, fuhr sie fort, nachdem sie das Medikament mit einem Schluck Wasser heruntergespült hatte.

»Mann, das Zeug ist echt gut«, murmelte sie eine Viertelstunde später, als sich der Nebel in ihrem Kopf tatsächlich zu lichten begann und das Hämmern allmählich aufhörte. »Jetzt kannst du mir das Handy ruhig geben.«

Daniel sah sie einen Augenblick lang prüfend an, dann reichte er es ihr ohne Widerrede.

Erin suchte im Telefonbuch die Nummer ihrer Eltern, atmete einmal tief durch und drückte auf die Wähltaste.

Sie musste nicht lange warten. Fast augenblicklich war die Stimme ihrer Mutter zu hören. »Erin? Schatz, geht es dir gut? Was ist passiert?«

»Alles in Ordnung, Ma«, erklärte sie so fröhlich wie möglich. »Ich habe noch ein bisschen Kopfschmerzen, aber sonst geht es mir gut.«

»Bist du noch im Krankenhaus?«

»Ja, aber nur noch zur Kontrolle. Spätestens übermorgen darf ich wieder raus.«

»Wieso erst übermorgen, wenn es dir schon so gut geht?«, fragte ihre Mutter misstrauisch nach.

Mist! Erin verzog missmutig das Gesicht. Sie und

ihre große Klappe. »Ach, das machen die hier so, Ma. Reine Absicherung. Damit ich sie im Zweifel nicht verklagen kann, oder so.«

»Du klingst wirklich schon recht munter, Schatz. Ich bin so froh, dass dir nicht mehr passiert ist. Und wenn wir erst einmal da sind, päppeln Papa und ich dich in null Komma nix wieder auf.«

Erin schüttelte panisch den Kopf, auch wenn ihre Mutter das nicht sehen konnte. »Ach Ma, das ist doch nicht nötig, wirklich«, versicherte sie so unschuldig wie möglich. »Mir geht es doch gut. Dafür müsst ihr euch wirklich nicht stundenlang in ein Flugzeug quetschen. Und helfen könnt ihr mir hier eh nicht. Ich soll nur rumliegen und mich ausruhen. Vermutlich werde ich die nächsten zwei Tage durchschlafen und dann quietschvergnügt aus dem Bett springen.«

»Ich weiß nicht«, sagte ihre Mutter zögerlich. »Erst vor ein paar Stunden hatte Lisa völlig aufgelöst angerufen und von einer Kopfverletzung mit Gehirnerschütterung gesprochen und du erzählst mir nun, es sei alles in Ordnung.«

»Immerhin kann ich mit dir sprechen, also kann es mir ja nicht so schlecht gehen. Und Lisa hatte euch angerufen, bevor sie mich überhaupt gesehen hatte. Da konnte sie also noch nicht wissen, wie es mir wirklich geht.«

»Das klingt ja, als wolltest du uns nicht bei dir haben.«

Erin schluckte. »Nein, Mama, so ist es nicht. Aber wir sehen uns doch eh schon bald. Da müsst ihr nicht

Hals über Kopf für ein paar Tage herkommen. Ich weiß doch, wie schwer es für Papa ist, kurzfristig Urlaub zu bekommen.«

»Du und Lisa, ihr kommt an erster Stelle«, erwiderte ihre Mutter ernst.

»Das weiß ich ja, Ma. Aber in diesem Fall könnt ihr euch den Stress wirklich sparen.«

»Was ist los?«, hörte Erin im Hintergrund die Stimme ihres Vaters.

»Erin, Schatz«, sagte ihre Mutter plötzlich. »Papa und ich müssen das kurz besprechen, dann rufe ich dich wieder an, in Ordnung?«

»Alles klar.« Erin klappte das Telefon zu und sah Daniel unsicher an.

»Und nun?«, fragte er.

»Nun müssen wir wohl warten.«

Ein paar Minuten später klingelte das Handy. »Das ging ja schnell«, murmelte Erin, während sie dranging.

»Also, erstens wollen wir mit einem Arzt sprechen«, sagte ihre Mutter fest. »Wenn er uns bestätigt, dass es dir gut geht, und wenn du uns versprichst, dich morgens und abends bei uns zu melden, sagen wir die Reise ab. Aber sollte es dir schlechter gehen oder du unseren Beistand brauchen, sind wir sofort da, verstanden?«

»Ja, Mama«, sagte Erin und lächelte. »Daniel sagt gleich den Schwestern Bescheid, dass sich ein Arzt bei euch melden soll. Dann könnt ihr es noch einmal von offizieller Seite hören.«

»Ist Daniel jetzt bei dir?«

»Ja, natürlich.«

»Gib ihn mir bitte.«

»Wieso?«

»Weil ich mit ihm sprechen möchte.«

Unsicher reichte Erin das Handy an ihren Freund weiter. »Meine Mama will mit dir sprechen.«

»Hallo, Frau Bruckmann«, sagte er, als er das Telefon an sein Ohr presste.

Erin strengte sich an, um zu verstehen, was ihre Mutter Daniel zu sagen hatte.

»Ich bin sehr enttäuscht von dir«, drang die Stimme ihrer Mutter aus dem Handy.

»Ich weiß, ich hätte besser auf sie aufpassen müssen. Es tut mir leid.« Daniels Stimme klang so gequält, dass Erin ihm den Hörer am liebsten aus der Hand gerissen und ihrer Mutter gesagt hätte, sie solle ihn in Ruhe lassen. Es war klar, dass er sich bereits genug Selbstvorwürfe machte. Dabei war es ja nicht seine Schuld. »Ich verspreche, ich werde nicht zulassen, dass ihr noch einmal etwas geschieht«, sagte er nun.

Normalerweise hätte das übertrieben geklungen, doch Erin glaubte Daniel jedes Wort. Das war nicht einfach nur eine Floskel, um ihre Mutter zu besänftigen, es war ein Schwur, der sie zu Tränen rührte.

»Sie können sich auf mich verlassen«, sagte er noch, kurz bevor er das Gespräch beendete.

»Küss mich«, flüsterte Erin leise. Es gab so Vieles, das sie ihm sagen, über das sie noch sprechen mussten, doch als seine Lippen die ihren berührten, glitt sie mit einem beruhigten Seufzen in den Schlaf hinüber.

Sie konnte noch nicht lange geschlafen haben, als sie von aufgeregt flüsternden Stimmen geweckt wurde.

»Mutter, sie braucht jetzt Ruhe«, sagte Daniel fest.

»Ich will ihr doch nur mein Mitgefühl ausdrücken und eine rasche Genesung wünschen«, erwiderte Melissa zuckersüß.

»Das hat auch noch bis später Zeit. Dafür werde ich sie jetzt nicht aufwecken.«

»Daniel, ich habe nach dieser Katastrophe sehr viel zu tun. Wenn ich nur daran denke, dass alle unsere Sicherheitsmaßnahmen umgangen werden konnten! Dass sich der Feind in unsere Mitte hatte einschleichen können!«

»Dass Erin angeschossen, beinahe getötet worden ist«, setzte Daniel verbittert hinzu.

»Natürlich«, stimmte Melissa ihm schnell zu. »Deswegen bin ich ja hier. Ich habe aber nicht viel Zeit. Es war auch so schon schwierig genug, mich loszueisen.«

»Mutter …«, setzte Daniel wieder an.

»Schon gut«, murmelte Erin träge und zwang sich dazu, ihre Augen zu öffnen. »Ich bin wach.«

»Erin, Liebes, wie geht es dir?« Forschend sah Melissa sie an.

»Es wird schon wieder.«

»Wir haben uns solche Sorgen um dich gemacht.«

Davon war aber noch eben nicht viel zu hören, dachte Erin sarkastisch.

260

»Ich hoffe, dass du jetzt einsiehst, dass du uns beitreten musst. Nur dann können wir dich beschützen.«

Daher weht also der Wind, fuhr es Erin durch den Kopf. Doch sie verkniff sich die Frage, was sie genau anders gemacht hätten, wenn sie zu der *Bruderschaft* gehört hätte. Immerhin war das Ganze auf einer Hochsicherheitszusammenkunft geschehen.

»Erin ist noch zu schwach, um das jetzt auszudiskutieren«, fuhr Daniel schnell dazwischen.

»Natürlich«, lenkte Melissa ein. »Ich habe mit dem Arzt gesprochen. Du solltest dich noch ein wenig erholen. Doch sobald du aus dem Krankenhaus darfst, möchte ich, dass du zu uns kommst. Woanders bist du einfach nicht sicher.« Sie gab ihrer Stimme einen besorgten Klang. »Ich habe die Gefahr wohl unterschätzt. Vermutlich ist der Attentäter dir sogar von deinem Zuhause aus gefolgt. Wie hätte er sonst von unserem Treffen erfahren sollen?«

Erin schwieg. Die Frage hatte sie sich auch schon gestellt.

»Habt ihr schon etwas aus ihm herausbekommen?«, fragte Daniel gespannt. »Gehört er zu den *Suchenden*?«

»Daran besteht kein Zweifel«, erwiderte Melissa fest. »Auch wenn wir ihn nicht persönlich befragen konnten. Er hatte sich das Leben genommen. Erhard und seine Männer untersuchen den Vorfall. Deswegen kann er auch nicht persönlich zu dir kommen, Erin. Er macht sich furchtbare Vorwürfe, dass so etwas geschehen konnte, und wünscht dir gute Besserung.«

»Danke.«

»So, das reicht, Mutter. Erin braucht jetzt wirklich Ruhe. Bitte lass uns wissen, wenn ihr etwas herausgefunden habt.«

»Aber natürlich. Wir sehen uns dann zu Hause.«

Erin verzog unwillig den Mund, als sie das hörte. Sie wollte nicht in das Hauptquartier der *Bruderschaft* zurückkehren. Sie fühlte sich im Augenblick überall sicherer als dort. Vielleicht lag es daran, dass sie dort *angeschossen* worden war! Aber das war Daniels Mutter bestimmt egal.

»Wieso hat mein Arzt mit ihr gesprochen?«, fragte Erin plötzlich, als Melissa den Raum verlassen hatte.

»Was?« Verständnislos sah Daniel sie an.

»Deine Mutter sagte, sie hätte mit dem Arzt gesprochen. Er hätte ihr doch gar nichts sagen dürfen. Immerhin ist sie nicht mit mir verwandt.«

»Ach so.« Daniel sah sie mit einem mitleidigen Lächeln an. »Er würde meiner Mutter die Antwort niemals verweigern. Und er hat auch deine Schussverletzung für einen Fahrradunfall ausgegeben.«

»Du meinst …?«

Daniel nickte. »Er gehört zu uns. Es ist äußerst wichtig, einen Arzt zu haben, dem man vertrauen kann.«

Erin kam sich plötzlich unglaublich dumm vor. Natürlich hätte sie auch von allein darauf kommen können, dass ein Arzt eine Schussverletzung von einer Platzwunde unterscheiden konnte.

»Gibt es denn gar kein Entkommen?«, flüsterte sie verzweifelt.

»Wie meinst du das?« Besorgt beugte Daniel sich wieder über sie.

»Ich fühle mich, als wäre ich in einem Netz gefangen, das sich immer enger um mich zieht. Selbst hier im Krankenhaus bin ich unter ständiger Bewachung.«

»Immerhin hat der Arzt dir geholfen. Wir alle wollen dich nur beschützen.«

Erin sah Daniel lange an. »Ich weiß, dass du mich immer beschützen wirst, bei den Anderen bin ich mir da nicht so sicher.«

»Wir sind nicht deine Feinde, die *Suchenden* sind es«, sagte er mit Nachdruck.

»Du klingst, als wolltest du dich selbst davon überzeugen«, erwiderte Erin leise.

Daniel blickte betreten zu Boden, sagte aber nichts.

»Denk doch mal nach«, sagte Erin langsam. Und als sie weitersprach, da wusste sie plötzlich, dass sie auf dem richtigen Weg war. »Welchen Vorteil hätten die *Suchenden* davon, mich im Hauptquartier der *Bruderschaft* anzugreifen? Es war doch klar, dass der Attentäter nicht entkommen könnte. Selbst wenn es ihm gelungen wäre, mich zu …«, Erin schluckte und fuhr dann tapfer fort, »töten«, presste sie aus sich heraus, »hätten sie nichts gewonnen. Sie hätten zwar die wahre Trägerin beseitigt, doch das Amulett wäre dann unerreichbar für sie gewesen. Nach dieser Aktion ist bestimmt die gesamte *Bruderschaft* in höchster Alarmbereitschaft. Außerdem ergibt es keinen Sinn, dass sie mich erst zu sich einladen und dann plötzlich auf mich schießen.«

»Nun, vielleicht haben sie ja einfach die Geduld verloren«, wandte Daniel ein. »Immerhin hattest du dich nicht bei ihnen gemeldet.«

»Möglich«, stimmte Erin ihm langsam zu. »Aber das war bestimmt keine Affekthandlung. Der Anschlag musste sorgfältig geplant worden sein. So einfach sind Erhards Sicherheitsmaßnahmen doch bestimmt nicht zu überwinden, oder?«

»Nein.« Daniel schüttelte den Kopf. »Aber wenn es nicht die *Suchenden* gewesen waren, wer war es dann?«, fragte er verzweifelt.

Und Erin sah den Schmerz in seinen Augen. Sah darin, dass er die Wahrheit längst kannte, sie sich aber nicht eingestehen wollte, da sie zu ungeheuerlich für ihn war.

»Hast du den Mann gesehen, der auf mich geschossen hat?«, fragte sie daher bloß.

»Ja.« Daniel riss sich zusammen. »Ich werde diesen Anblick niemals vergessen.« Sanft strich er Erin über die Wange. »Jedes Mal, wenn ich meine Augen schließe, sehe ich dieselben Bilder vor mir. Er stand in der dritten Reihe. Ein unauffälliger, schmächtiger Mann in einer Kutte wie alle anderen. Er schien seinen Blick nicht von meiner Mutter nehmen zu können, als sie ihre Ansprache hielt. Doch dann plötzlich griff er in seinen Ärmel und zog eine Pistole heraus. Legte an und schoss. Und ich wusste nur eins, dass ich irgendwie verhindern musste, dass diese Kugel dich traf.« Er schauderte und drückte ganz fest Erins Hand.

Erin erwiderte den Druck, doch sie war mit ihren

Gedanken schon ein Stück weiter. Jetzt gab es für sie keinen Zweifel mehr. »Deine Mutter hatte dem Mann zugenickt«, sagte sie leise.

»Was?« Entsetzt sah Daniel sie an. »Bist du dir ganz sicher?«

»Ja. Bevor sie mit ihrer Rede begann, hatten sie sich gegenseitig zugenickt.«

»Und du hast nichts von ihm gespürt? Keine Gefahr, keine Aggressivität?«

»Nichts. Und dabei habe ich mich wirklich bemüht. Nachdem Melissa ihm zugenickt hatte, versuchte ich, seine Gefühle zu lesen, aber ich konnte es nicht.«

»Und warum hast du mir nichts gesagt?« Fassungslos starrte Daniel sie an. »Du weißt doch, wie groß die Gefahr ist, in der du schwebst!«

»Ehrlich gesagt, habe ich nicht damit gerechnet, im Herzen der *Bruderschaft*, die mich doch beschützen wollte, angegriffen zu werden. Außerdem dachte ich, dass alle diese Leute meine Wahrnehmung störten. Immerhin war die Halle emotional sehr geladen. Ich habe mir eben nichts weiter dabei gedacht.« Sie verstummte und runzelte die Stirn. »Aber wenn ich jetzt so darüber nachdenke … Als ich versuchte, seine Gefühle zu lesen, hatte es sich so wie bei dir angefühlt, wenn du deinen Ring aufhast.«

Daniel blickte schnell auf seine Hände. »Ich habe meinen Ring noch. Und ich kann mir auch nicht vorstellen, dass meine Mutter den ihren nicht aufgehabt hatte.«

»Sie hatte ihn«, stimmte Erin ihm zu. »Ihre Gefühle konnte ich auch nicht lesen.«

»Ein weiterer Ring?«, murmelte Daniel nachdenklich. Dann holte er sein Handy heraus. »Nun, das lässt sich schnell herausfinden.«

»Was hast du vor?«, fragte Erin, als er eine Nummer wählte.

»Hallo Erhard«, sagte Daniel statt einer Antwort. »Ja, Erin geht es halbwegs gut, sie braucht nur ein wenig Ruhe. Ich will dich auch nicht lange von deiner Arbeit abhalten, bei euch ist bestimmt die Hölle los. Ich wollte nur wissen, ob der Tote einen Silberring getragen hat. Gut, ich warte.« Daniel senkte den Hörer. »Er schaut eben nach«, erklärte er Erin. Als sich Erhards Stimme wieder meldete, hörte Daniel eine Weile schweigend zu. »Richte ich aus und danke«, sagte er schließlich und beendete das Gespräch. »Erhard lässt dich schön grüßen«, berichtete er. »Sie haben noch immer keine genaue Vorstellung davon, wie der Täter die Waffe hereingeschmuggelt haben könnte. Alle Leute wurden beim Eintritt durchleuchtet.«

»Wirklich? Ich habe nichts davon bemerkt.«

»Glaub mir, auch wir wurden genau kontrolliert. Ebenso wie unser Freund mit der Pistole.«

»Wie meinst du das?«

»Als er die Halle betrat, hatte er noch keine Waffe bei sich gehabt. Zumindest sagt das der Scan, der von ihm gemacht worden war.«

»Das bedeutet, er musste sich die Waffe erst später besorgt haben«, überlegte Erin laut. »Aber woher?«

»Genau das ist die Frage. Ach, und er hatte keinen Ring gehabt, nicht mehr.«

»Wie meinst du das?«

»An seinem Fingerknöchel gibt es eine Abschürfung. Sie könnte von einem Ring stammen, den ihm jemand eilig vom Finger gezogen hat.«

»Aber wer?«

»Allzu viele Personen kommen dafür nicht in Frage«, bemerkte Daniel düster. »Erhard, seine Leute und …«

»Melissa«, führte Erin seinen Gedanken zu Ende. »Ich hätte nie gedacht, dass sie so weit gehen würde, nur um mir genug Angst einzujagen, dass ich der *Bruderschaft* beitrete.« Fassungslos schüttelte sie den Kopf. Sie wurde verletzt, ein Mann war gestorben. Und wofür?

Doch als sie den Blick hob und in Daniels Gesicht schaute, gefror ihr das Blut in den Adern.

Ihr Freund war bleich und schien plötzlich um Jahre gealtert zu sein. Unbewusst schüttelte er den Kopf, wie um einen unfassbaren Gedanken zu vertreiben. »Nein«, flüsterte er heiser. »Das kann nicht Mutter gewesen sein. Das ist unmöglich.«

»Daniel …«, setzte Erin an. Seine Loyalität in allen Ehren, aber alle Tatsachen sprachen gegen sie.

»Nein, du verstehst nicht«, krächzte er und umfasste ihre Hände mit den seinen. »Wer auch immer dafür verantwortlich ist, er hatte dir keine Angst einjagen wollen. Er wollte dich töten.«

Erin erbleichte. »Wieso sagst du das?«

267

»Weil ich etwas gespürt habe.« Aufgeregt fuhr Daniel sich mit den Fingern durch die Haare. »Als ich diese Kugel auf dich zufliegen sah, da wusste ich, dass ich sie aufhalten musste. Ich glaube, mein Wunsch, dich zu beschützen, war so stark, dass er die tödliche Kugel von dir abgelenkt hatte.«

»Aber wie?« Und dann dämmerte es ihr plötzlich. Mit offenem Mund starrte Erin ihn an. »Telekinese«, flüsterte sie ehrfürchtig. »Das Amulett deiner Mutter. Du bist sein wahrer Träger.«

Daniel schüttelte verwirrt den Kopf. »Aber es gehört ihr.«

Ein triumphierendes Leuchten trat in Erins Augen. »Du hast mir erzählt, dass die Amulette ihre Träger selbst wählen und deine Mutter nicht erwählt worden sei. Du bist der wahre Träger, sonst hättest du seine Macht nicht nutzen können, um mir das Leben zu retten.« Den letzten Teil flüsterte sie, als ihr bewusst geworden war, wie knapp sie tatsächlich dem Tod entronnen war. »Du hast mich gerettet«, sagte sie mit einem Lächeln, in das sich Tränen mischten. »Schon wieder.«

»Und ich würde es immer wieder tun, solange ich lebe«, versprach er ihr leise.

»Und was machen wir nun?«, fragte Erin ratlos.

Daniel atmete tief durch und straffte seine Schultern. »Wir werden dafür sorgen, dass dir niemand mehr etwas tun kann.«

»Und wie?«

»Indem wir herausfinden, wer hinter dem Anschlag

auf dich steckt. Und dann werde ich dich in Sicherheit bringen, weit weg von den *Suchenden* oder der *Bruderschaft*.«

»Du würdest für mich deinem Leben den Rücken kehren?«

»Du bist mein Leben, Erin«, erwiderte er mit einem zärtlichen Lächeln.

»Und du das meine«, sagte sie und strich ihm sanft über die Wange.

»Und jetzt ruh dich aus, mein Schatz. Wenn du wieder aufwachst, habe ich bestimmt einen Plan.«

# Kapitel 13

»Alles erledigt«, sagte Daniel, als er das Krankenzimmer betrat, und reichte Erin ihre Entlassungspapiere.

Sie erhob sich und fasste nach ihrer Tasche. »Sollen wir das wirklich durchziehen?«, fragte sie nervös.

»Uns bleibt keine andere Wahl, wenn wir wirklich sicher sein wollen.« Daniel sah sie aufmunternd an. »Aber hey, du wirst schon sehen, die ganze Panik ist bestimmt unbegründet. Mutter hat ganz sicher nichts damit zu tun.« Doch er klang selbst nicht wirklich überzeugt. »Wir fahren nur eben bei dir vorbei, damit du deine Sachen packen und Lisa Bescheid sagen kannst.«

Erin nickte. Sie spürte, wie sich ein nervöses Kribbeln in ihrem gesamten Körper ausbreitete. Einerseits war sie ja froh, dass sie endlich die Initiative ergreifen würden und dass Daniel dabei voll auf ihrer Seite stand. Andererseits war ihr Vorhaben auch ganz schön gefährlich: Sie wollten Melissa zur Rede stellen!

Und so gern Erin endlich hinter die Fassade dieser Schlange schauen würde, es konnte einfach so viel schiefgehen. Was, wenn es Daniel nicht gelang, die Kraft des Amuletts anzuzapfen und Melissa den Ring vom Finger zu ziehen, sodass Erin ihre Gefühle lesen konnte? Was, wenn sie ihr nicht die richtigen Fragen stellten? Und was – daran mochte Erin nicht einmal denken – wenn Melissa merkte, was sie mit ihr trieben?

»Es wird schon klappen«, sagte Daniel, als hätte er ihre Gedanken gelesen. Doch vermutlich gingen seine eigenen ebenfalls in die gleiche Richtung.

Erin lächelte ihn dankbar an und fasste nach seiner Hand. »Lass uns gehen.«

Doch als Daniel seinen Wagen schließlich auf dem Hof der *Bruderschaft* parkte, war es Erin plötzlich sehr mulmig zumute. »Können wir nicht einfach verschwinden?«, fragte sie zögernd.

Daniel schüttelte traurig den Kopf. Auch ihm fiel es sichtlich schwer, ihr Vorhaben in die Tat umzusetzen, da es gegen alles verstieß, woran er sein Leben lang geglaubt hatte. »Sie würden nach uns suchen. Wenn du mit deinem Verdacht recht hast, werden sie uns nicht einfach ziehen lassen. Und wenn nicht«, die Hoffnung in seiner Stimme ließ Erins Herz sich vor Mitgefühl schmerzhaft zusammenziehen, »gibt es für uns bestimmt einen anderen Weg da raus.«

»Du hast recht.« Erin nickte ernst. Und sie spürte tief in sich die Gewissheit, dass sie niemals frei und in Sicherheit sein würden, solange Melissa lebte. Doch darüber wollte sie lieber nicht nachdenken.

Daniel stieg aus dem Auto und öffnete Erins Tür, um ihr beim Aussteigen zu helfen. Hand in Hand gingen sie auf den Haupteingang zu und mit jedem Schritt wuchs Erins Beklommenheit. Sie hatte plötzlich das Gefühl, dass sie dieses auf einmal so bedrohlich wirkende, graue Anwesen so bald nicht würde verlassen können.

Sie wurden bereits im Foyer erwartet. Ein großer, muskulöser Mann im schwarzen Anzug trat vor und versperrte ihnen den Weg. »Melissa wünscht euch zu sprechen. Folgt mir.«

Erin erbleichte und warf einen nervösen Blick zu Daniel, der sich nichts anmerken ließ. »Lass gut sein, Erik«, sagte er lässig und klopfte dem Mann freundschaftlich auf die Schulter. »Ich finde den Weg auch allein.«

Der Sicherheitsmann zögerte kurz, dann nickte er und trat zur Seite. »Einen Moment noch«, sagte er, als Daniel an ihm vorbei zur Treppe gehen wollte. Der Mann holte ein handflächengroßes Gerät mit einem Display hervor.

»Das ist jetzt nicht dein Ernst, oder?«, sagte Daniel überrascht, als Erik ihn damit scannte.

»Vorschrift ist Vorschrift«, erwiderte dieser und Erin entspannte sich. Sie spürte, dass der Mann Daniel mochte und sie beide nicht für eine Bedrohung hielt. »Und jetzt die junge Dame.« Erik warf einen flüchtigen Blick auf ihre Scanergebnisse und ließ sie dann passieren.

Als sie den Flur zu Melissas Büro entlanggingen, schaute Daniel finster geradeaus.

»Was ist los?«, fragte Erin besorgt, als sie seine Anspannung bemerkte.

»Mir gefällt das irgendwie nicht. Sie hat uns nicht einmal Zeit gelassen, uns frisch zu machen.«

Sie hatten die Bürotür erreicht und Erin drückte fest Daniels Hand. »Ich liebe dich«, flüsterte sie und sah ihm tief in die Augen.

»Und ich liebe dich«, erwiderte er. »Lass es uns hinter uns bringen.«

Als sie den Raum betraten, blickte Melissa von ihrem Schreibtisch auf und sah die beiden streng an. »Wieso habt ihr so lange gebraucht?«, verlangte sie zu wissen. »Ihr habt das Krankenhaus schon vor fast zwei Stunden verlassen.«

»Hallo Mutter«, sagte Daniel ruhig und ging zu ihr hinüber, um ihr einen Kuss auf die Wange zu geben. »Erin musste noch ein paar Sachen einpacken, immerhin hast du ihr angeboten, sich bei uns nach ihrer Verletzung zu erholen.«

Zum Beweis hielt Erin die kleine Reisetasche hoch, die sie noch immer in ihrer Hand hielt. Melissa nickte ein wenig besänftigt und mit klopfendem Herzen sah Erin zu, wie Daniel sich lässig an ihren Schreibtisch lehnte. Er wollte es also tatsächlich jetzt durchziehen! Sie hatten vereinbart, dass er so nah wie möglich bei Melissa stehen würde, um die Kraft ihres Amuletts besser nutzen zu können.

»Hat Erhard denn schon etwas herausgefunden? Wisst ihr, wer der Mann war?«, begann Daniel das Spiel, während er sich mit aller Macht darauf konzentrierte, den Ring Millimeter für Millimeter von Melissas Finger zu ziehen.

»Leider nein.« Bedauernd schüttelte diese den Kopf. »Wie ich schon sagte, er hatte irgendein Gift genommen. Vermutlich hatte er eine entsprechende Kapsel im Mund gehabt.«

Während Erin der Frau zuhörte, hatte sie das untrügerische Gefühl, dass diese nicht die Wahrheit sagte. Aber dieses Gefühl hatte sie bei ihr bisher immer gehabt. Es hatte nichts mit der Fähigkeit zu tun, die ihr Amulett ihr verlieh. Sie musste Daniel also noch mehr Zeit verschaffen. »Auf jeden Fall bin ich froh, noch am Leben zu sein.«

»Ja, wir haben großes Glück gehabt«, stimmte Daniel ihr zu. »Der Schütze muss sehr nervös gewesen sein, ansonsten hätte er auf diese Entfernung doch niemals danebengeschossen. Oder fällt dir noch eine andere Erklärung dafür ein?«

Melissa warf ihm einen nervösen Blick zu, bevor sie entschieden ihren Kopf schüttelte. »Nein.« Und dieses Mal spürte Erin ganz deutlich, dass sie log. Sie musste sich sehr beherrschen, um Daniel nicht triumphierend anzuschauen. Er hatte es geschafft! Er hatte den Ring so weit gelockert, dass dieser Melissas Gefühle nicht mehr völlig abschirmte. Jetzt konnte sie die alles entscheidende Frage stellen. »Ist es denn bewiesen, dass die *Suchenden* dahintersteckten?«

»Daran gibt es keinen Zweifel.«

Erin gab ihrer Stimme einen ängstlichen Klang. »Dann bin ich hier bei euch in Sicherheit, oder?«

Melissa lächelte süß. »Aber ja, meine Liebe. Bei uns bist du absolut sicher.«

Erins Gesichtsausdruck gefror. Daniels Mutter hatte beide Male knallhart gelogen. Und Erin musste ihre ganze Kraft aufwenden, um nicht schreiend davonzulaufen. Denn hinter Melissas lächelnder Maske hatte sie eiskalte, berechnende Mordlust gespürt.

274

»Dann hat Erhard die Sicherheitslücke schon gefunden?«, lenkte Daniel Melissas Aufmerksamkeit wieder auf sich.

Irritiert wandte sie sich wieder ihrem Sohn zu. »Nein. Doch das ist nur eine Frage der Zeit.« Plötzlich musste sie irgendetwas gespürt haben, denn sie blickte überrascht auf ihre Hand und rückte den Ring, der über den Knöchel zu rutschen drohte, auf ihrem Finger zurecht. »Zu eurer eigenen Sicherheit solltet ihr das Haus vorerst nicht mehr verlassen«, sagte sie mit einem misstrauischen Blick zu Daniel. »Ihr könnt jetzt gehen.«

»Natürlich, Mutter. Komm, Schatz.« Daniel warf sich Erins Tasche über die Schulter und legte ihr seinen Arm um die Hüfte, als wäre er ein ganz normaler, verliebter Jugendlicher.

Sobald sie die Tür hinter sich geschlossen hatten, wandte Erin ihm ihr bleiches Gesicht zu, doch bevor sie etwas sagen konnte, beugte er sich zu ihr und verschloss ihren Mund mit einem Kuss. »Nicht jetzt«, flüsterte er leise gegen ihre Lippen. »Ich kann es kaum erwarten, endlich mit dir allein zu sein«, sagte er dann ein wenig lauter und grinste anzüglich.

Erin errötete, als seine Hand ein Stück tiefer glitt und auf ihrem Po liegen blieb.

»Fühlt sich gut an«, sagte Daniel und drückte leicht zu. Erin warf ihm einen überraschten Blick zu, sagte aber nichts.

Kaum hatten sie sein Zimmer erreicht und die Tür hinter sich geschlossen, da fiel er regelrecht über sie her. Er zog sie stürmisch an sich und küsste sie voller Leidenschaft. Er ließ ihre Tasche zu Boden fallen und schälte sie, ohne in seinem Kuss innezuhalten, aus ihrer Jacke.

Tausend Gedanken schwirrten durch Erins Kopf. Sie verstand nicht, was auf einmal in ihn gefahren war. Hatte er den Ernst ihrer Lage etwa vergessen? Doch noch während ihr Verstand dagegen ankämpfte, übernahm ihr Körper die Führung und sie presste sich leidenschaftlich an ihn. Sein Mund wanderte tiefer zu ihrem Hals und Erin erschauerte. Sollte es jetzt endlich passieren? Zu diesem völlig absurden Zeitpunkt, als sie beide womöglich in Lebensgefahr schwebten? Aber vielleicht war der Zeitpunkt ja doch nicht absurd. Sie wollte nicht sterben, ohne alles mit ihm geteilt zu haben.

Daniel unterbrach seine Liebkosungen kurz, um zu ihr aufzusehen. »Eine heiße Dusche wäre jetzt genau das Richtige, findest du nicht auch?«, fragte er mit vor Erregung dunklen Augen. »Eine *gemeinsame* Dusche?«

Erins Atem ging so schwer, dass sie nur nicken konnte. Sie hatte keine Ahnung, wohin das führen würde, aber sie war bereit, es herauszufinden.

Während er sie in Richtung des kleinen Badezimmers drängte, machte Daniel sich an den Knöpfen ihres Oberteils zu schaffen. Dann waren sie drin und er zog mit dem Fuß die Tür hinter sich zu. Sofort ließ er sie los und lehnte sich schwer keuchend an die Wand. Erin wollte ihm folgen, sich sofort wieder an ihn schmie-

276

gen, doch er hob abwehrend seine Hand. Schnell schlüpfte er an ihr vorbei und drehte die Dusche voll auf. Heißes Wasser strömte aus dem Duschkopf und binnen weniger Sekunden war der kleine Raum von Dampfschwaden erfüllt. Noch immer schwer atmend ließ Daniel sich zu Boden gleiten und streckte seine Hände nach Erin aus, die ihn einen Augenblick lang verwirrt ansah, sich dann aber bereitwillig an ihn schmiegte und seinen Hals zu küssen begann.

»Stopp, Gnade!«, flüsterte er lachend und schob sie ein Stück von sich ab. »Du machst es mir wirklich nicht leicht.«

»Wie könnte ich es dir denn noch leichter machen?«, fragte sie überrascht.

Er fing ihre Hand ein, die sein Hemd aufzuknöpfen versuchte, und hielt sie fest. »Das meine ich ja. Du machst es mir fast unmöglich, mich zu beherrschen.«

»Aber du hast doch angefangen. Ich dachte, du willst …«, stotterte Erin errötend und brach schließlich verlegen ab.

»Eigentlich wollte ich nur die Kameras täuschen, aber ich hätte nicht erwartet, dass du so authentisch mitspielst.«

»Es war also nur gespielt?«, fragte Erin enttäuscht. »Ich dachte wirklich, du würdest mich wollen.« Wie hatte sie nur so dumm sein können? Selbstverständlich hatten sie gerade viel größere Probleme, wie hatte sie da bloß glauben können, er würde mit ihr schlafen wollen? Er hatte alles nur gespielt. Verletzt rückte sie ein wenig von ihm ab.

»Natürlich will ich dich. Sehr sogar. Glaub mir, *das* war nicht gespielt. Und ich will mit dir schlafen, aber nicht hier und nicht jetzt, sondern an einem wunderschönen, romantischen Ort, wo es nur uns beide gibt. Vorhin in Mutters Büro hast du so verängstigt ausgesehen, dass ich nie geglaubt hätte, dass dir der Sinn nach so etwas …«, er ließ seine Augenbrauen anzüglich in die Höhe schnellen, »stehen würde.«

Seine Worte holten Erin endgültig auf den Boden der Tatsachen zurück. »Kameras? Bei dir im Zimmer?«, fragte sie, als ihr endlich dämmerte, was Daniel vorhin gesagt hatte.

»Ich bin nicht sicher, aber ich wollte kein Risiko eingehen. Ich glaube nicht, dass mir Mutter noch immer uneingeschränkt vertraut. Ich würde es ihr durchaus zutrauen, dass sie in meiner Abwesenheit mein Zimmer verwanzen ließ.«

»Und warum die Dusche?«

»Nun, erstens gehe ich nicht davon aus, dass es hier versteckte Kameras gibt. Und das Wasser stört den Empfang von Mikrofonen. Hier müssten wir also ungestört sprechen können. Also, was hast du gespürt?«

Die Erinnerung an ihre Begegnung mit Melissa vertrieb den letzten Rest von Erins Hochgefühl. »Sie will mich töten.«

Daniel erschauerte und presste sie fest an sich. »Bist du dir ganz sicher?«

»Ja. Es tut mir leid.«

Er schüttelte den Kopf. »Du kannst am allerwenigsten was dafür. Wenn es wahr ist, dann tut es mir

278

leid, dass ich dich hier hineingezogen habe. Was genau hast du denn gespürt?«

»Sie hat gelogen, als sie sagte, sie wüsste nicht, wieso die Kugel mich nicht getötet hatte. Und sie hatte dich dabei so komisch angeschaut. Sie weiß, dass du die Kraft des Saphir-Amuletts benutzt hast, um mich zu retten. Ich glaube, es hatte sie nicht einmal überrascht. Sie hofft nur, dass du es selbst noch nicht herausgefunden hast.«

»Und dann?«

»Sie hatte gelogen, als sie sagte, dass die *Suchenden* für den Anschlag verantwortlich sind. Und sie hatte erst recht gelogen, als sie sagte, dass ich hier in Sicherheit wäre. Daniel, ich habe ihre Mordlust gespürt.« Es auszusprechen, war fast noch furchtbarer, als es zu spüren. Als würde die Gefahr, in der sie schwebte, dadurch noch realer werden.

»Das kann ich einfach nicht glauben. Ich meine, sie ist meine Mutter …« Daniels Stimme verlor sich gequält.

»Vielleicht nicht«, wandte Erin plötzlich leise ein.

»Wie meinst du das?«

»Vielleicht ist sie gar nicht wirklich deine Mutter«, erklärte sie zögerlich. »Weißt du noch, als ich dich mal nach deinem Vater gefragt hatte?« Sie wartete sein Nicken ab, bevor sie fortfuhr. »In dieser Nacht hattest du geträumt. Da war nicht viel. Nur einige verschwommene Bilder und Gefühle, aber ich hatte den Eindruck, dass du vielleicht eine andere Mutter gehabt hattest, bevor Melissa dich nahm.«

Schockiert starrte Daniel sie an. »Und das sagst du mir erst jetzt?«

»Es war irgendwie nie der richtige Augenblick.«

Er schnaubte verletzt und rückte ein Stück von ihr ab. »In all den Wochen hattest du nie die Zeit gefunden, um mir zu sagen, dass meine Mutter vermutlich gar nicht meine Mutter ist?«

»Ich konnte doch nicht sicher sein, selbst jetzt bin ich es nicht!«, sagte Erin verzweifelt. »Und hättest du mir überhaupt geglaubt, wenn ich dir so eine verrückte Geschichte ganz ohne Beweise erzählt hätte?«

»Ich weiß es nicht«, erwiderte er kühl. »Aber ich fasse es nicht, dass du es mir verheimlicht hast. Wie soll ich dir denn jetzt wieder vertrauen können?«

»Es tut mir leid«, flehte Erin und Tränen traten ihr in die Augen. »Aber ich hatte dir angeboten, mehr zu erfahren, weißt du noch? Doch du wolltest nicht. Und ich hatte gespürt, dass du Angst davor hattest, was dabei ans Licht kommen könnte. Deshalb habe ich dich nicht weiter bedrängt. Ich wollte dir keinen Schmerz zufügen. Bitte, das musst du mir glauben.«

Müde wischte Daniel sich über das Gesicht. »Ich weiß, dass du mir nicht wehtun wolltest. Aber du darfst mir nichts mehr verheimlichen, hörst du? Der Verrat meiner Mutter«, er stockte. »Melissas Verrat«, korrigierte er sich bitter, »ist schlimm genug. Da muss ich zumindest dir vertrauen können.«

»Das kannst du!« Erin nickte eifrig. »Das kannst du wirklich. Ich würde nie etwas tun, das dir schaden würde.«

»Okay.« Er zog sie wieder leicht an sich. »Was …
was genau hattest du denn in meinen Träumen gesehen?«, fragte er stockend.

»Es waren nur Bilder und Gefühle«, warnte Erin
ihn. »Die Interpretation stammt von mir. Ich kann
mich also auch geirrt haben.«

»Schon klar. Ich würde es trotzdem gern wissen.«

»Ich habe einen Mann gesehen, der dich als Baby –
zumindest glaube ich, dass du das warst – hochgehal-
ten und angelacht hat. Du hast dich richtig wohl und
geborgen bei ihm gefühlt. Und eine Frau, die dich ge-
stillt, gewickelt und dir vorgesungen hat. Sie muss
dich sehr geliebt haben.«

»Wie … Wie sah sie aus?«

»Jung, glücklich. Sie hatte große, blaue Augen,
kastanienfarbene, lange Haare und einen lächelnden
Mund. Zumindest hat sie in deiner Erinnerung immer
gelächelt.«

»Danke«, sagte Daniel und sah sich verloren in
dem kleinen, nebligen Bad um. Alle Tatkraft schien
von ihm gewichen zu sein.

Erin sah ihn an und einem plötzlichen Impuls fol-
gend zog sie seinen Kopf an ihre Brust, wie ihre Mutter es früher mit ihr gemacht hatte, um sie zu trösten,
und streichelte beruhigend seinen Rücken. »Es tut mir
leid«, flüsterte sie. »Es tut mir leid, dass ich dein Leben auf den Kopf gestellt habe. Es tut mir leid, dass
du das hier durchmachen musst.«

Daniel drückte sich dankbar an sie, dann löste er
sich aus ihrer Umarmung und sah sie fest an. »Das

muss es nicht. Nichts von alldem ist deine Schuld. Weder dass Melissa eine machtgierige, hinterhältige Schlange ist, noch dass sie womöglich gar nicht meine Mutter ist.« Er lächelte schief. »Angesichts ihres Charakters kann ich darüber vermutlich sogar richtig froh sein.«

Erleichtert grinste Erin zurück. »Und was machen wir nun?«

»Ich weiß es nicht. Wenn ich ehrlich bin, hatte ich bis zum Schluss gehofft, dass es nicht dazu kommen würde.«

»Ich weiß«, zärtlich strich Erin über seine Stirn. Dann fasste sie einen Entschluss. »Wenn Melissa die Böse hier ist, sollten wir uns vielleicht einmal anhören, was die *Suchenden* uns zu sagen haben.«

»Uns?«

»Ja, uns. Ich habe noch eine Einladung von ihnen bekommen.«

»Du hast was?« Entgeistert starrte Daniel sie an. »Und du hast es auch nicht für nötig gehalten, mir *das* zu erzählen?«

»Ich hatte zuerst andere Probleme und dann habe ich es einfach vergessen«, gab Erin kleinlaut zu.

»Vergessen?«, fragte er skeptisch nach.

»Ja.« Sie zuckte mit den Schultern. »Da ich eh nicht hingehen wollte, habe ich einfach nicht mehr daran gedacht. Da sie dich auch mit eingeladen haben, dachte ich, dass es bloß eine Falle war.«

»Sie haben mich eingeladen?«

»Ja. In dem Brief stand, dass sie wichtige Informationen für uns beide hätten. Vielleicht sollten wir es uns also anhören.«

»Hast du den Brief noch?«

»In meiner Kosmetiktasche. Ich hatte ihn zu Hause schnell noch eingesteckt, weil ich dachte, dass wir ihn noch einmal gebrauchen könnten. Ich hole ihn gleich.« Erin wollte aufstehen, doch Daniel hielt sie zurück.

»Warte«, sagte er und wuschelte ihr mit einer Hand durch die Haare. »Immerhin hattest du gerade eine sehr aufregende Zeit mit mir und einer Dusche«, sagte er mit einem spitzbübischen Lächeln.

»Na, dann sollte ich es wohl noch etwas authentischer gestalten«, erwiderte Erin neckisch und begann, ihr mittlerweile ziemlich feuchtes Oberteil abzustreifen.

»Was hast du vor?«, fragte Daniel nervös.

»Ich ziehe mich bloß aus. Also lass ja brav deine Augen zu, hörst du?« Sie wartete, bis er grinsend ihrer Aufforderung gefolgt war, und streifte schnell noch ihre Jeans, Socken und den BH ab. Dann wickelte sie sich in ein großes Badetuch. »Ich bin gleich wieder da«, kicherte sie und schlüpfte hinaus.

Kurze Zeit später erschien sie wieder mit ihrer Kosmetiktasche in der Hand. Rasch nahm Daniel ihr den Brief ab und speicherte die dort angegebene Nummer in sein Handy ein.

»Gut, jetzt müssen wir noch irgendwie das Anwesen verlassen, ohne dass wir erwischt werden«, murmelte Erin.

»Überlass das nur mir«, sagte Daniel geheimnisvoll. »Bei Einbruch der Dunkelheit geht es los.«

»Gut, dann habe ich ja noch Zeit.«

»Wofür denn?«

»Na, zum Duschen.«

Ein breites Grinsen erschien auf seinem Gesicht. »Mit mir?«

»Nein«, sie lächelte süß. »Allein. Und du kannst in der Zeit vielleicht etwas zu essen organisieren, ich bin nämlich am Verhungern.«

Als Erin einige Zeit später die Dusche wieder verließ, wartete Daniel bereits mit einem vollen Tablett mit Obst und Häppchen auf sie. »Wow!«, entfuhr es ihr.

»Ja. Und dabei musste ich nicht einmal selbst gehen«, erwiderte er und irgendetwas in seiner Stimme ließ sie aufhorchen.

»Wie meinst du das?«

»Einer der beiden netten Herren vor unserer Tür hat es mir gebracht.«

»Nette Herren?«

»Ja. Meine Mutter muss sehr um deine Sicherheit besorgt sein, wenn sie selbst hier im Anwesen gleich zwei Wachen zu deinem Schutz abstellt, mich nicht eingerechnet«, erklärte er leichthin und warf sich eine Traube in den Mund.

»Ja, sie ist wirklich sehr fürsorglich«, erwiderte Erin mit einem gezwungenen Lächeln und nahm sich einen Apfel, den sie unsicher in den Händen hin- und herzurollen begann. »Und was machen wir jetzt?«

»Nun, da du zum Glück ja nicht mehr lernen musst, können wir den Tag einfach nur genießen. Wie wär's mit einem Film?« Er stellte das Tablett mit den Snacks auf den niedrigen Couchtisch und setzte sich hin, während Erin eine Blu-Ray aus dem Regal holte. Dann kuschelte sie sich an ihn und starrte angespannt in den Fernseher.

Sie hielt es kaum aus, so zu tun, als wäre alles in Ordnung, während sie höchstwahrscheinlich bespitzelt wurden. Außerdem standen zwei Männer vor ihrer Tür, um sie am Verlassen des Zimmers zu hindern. Und nicht zu vergessen die Tatsache, dass ihnen Melissa vermutlich nun nach dem Leben trachtete. Deshalb schüttelte Erin auch wild den Kopf, als Daniel ihr ein Lachshäppchen anbot. Er sah sie einen Augenblick lang fragend an, nickte schließlich jedoch und legte es wieder zurück. Dann holte er eine Tüte Chips und eine Rolle Schokokekse aus einem Schrank und reichte beides Erin. Während sie raschelnd die Chipstüte aufriss, beugte er sich ganz nah zu ihr und tat, als würde er an ihrem Ohr knabbern. Dabei flüsterte er ihr leise zu: »Entspann dich, es wird alles wieder gut.«

Erin wandte ihren Kopf, wie um ihm einen Kuss zu geben. »Wie denn?«, fragte sie leise gegen seine Lippen.

»Vertrau mir, bei Anbruch der Dunkelheit werden wir hier verschwinden.«

»Aber die Männer?«

»Die werden es gar nicht bemerken.«

Von seiner Zuversicht ein wenig getröstet, lehnte

Erin sich wieder an ihn und schloss die Augen. Wenn ihnen die Flucht gelang, würde es eine lange Nacht werden. Da sollte sie vorher lieber noch ein wenig Schlaf bekommen.

»Aufwachen, Schlafmütze«, riss Daniels Stimme sie aus dem Schlaf. »Der Film ist schon längt vorbei.«

Erin öffnete die Augen und blinzelte. Es war so dunkel, dass sie kaum etwas erkennen konnte. »Wie spät ist es?«

»Kurz nach elf.« Er beugte sich ganz nah an ihr Ohr und flüsterte: »Ich denke, jetzt können wir es riskieren. Wir dürfen kein Licht machen. Halte dich an mir fest und sei so leise wie möglich, verstanden?«

Erin nickte, dann fiel ihr ein, dass er das in der Dunkelheit womöglich nicht sehen konnte. »Okay«, sagte sie leise.

Er reichte ihr seine Hand und zog sie vom Sofa hoch.

Auf Zehenspitzen, und ohne Daniels Hand loszulassen, schlich Erin hinter ihm her. Sie war froh, dass sie ihre Sneakers anhatte. Andere Schuhe hätten auf dem Parkett bestimmt furchtbar laut geklackert.

Daniel führte sie zu dem großen, gemauerten Kamin, dann griff er hinein und schien nach irgendetwas zu tasten.

Plötzlich ertönte ein dumpfes Geräusch, als würde Stein auf Stein reiben. Erin spürte einen muffigen Luftzug.

»Duck dich«, raunte Daniel ihr zu. Sie hatte gerade

noch genug Zeit, ihren Kopf einzuziehen, als er sie auch schon mit sich zog. Sie spürte kurz seine Arme, die nach ihr griffen und sie an ihm vorbei weiter in die Dunkelheit hinein schoben. Dann schien er noch einmal nach etwas zu tasten und das schabende Geräusch erklang erneut. Das letzte bisschen Licht, das durch den Kamin noch hereingefallen war, verschwand und Erin musste plötzlich einen Anflug von Panik unterdrücken. Rechts und links von sich konnte sie kalte Steinmauern spüren. Sie fühlte sich eingesperrt, begraben und die Angst schnürte ihr den Hals zu. »Daniel«, rief sie erstickt und tastete in der Finsternis nach seiner Hand.

»Ich bin hier«, erklang seine Stimme fest und beruhigend neben ihr und im nächsten Augenblick erschien der Lichtkegel einer Taschenlampe.

Erleichtert atmete Erin auf und sah sich schnell um. Sie befanden sich in einem schmalen, gemauerten Gang, der einige Meter weiter einen scharfen Knick zu machen schien. »Wo sind wir hier?«, fragte sie erstaunt und beeindruckt zugleich.

»Der Geheimgang verläuft zwischen den Innenwänden der Räume. Ich habe ihn schon als kleiner Junge entdeckt, kurz nachdem wir hier eingezogen sind. Deshalb hatte ich dieses Zimmer auch unbedingt haben wollen.« Daniel grinste. »Es hat mir als Teenager den Weg zu so mancher Party geöffnet.«

Belustigt starrte Erin ihn an. »Ich fasse es nicht. Der vorbildliche, pflichtbewusste Daniel soll sich heimlich zu Partys geschlichen haben?«

»Nun ja«, er zuckte mit den Schultern. »Jeder hat so seine Jugendsünden. Aber jetzt sollten wir uns lieber beeilen«, fügte er hinzu und zog Erin mit sich den schmalen Gang entlang. »Wenn wir tatsächlich beobachtet werden, dürfte unser Verschwinden bald auffallen. Ich habe den Zugang zwar wieder verschlossen, doch es ist nur eine Frage der Zeit, bis sie ihn finden. Und dann sollten wir möglichst weit weg von hier sein.«

»Wohin führt der Gang überhaupt?« Sie erreichten eine schmale Wendeltreppe, die ziemlich weit hinunterzuführen schien.

»Unter dem Anwesen hindurch in einen kleinen Wald. Von dort aus ist es etwa ein Kilometer bis zur Landstraße.«

»Und was machen wir dann?«

»Dann werden wir wohl den Großmeister der *Suchenden* anrufen«, erwiderte er und sie konnte die Zweifel und die Anspannung in seiner Stimme deutlich spüren.

»Wir müssen nicht, wenn du nicht willst«, sagte Erin zögerlich. Sie war ja selbst nicht ganz von dieser Idee überzeugt.

»Wir haben keine andere Wahl«, sprach Daniel das aus, was auch ihr durch den Kopf ging. »Er hat geschrieben, dass er wichtige Informationen für uns hat, und ich schätze, wir müssen dieses Risiko wohl eingehen. Schließlich hat er uns sicheres Geleit versprochen. Und vermutlich droht uns dort auch nicht größere Gefahr als hier«, fügte er bitter hinzu.

Erin war ganz außer Atem, als sie den Geheimgang endlich verließen. Doch Daniel zog sie unerbittlich weiter. »Nur noch ein Stück«, versprach er ihr. »Wenn wir die Straße erreicht haben, kannst du dich ein wenig ausruhen.«

Während sie durch das dunkle Wäldchen stolperten, kreisten Erins Gedanken um ihr waghalsiges Vorhaben. Konnten sie den *Suchenden* wirklich trauen? Immerhin hatten sie auch keine weiße Weste vorzuweisen. Sie hatten ihre Vorgängerin auf dem Gewissen und auch ihr eigenes Leben hatten sie schon mindestens einmal bedroht. Konnten sie sich wirklich auf das Wort eines Menschen verlassen, der vor Mord nicht zurückschreckte?

»Wie ging eigentlich dieser Schwur, den du bei deinem Eintritt in die *Bruderschaft* geleistet hattest?«, fragte sie Daniel unvermittelt.

»Wieso?« Irritiert sah er sie an.

»Vielleicht können wir uns damit ein wenig absichern«, schlug Erin nachdenklich vor. »Wenn wir den Großmeister schwören lassen, uns wieder gehen zu lassen, würde ich mich vermutlich etwas besser fühlen.«

Daniel dachte kurz nach. »Ja, das könnte klappen«, stimmte er schließlich zu. »Der Eid wird auf die Macht des Sterns geleistet, auf dass die zweifache Kraft des Diamanten ihn bindet.«

»Die zweifache Kraft des Diamanten? Was ist denn das?«, fragte Erin skeptisch.

»Keine Ahnung«, gab Daniel zu. »Der Diamant

steckt im Amulett der Heilung. Aber was die zweifache Kraft bedeuten soll, weiß ich auch nicht.«

»Du leistest einen Schwur, von dem du nicht einmal weißt, was er bedeutet?«, fragte sie ungläubig nach.

»Es ist ja nicht so, dass ich eine Wahl gehabt hätte«, gab er finster zurück. »Außerdem hatte ich damals auch nicht vorgehabt, ihn jemals zu brechen. Ich hatte freiwillig mein ganzes Leben der *Bruderschaft* und Melissa verschrieben«, fügte er bitter hinzu.

»Oh nein!«, rief Erin plötzlich alarmiert aus. »Hast du deinen Eid jetzt gebrochen?«

»Ich denke nicht«, beruhigte Daniel sie schnell. »Sie hatte mir keinen direkten Befehl gegeben. Noch nicht«, fügte er leise hinzu.

»Dann müssen wir eben dafür sorgen, dass es nicht dazu kommt«, sagte Erin bestimmt. »Wenn wir einfach nur verschwinden, dürfte dir nichts geschehen, oder?«

»Ich nehme an, dass es okay wäre.«

»Du nimmst es bloß an?!« Erschrocken starrte Erin ihren Freund an. Setzten sie etwa gerade sein Leben aufs Spiel, nur um ihres zu retten?

»In den letzten Jahrhunderten hat es zwar schon Menschen gegeben, die der *Bruderschaft* den Rücken gekehrt haben, aber da sie danach spurlos verschwunden sind, weiß ich nicht, was mit ihnen geschehen ist.«

»Das reicht nicht«, erwiderte Erin leise und blieb plötzlich stehen. »Vielleicht solltest du lieber zurückgehen«, fügte sie tonlos hinzu.

»Niemals!« Daniel war nun ebenfalls stehen geblieben und sah sie fast wütend an. »Du glaubst doch nicht, dass ich dich jemals im Stich lassen würde? Und selbst wenn ich dazu bereit wäre, könnte ich doch niemals zurück in dieses … in dieses Schlangennest! Außerdem denke ich nicht, dass ich dort nach allem, was vorgefallen ist, noch besonders willkommen wäre. Entweder würde Melissa mich durch den Eid so fesseln, dass ich kaum noch einen freien Willen hätte, oder sie würde mich ganz beseitigen lassen, damit ich ihr das Amulett nicht abnehmen kann.«

Als er das Amulett erwähnte, hörte Erin einen sehnsüchtigen Klang in seiner Stimme und sie verstand genau, wie er sich fühlte. Es hatte ihn erwählt, und seit er seine Kraft zum ersten Mal benutzt hatte, wurde die Verbindung immer stärker. Er hatte recht, falls er zurückkehrte, würde Melissa ihn nicht in Ruhe lassen.

»Wir müssen sie vernichten, oder?«, fragte sie leise. »Sonst werden wir beide niemals frei sein.«

»Ich fürchte, ja«, stimmte er ihr traurig zu. »Auch wenn ich keine Ahnung habe, wie wir das anstellen sollen.«

»Vielleicht können die *Suchenden* uns irgendwie helfen.«

»Du meinst, eine Allianz mit dem Feind?« Ungläubig sah er sie an.

Erin lächelte bitter. »So, wie es aussieht, haben wir nur Feinde. Wir sollten uns zumindest in Ruhe anhören, was sie zu sagen haben, bevor wir uns entscheiden.«

»Gut.« Er sah sich um. »Es ist nicht mehr weit. Sobald wir die Straße erreicht haben, können wir anrufen.«

»Und wenn keiner rangeht? Es ist immerhin schon mitten in der Nacht.«

»Dann rufen wir uns ein Taxi und lassen uns zu irgendeinem gemütlichen Hotel fahren.«

»Klingt gut«, murmelte Erin sehnsüchtig. Doch sie nahm tapfer die Hand, die Daniel ihr anbot, und setzte sich wieder in Bewegung.

»Wir haben Glück, da vorne ist eine Bushaltestelle«, sagte er einige Minuten später, als sie die Straße endlich erreicht hatten. »Bleib hier, ich gehe hin und schaue nach, wo genau wir sind.«

Gehorsam kauerte Erin sich hinter einen großen Busch und wartete, während er das Schild an der Haltestelle studierte.

»*Am Wäldchen*, wie passend«, sagte er grinsend, als er sich wieder zu ihr gesellte. Er zückte sein Handy und reichte es Erin. »Bereit, wenn du es bist.«

»Warte! Vielleicht lassen sie dein Handy überwachen. Ich nehme lieber meins.«

Schnell tippte sie die Nummer von Daniels Display ab und drückte die Wahltaste. Es tutete so lange, dass sie schon fast die Hoffnung aufgegeben hatte, doch plötzlich meldete sich eine Männerstimme. »Hallo Erin.«

Vor Schreck hätte sie beinahe das Handy fallen gelassen. »Woher wissen Sie, dass ich das bin?«, stammelte sie.

»Die Nummer war für dich reserviert. Allerdings

hast du Glück gehabt, dass sie noch funktioniert, immerhin ist die Frist in meiner Einladung schon längst abgelaufen.« Die Stimme klang amüsiert. »Welchem Umstand verdanke ich nun die Ehre deines Anrufs?«

»Wir würden Ihr Angebot gerne annehmen.«

»Wir? Daniel ist also auch bei dir?«

»Ja«, sagte Erin vorsichtig. Ihr gefiel nicht die plötzliche Aufregung in der Stimme des Mannes.

»Und woher kommt auf einmal der Sinneswandel?«

»Sie hatten uns Informationen versprochen«, erwiderte Erin kühl. »Wenn das Angebot nicht mehr gilt, haben wir wohl nichts mehr zu besprechen, Entschuldigen Sie die späte Störung.«

Der Mann am Telefon lachte auf. »Nicht so eilig, junge Dame. Ich habe tatsächlich wichtige Informationen für euch. Informationen, die euch eure Allianzen bestimmt neu überdenken lassen. Wo seid ihr? Ich lasse sofort einen Wagen kommen, um euch abzuholen.«

»Einen Moment noch«, warf Erin schnell ein. »Sie haben uns sicheres Geleit versprochen.«

»Aber natürlich.« Der Mann klang völlig unbekümmert.

»Ich will, dass Sie es schwören«, verlangte Erin, so fest sie konnte. »Schwören Sie, dass sie uns nichts antun werden, dass Sie uns nicht festhalten werden und uns gehen lassen, ohne uns zu folgen.«

»Ich schwöre, dass ich euch bei diesem Besuch nichts tun werde und euch anschließend gehen lasse, ohne euch zu folgen.« Der Mann gluckste amüsiert.

»Schwören Sie es bei der Macht des Sterns, auf dass die zweifache Kraft des Diamanten Sie an diesen Schwur binde«, forderte Erin.

»Du hast ja an alles gedacht, junge Dame.« Die Heiterkeit war aus der Stimme des Mannes gewichen, doch er fasste sich schnell. »Du vertraust mir wohl nicht, wie? Nun, da du nur mit der verlogenen *Bruderschaft* zu tun hattest, kann ich dir das nicht verübeln. Aber weil ich keine bösen Absichten habe, kann ich es von mir aus auch auf den Stern und den Diamanten schwören.«

»Wiederholen Sie die Formel«, beharrte Erin.

Der Mann seufzte resigniert und intonierte mit gelangweilter Stimme den Schwur. »Zufrieden?«, fragte er anschließend.

Erin sah Daniel fragend an, der ihr schulterzuckend zunickte. Der Großmeister hatte die Eidformel korrekt wiedergegeben.

»Sagt ihr mir jetzt, wo wir euch abholen können, oder braucht ihr noch einen Bluttest von mir?«

Er spielte eindeutig mit ihnen. Erin hatte nun gar kein gutes Gefühl mehr bei der Sache, aber ihr fiel nicht ein, wie sie sich noch besser absichern konnten. Der Großmeister hatte ihre Forderung erfüllt und nun mussten sie den nächsten Schritt gehen. Wenn sie nicht die ganze Sache absagen und reumütig zu Melissa kriechen wollten. Und das würde niemals geschehen.

Erin sah Daniel noch einmal fragend an und er nickte entschlossen. Es gab kein Zurück.

»Haltestelle *Am Wäldchen* an der L84«, sagte Daniel knapp.

Der Mann am anderen Ende der Leitung zögerte kurz. »Wartet dort. In einer knappen halben Stunde wird der Wagen bei euch sein.«

Erin und Daniel wechselten einen nervösen Blick. In einer halben Stunde stiegen die Chancen, dass ihr Verschwinden bemerkt und sie gefunden würden, beträchtlich.

»Bitte beeilen Sie sich«, sagte Erin gepresst, dann beendete sie das Gespräch.

Daniel zog sie noch tiefer ins Gebüsch hinein, wo die Dunkelheit sie vor allen Blicken verbarg. Da sie bei ihrer Flucht nicht daran gedacht hatte, ihre Jacke mitzunehmen, fror Erin nun, da die Aufregung von ihr abfiel. Daniel zog sie eng an sich und schauderte kurz, als sie ihre eisige Nase in seine Halsbeuge drückte. Er umschlang sie mit seinen Armen und sie versuchten, sich gegenseitig Wärme und Trost zu spenden, während sie angestrengt nach allen Seiten lauschten.

Schließlich hörten sie ein Motorengeräusch und Reifen, die auf dem Splitt am Straßenrand knirschten. Eine Autotür knallte, und als Daniel seinen Kopf reckte, sah er einen Mann, der sich suchend umsah.

»Das muss unser Taxi sein«, raunte er Erin zu. »Ich kenne den Mann nicht, also ist es vermutlich keiner von Melissas Leuten.«

Erin nickte entschlossen und nahm seine Hand. Gemeinsam verließen sie die schützenden Büsche und traten langsam auf den Neuankömmling zu.

Erins Nerven waren bis zum Zerreißen gespannt. Als der Mann seine Hand in die Tasche steckte, zuckten ihre Beine verräterisch und sie wäre beinahe losgerannt, hätte Daniel sie nicht festgehalten. Doch der Mann holte nur eine kleine Dose heraus und Erin atmete erleichtert aus.

»Konzentrier dich«, flüsterte Daniel ihr leise zu, während der Fahrer sich zwei Kaugummis in den Mund warf. »Was fühlst du?«

Erin warf ihm einen schuldbewussten Blick zu. Sie war so aufgeregt und nervös, dass sie gar nicht daran gedacht hatte. Nun ließ sie ihren Geist nach den Gefühlen des Mannes tasten und lächelte Daniel aufmunternd zu. »Keine Gefahr«, flüsterte sie leise.

»Da seid ihr ja«, begrüßte der Mann sie und holte zwei Augenbinden aus seiner anderen Tasche. »Ich muss euch nur die Augen verbinden, dann kann es auch schon losgehen.«

»Uns wurde sicheres Geleit garantiert«, wandte Erin erschrocken ein. Sich von einem Unbekannten mit verbundenen Augen irgendwohin fahren zu lassen, behagte ihr ganz und gar nicht.

»Und ich werde euch auch ganz sicher geleiten«, sagte der Mann grinsend. »Das heißt aber nicht, dass wir euch verraten, wo sich der Großmeister aufhält.«

Widerstrebend ließen sich Erin und Daniel die Augen verbinden, wobei Erin sich krampfhaft an Daniels Hand festhielt. Ohne diese Verbindung hätte ihr Mut sie gänzlich verlassen. Doch seine Finger umschlangen warm und fest die ihren und das war alles, was für sie zählte. Alles Andere war ihr egal – die Amulette, der Stern. Sie wollte nur mit ihm zusammen heil aus der ganzen Sache herauskommen, um dann endlich wieder ein normales Leben führen zu können.

# Kapitel 14

Als ihnen die Augenbinden schließlich wieder abgenommen wurden, fanden Erin und Daniel sich in einem nur spärlich beleuchteten Raum wieder. Es hätte sich um einen Keller handeln können, denn er schien keine Fenster zu haben. Das einzige Licht kam von zwei großen Kerzenständern, die einen etwa dreimal drei Meter großen Fleck erleuchteten, in dessen Mitte sich Erin und Daniel befanden. Der Rest des Raums war in Dunkelheit gehüllt.

»Endlich«, sagte eine Stimme feierlich aus dem Dunkeln.

Erin erkannte sie sofort. »Hallo«, begrüßte sie unsicher den Großmeister, der nun zu ihnen ins Licht trat. Er trug eine Kutte, wie überraschend, dachte Erin sarkastisch. Aber zumindest hatte er die Kapuze zurückgeschlagen, sodass sie sein Gesicht sehen konnte. Er musste um die fünfzig Jahre alt sein, hatte ein braunes, wettergegerbtes Gesicht, scharfe Augen und eine markante Nase. Irgendwie erinnerte er Erin an die römischen Skulpturen, nur dass er statt Locken eine Halbglatze hatte. Um seinen Hals trug er auf einer Kette zwei silberne Anhänger. Sie sahen genauso aus wie Erins oder Melissas Amulett, nur dass das eine lila und das andere schwarze Steine trug. Die Tatsache, dass er sie so offen zeigte, konnte nur zwei Dinge bedeuten. Entweder ging er davon aus, dass Erin ohnehin schon Bescheid wusste, oder er hatte – Schwur hin oder her – doch nicht vor, sie wieder gehen zu lassen. Erin fixierte ihn mit ihren Augen und versuchte, seine Gefühle zu lesen, doch sosehr sie sich auch bemühte, sie konnte es nicht. Der Großmeister, der sie ebenfalls konzentriert angestarrt hatte, wandte nun den Blick und schaute Daniel so intensiv an, als wollte er ihn mit seinen Augen durchbohren.

Schließlich seufzte er resigniert. »Ich denke, wir können mit den Spielchen jetzt aufhören«, sagte er mit einem kleinen Lächeln. »Ihr kommt gegen meinen Schutz ebenso wenig an, wie ich gegen den euren.«

Erin schnappte entrüstet nach Luft. »Haben Sie etwa …? Haben Sie etwa versucht, unsere Gedanken zu lesen?«

»Nun tu nicht so scheinheilig«, sagte er tadelnd. »Hast du das mit meinen Gefühlen nicht etwa auch versucht?«

Erin senkte ertappt den Blick.

»Na, siehst du. Dann können wir jetzt ja zum eigentlichen Thema übergehen.« Er brach ab und tat, als wäre ihm gerade erst etwas eingefallen. »Das heißt, einen Test habe ich noch.« Er sah Erin wieder fest an und sie starrte verständnislos zurück. Was hatte der Typ denn jetzt bloß vor? Als er seine Hand um den Anhänger mit dem schwarzen Stein schloss und entschlossen »Feuer!« murmelte, sprang Daniel plötzlich beschützend vor sie. »Nein!« schrie er. »Lassen Sie Erin in Ruhe!«

»Ist ja gut«, murmelte der Großmeister versöhnlich. »Es hat eh keine Wirkung auf sie. Auf keinen von euch«, fügte er milde überrascht hinzu. »Da sie die wahre Trägerin ist, schützt sie ihr Amulett, doch was ist mit dir?« Prüfend sah er Daniel an. Dann fiel sein Blick auf Daniels Hand und den kleinen Silberring an seinem Finger. »Heutzutage hat ja wirklich jeder einen Schildring«, bemerkte er verdrossen.

»Da das nun geklärt ist«, unterbrach Erin ihn barsch, »können Sie uns jetzt bitte erzählen, was Sie erzählen wollten?«

»Aber sicher.« Er lächelte, während er langsam um sie herumging und sie damit zwang, sich auf der Stelle zu drehen.

Er spielt mit uns, wie eine Katze mit ihrer Beute, ging es Erin verzweifelt durch den Kopf. Sie hatte Angst, sie war müde und sie fror. Sie hoffte sehr, dass das Ganze die Informationen wert war, die sie erhalten würden. Falls es nicht doch einfach nur eine Falle war, in die sie sehenden Auges hineingetappt waren.

»Eigentlich hatte ich vorgehabt, dir die Augen über die wahre Natur der *Bruderschaft* zu öffnen, kleine Dame«, begann Enrico von Treibnitz. »Aber nachdem wir euch mitten in der Nach aus einem Wald haben abholen müssen, nehme ich an, dass dies nicht mehr erforderlich ist, oder?« Er lächelte süffisant.

»Kann schon sein«, stimmte Erin ihm mit möglichst unbewegter Miene zu. Sie wollte ihm auf keinen Fall irgendetwas verraten.

»Daher fürchte ich, dass ich für dich keine nennenswerten Neuigkeiten mehr habe.« Er zuckte entschuldigend mit den Achseln.

Wütend starrte Erin ihn an. Am liebsten wäre sie ihm an die Gurgel gesprungen. »Sie haben uns reingelegt«, zischte sie.

»Aber, aber«, rief er sie belustigt zur Ordnung. »Als ich die Einladung ausgesprochen habe, hätte ich dir durchaus neue Erkenntnisse bieten können. Es ist nicht meine Schuld, dass du erst so spät reagiert hast.«

»Dann können wir jetzt ja wieder gehen«, sagte Erin so fest sie konnte.

»Nicht so eilig«, entgegnete der Großmeister scharf. »Ich habe gesagt, dass ich für *dich* keine Neuigkeiten mehr habe, für *ihn* aber«, er wandte sich abrupt Daniel zu, »umso mehr.«

»Was können Sie mir schon erzählen?«, spie Daniel verächtlich aus.

»Oh, du wirst dich wundern.« Er machte ein Handzeichen in die Dunkelheit. Irgendwo wurde eine Tür geöffnet, und noch bevor der Neuankömmling ins Licht trat, schwappte Erin eine ganze Welle von Emotionen entgegen. Angst, Nervosität, Liebe, Schuld, Bedauern. Verwirrt schloss sie die Augen und schüttelte den Kopf. Und als sie sie wieder öffnete, blickte sie direkt in das Gesicht eines Mannes und wusste schlagartig, dass ihre Schwierigkeiten gerade erst begonnen hatten.

»Sie?«, flüsterte Erin fassungslos.

»Du kennst ihn?«, fragte Daniel überrascht neben ihr und auch der Großmeister sah sie neugierig an.

»Das ist dein Vater«, stammelte Erin, bevor ihr richtig bewusst wurde, was sie da sagte.

»Was?!« Schockiert starrte Daniel sie an.

»Zumindest denke ich, dass er das ist«, schränkte sie schnell ein. Nach der Enthüllung, dass Melissa wahrscheinlich gar nicht seine Mutter war, wollte sie ihn jetzt nicht noch mehr traumatisieren.

»Und du hast völlig recht damit«, sagte Enrico von Treibnitz. Er klang beeindruckt und mehr als eine Spur neugierig. »Die Frage ist nur, woher du das weißt.«

Bevor sie darauf antworten konnte, ließ Daniel plötzlich ihre Hand los. »Du hast es gewusst?«, flüsterte er fassungslos. »Du hast es gewusst und mir nichts davon gesagt? Hast du hier etwa auch auf den richtigen Moment gewartet?«

Erschrocken starrte Erin ihn an. Er war ganz bleich und in seinen Augen glühte ein Feuer, dessen ganze Wucht nun auf sie gerichtet war. »Wie konntest du mir das bloß antun, Erin?« Seine Stimme brach und er schüttelte fassungslos den Kopf, als könnte er damit ihren Verrat wieder rückgängig machen.

»Daniel, ich habe es nicht gewusst!«, rief Erin panisch. »Ich hätte es dir doch gesagt, das musst du mir glauben!« Sie versuchte, seine Hand zu nehmen, die er ihr jedoch wieder entriss.

»Wie soll ich das jemals wieder tun?«, fragte er tonlos.

»Daniel, bitte!« Erin spürte, wie sich ihre Eingeweide vor Angst zusammenzogen und Tränen traten ihr in die Augen.

»So ungern ich euer kleines Beziehungsdrama auch

unterbreche«, ertönte plötzlich die amüsierte Stimme des Großmeisters. Doch weiter kam er nicht, denn Erin wandte sich wütend an ihn. »Sie Mistkerl!«, schrie sie im entgegen. »Sie haben das von Anfang an geplant!«

Enrico lächelte kühl. »Ich würde zwar gern die Lorbeeren für dieses Schauspiel kassieren, aber leider habe ich damit nichts zu tun. Ich muss zugeben, dass du mich völlig überrascht hast. Und das geschieht nicht oft.«

Daniel schnaubte verbittert und Erin richtete ihren tränenverschleierten Blick wieder auf ihn. Der Schmerz in seinen Augen brach ihr beinahe das Herz. »Ich wusste nicht, dass er hier war. Das schwöre ich«, sagte sie flehend. »Ich habe lediglich sein Gesicht erkannt.«

»Ich denke, ich muss jetzt mal für die liebe Erin Partei ergreifen«, mischte sich der Großmeister wieder ein.

»Halten Sie sich da raus!«, fuhr Daniel ihn wütend an.

Enricos Augen blitzten zornig auf, doch er hielt sich zurück. »Es ist mir zwar schleierhaft, wie sie deinen Vater erkennen konnte, doch ich halte es für ziemlich ausgeschlossen, dass sie gewusst hat, dass er bei uns ist.«

»Und was macht er hier?«, fragte Daniel schroff.

»Das soll er dir am besten selbst erzählen«, schlug der Großmeister vor. »Ich werde euch drei jetzt eine Weile allein lassen.«

»Daniel«, sagte der Mann, der bisher geschwiegen hatte, als Enrico wieder in der Dunkelheit verschwand.

Erin zweifelte nicht, dass der Großmeister jedes Wort hörte, das hier gesprochen wurde, aber so gab es zumindest den Anschein einer Privatsphäre.

»Mein Sohn«, fügte der Mann hinzu, als Daniel nicht reagierte.

»Nenn mich nicht so!«, entgegnete dieser schroff. »Dieses Recht hast du verwirkt, als du mich Melissa überlassen hattest! Was hatte sie dir dafür geboten? Und wieso überhaupt?«

»Wir hatten dich ihr nicht einfach überlassen und sie hat uns erst recht nichts dafür gegeben. Außer unerträglichem Schmerz. Sie hat dich uns weggenommen.«

»Uns?«, fragte Daniel erstickt.

»Ja. Deiner Mutter und mir.«

Erin hatte mit ihrer Vermutung also recht gehabt. »Und wo ist sie jetzt? Versteckt sie sich auch irgendwo in den Schatten?«

»Nein.« Der Mann schüttelte traurig den Kopf. »Sie ist tot. Sie hat deinen Verlust nicht verkraftet.«

Daniel warf Erin einen hilfesuchenden Blick zu und sie verstand, was er von ihr wollte. »Er sagt die Wahrheit«, flüsterte sie leise. Vorsichtig fasste sie nach Daniels Hand, und als er sie ihr nicht entzog, hätte sie vor Erleichterung am liebsten wieder geweint. Er sah sie nach wie vor nicht an, doch immerhin hatte er ganz schwach den Druck ihrer Hand erwidert.

»Bitte, lass es mich dir erklären«, sagte sein Vater nun. »Ich hatte niemals zu träumen gewagt, dass ich dich jemals wieder sehen würde. Du bist deiner Mutter so ähnlich.«

Daniel schluckte und Erin sah, dass er gegen seine Gefühle ankämpfte. »Wir sollten zuerst die Fakten klären, bevor wir uns der Wiedersehensfreude widmen.« Seine Stimme klang kalt, zynisch. Doch Erin kannte ihn gut genug, um zu wissen, dass es unter seiner Oberfläche brodelte. »Wieso hat Melissa mich geholt?«

»Das weiß ich nicht.« Sein Vater zuckte entschuldigend mit den Achseln. »Du warst etwa ein Jahr alt, wir lebten damals in England, als wir auf einem Empfang Melissa begegneten. Wir wurden flüchtig miteinander bekannt gemacht und wollten schon weitergehen, wie es auf solchen Veranstaltungen nun mal ist. Doch plötzlich hatte sie dir einen eigenartigen Blick zugeworfen und sich zu dir heruntergebeugt. Normalerweise hättest du Angst bekommen, doch du warst zu sehr von dem Anhänger fasziniert, der dabei aus ihrem Ausschnitt gerutscht war. Du hast mit deinen Händchen danach gegriffen, und als du ihn berührt hattest, hatte der blaue Stein darin regelrecht geleuchtet. Ein Sonnenstrahl musste sich in diesem Augenblick darin verfangen haben und dir hatte es sehr gefallen. Damals hatte ich das für ein einfaches Schmuckstück gehalten. Heute weiß ich, dass es ein Amulett der Macht gewesen war. *Ihr* Amulett der Macht.« Er zuckte mit den Achseln und sah Daniel entschuldigend an. »Das war das einzige Mal, dass wir Melissa gesehen hatten, und wir hatten uns nichts weiter dabei gedacht. Doch zwei Wochen später warst du spurlos verschwunden.«

»Und ihr habt nicht nach mir gesucht?«

»Doch, natürlich! Scotland Yard hatte wochenlang nach dir gesucht, ohne Erfolg. Du warst wie vom Erdboden verschluckt. Deine Mutter ist an der Trauer um deinen Verlust zerbrochen. Ein knappes Jahr nach deinem Verschwinden teilten uns die Behörden mit, dass es keine Hoffnung mehr gebe, dich jemals wieder zu finden. Das hat sie nicht überlebt.« Der Mann verstummte und atmete tief durch.

»Wie ist sie gestorben?«, flüsterte Daniel heiser.

Sein Vater sah ihn traurig an. »Was spielt es jetzt noch für eine Rolle?«

»Wie?«, beharrte Daniel.

Der Mann seufzte. »Sie hat eine Überdosis Schlaftabletten geschluckt, um endlich wieder bei ihrem kleinen Jungen zu sein.«

Tränen stiegen Daniel in die Augen und er blinzelte rasch, um sie zurückzuhalten. »Und wieso hat dir deine tolle Organisation nicht geholfen?«, verlangte er bitter zu wissen.

»Ich war damals noch nicht bei den *Suchenden*. Ich hatte zu diesem Zeitpunkt noch nie etwas von den Amuletten oder dem Stern gehört. Doch kurze Zeit nach dem Tod deiner Mutter kam Enrico von Treibnitz auf mich zu. Er erzählte mir, dass du von einer Organisation entführt worden seiest, die sich die *Bruderschaft des Lichts* nennt. Er konnte mir zwar nicht sagen, weshalb, doch er versprach mir, dass er mir bei der Suche nach dir helfen würde, wenn ich mich ihm anschloss. Der Stern, die Amulette, das alles war mir egal. Ich wollte nur meinen Sohn wiederhaben.«

»Und wieso kommst du dann erst jetzt?« Daniel blickte seinen Vater herausfordernd an.

»Ich wusste nicht, wo du warst! Ich habe in England, Spanien und Frankreich nach dir gesucht. Habe die Agenten der *Bruderschaft* all die Jahre im Auge behalten. Aber meine Suche war stets vergeblich gewesen. Erst vor drei Monaten bin ich wieder nach Deutschland zurückbeordert worden. Und nun habe ich dich endlich gefunden.« Er streckte den Arm aus und umfasste vorsichtig Daniels Schulter.

Daniel warf Erin einen fragenden Blick zu und sie nickte leicht. Der Mann hatte ihnen die Wahrheit gesagt.

»Wenn das stimmt«, bemerkte Daniel mit einer Mischung aus Ablehnung und Mitgefühl in der Stimme, »dann hat dich dein Großmeister all die Jahre an der Nase herumgeführt. Immerhin lebe ich schon seit fast fünfzehn Jahren hier. Das konnte ihm bestimmt nicht entgangen sein.«

»Das glaube ich nicht!«, widersprach sein Vater heftig. »Nach dem Tod deiner Mutter und deinem Verschwinden hat mir die Organisation eine neue Heimat und ein Ziel gegeben. Und sie hat mich schließlich zu dir geführt.« Er sah Daniel gerührt an. »Als ich dich das letzte Mal sah, warst du ein Baby, jetzt bist du erwachsen. Ich habe deine ganze Kindheit verpasst, aber ich bin so froh, dass ich nun Teil deiner Zukunft sein werde.«

Daniel atmete tief durch, dann lächelte er zögernd. »Ich auch … Vater.« Plötzlich stutzte er. »Ich kenne nicht einmal deinen Namen.«

»Stephan. Stephan Mendel. Und deine Mutter hieß Helena.«

Mühsam schluckte Daniel den Kloß in seiner Kehle herunter. »Helena und Stephan Mendel«, wiederholte er. Er sah seinen Vater an und Erin erkannte in seinen Augen ein unbändiges Verlangen, diesen Mann näher kennenzulernen, bei ihm zu sein und endlich eine richtige Familie zu haben. »Ich habe noch so viele Fragen«, sagte er.

»Ich weiß, mein Sohn, ich weiß. Und ich werde sie dir alle beantworten.«

»Aber vielleicht nicht heute«, schaltete Erin sich unvermittelt in das Gespräch ein. Sosehr sie sich freute, dass Daniel seinen Vater gefunden hatte, hatte sie dennoch kein besonders gutes Gefühl bei der Sache.

»Wie meinst du das?« Irritiert sah Daniel sie an.

»Nun«, sie zögerte. »Vielleicht sollten wir erst alles in Ruhe besprechen.« Sie schaute ihn eindringlich an.

»Was gibt es denn da noch zu besprechen?«, ertönte aus dem Hintergrund plötzlich die Stimme des Großmeisters. Er trat ins Licht und bestätigte Erins Vermutung, dass er jedes Wort mitangehört hatte.

»Nun ja, zum Beispiel, warum Sie Daniel erst jetzt zu seinem Vater geführt haben.« Erin blickte den Mann herausfordernd an.

»Wir haben die Verbindung selbst erst vor Kurzem erkannt«, erwiderte dieser aalglatt.

»Das mag stimmen oder auch nicht. Dafür haben wir nur Ihr Wort.«

»Und wem wollt ihr eher trauen: einer Frau, die Daniel entführt, ihn sein ganzes Leben lang belogen und dir, Erin, nach dem Leben getrachtet hat, oder seinem Vater, der über zwanzig Jahre nach seinem verlorenen Sohn gesucht hat, und den Menschen, die ihm dabei geholfen haben?«

Erin spürte, dass sie den Boden unter den Füßen verlor. Auch ohne die Kraft ihres Amuletts spürte sie, dass Daniel sich nichts sehnlicher wünschte, als bei seinem Vater zu bleiben. Auch wenn es bedeutete, dass er dafür dem Großmeister vertrauen musste. Und so, wie dieser argumentierte, schien er ja ein wahrer Engel zu sein. Natürlich könnte sie anführen, dass die *Suchenden* ebenfalls versucht hatten, ihr etwas anzutun, aber dafür hatte sie leider keine Beweise.

»Erin, bitte«, wandte Daniel sich an sie. »Wir können doch noch ein wenig bleiben.«

Erins Gehirn raste. Sie glaubte keinen Augenblick, dass der Großmeister erst seit Kurzem wusste, dass Daniel der verlorene Sohn war. Er hatte seinen Vater mit Absicht fern von ihm gehalten, damit dieser ihn nicht zufällig fand. Aber warum der plötzliche Sinneswandel? Selbst im ersten Brief, den sie bekommen hatte, war noch keine Rede von Daniel gewesen. Erst seit sie mit ihm zusammen war, schien er plötzlich von Interesse zu sein. Sollte er nur benutzt werden, um sie und ihr Amulett auf die Seite der *Suchenden* zu ziehen? So, wie es Melissa zuvor mit der *Bruder-*

*schaft* versucht hatte. Nur dass den *Suchenden* damit nicht nur ihr Amulett, sondern über kurz oder lang auch das von Melissa in die Hände fallen würde, da es Daniel zu seinem Träger gewählt hatte. Sie musste Daniel irgendwie davon überzeugen, dass die *Suchenden* ihn und wahrscheinlich auch seinen Vater bloß für ihre Zwecke benutzen wollten.

»Als Melissas Sohn dürfte Daniel doch schon seit Jahren im Zentrum eurer Aufmerksamkeit gestanden haben und Sie wollen uns weismachen, dass Sie es nicht gewusst haben?«, machte sie noch einen Versuch.

»Wir wussten, dass er ihr Sohn war, aber die Wahrheit über seine Abstammung haben wir erst kürzlich erfahren.«

»Sie hat dich als ihren Sohn aufgezogen?«, fragte Stephan verwirrt. »Wieso?«

»In der Tat eine äußerst interessante Frage, nicht wahr?« Der Großmeister sah Erin scharf an. »Erstaunlich, dass sie dich nicht sonderlich zu interessieren scheint. Vielleicht, weil du die Antwort schon kennst?«

Erin bemühte sich, seinen Blick ungerührt zu erwidern. Doch ein kurzes Flackern in ihren Augen musste dem Mann verraten haben, dass er mit seiner Vermutung gar nicht so falsch lag.

»Ich habe mich das all die Jahre gefragt. Was könnte die *Bruderschaft* von einem kleinen Kind wollen, das keinen Bezug zu uns oder dem Stern hatte? Aber ich hatte ja auch nicht gewusst, dass das Kind schon immer gern mit Saphiren gespielt hatte.« Ein triumphierendes Lächeln erschien auf seinen Lippen.

Erin biss ihre Zähne zusammen und verfluchte im Geiste Daniels Vater. Anscheinend hatte er den Teil mit dem Anhänger zwanzig Jahre lang für sich behalten, hatte er ausgerechnet jetzt damit herausplatzen müssen? Nun war ihr klar, was geschehen war. Melissa musste gespürt haben, dass ihr Amulett irgendwie auf Daniels Anwesenheit reagiert hatte, vermutlich hatte es ihn schon damals erwählt. Sie hatte sich den Jungen geholt, in der Hoffnung, ihn für ihre Zwecke missbrauchen zu können. Vielleicht hatte sie sogar vorgehabt, ihm das Amulett eines Tages zu überlassen, damit er es nach ihrem Willen nutzte. Und jetzt wusste es auch der Großmeister.

Angst kroch in Erin hoch. Er würde sie niemals gehen lassen. Es sei denn … Es sei denn, er glaubte, dass Daniel sich Melissas Amulett holen würde. Er mochte ihn nur als Mittel gesehen haben, um Erin an sich zu binden, doch nun hatte sich das schlagartig geändert. Als Träger eines Amuletts der Macht hätte Daniel einen ganz anderen Wert für die *Suchenden*.

Erin hob ihren Blick und sah, dass der Großmeister sie mit unverhohlener Aufregung anstarrte. Seine Augen glänzten und ein eigenartiges Lächeln umspielte seine Lippen, als hätte er gerade eine unglaubliche Offenbarung gehabt. Seine Augen wanderten zu ihrer Hand, mit der sie noch immer die von Daniel umklammerte.

»Rubin und Saphir … vereint«, flüsterte er fassungslos. Er schien die Anwesenheit der Anderen für einen Augenblick vergessen zu haben, sosehr war er mit seinen eigenen Gedanken beschäftigt.

Erin schauderte. Was auch immer ihn in solche Verzückung versetzte, konnte nichts Gutes für Daniel und sie bedeuten.

»Daniel, wir sollten jetzt wirklich gehen«, sagte sie eindringlich.

»Das ist doch nicht dein Ernst.« Er sah sie überrascht an. »Ich habe meinen Vater gerade erst getroffen. Was würdest du denn an meiner Stelle tun?«

Erin schluckte. »Ich verstehe, was in dir vorgeht. Das verstehe ich wirklich. Aber es war ein langer Tag und ich bin müde. Außerdem sollten wir in Ruhe über alles sprechen.«

»Ich kann dir gern ein Zimmer zur Verfügung stellen, wenn du dich ausruhen möchtest«, bot der Großmeister Erin liebenswürdig an. »Dann könnte dein Freund seinen Vater in aller Ruhe kennenlernen. Ihr könnt so lange bleiben, wie ihr wollt.«

»Ich werde jetzt gehen«, sagte sie fest und sah Daniel erwartungsvoll an.

»Bitte zwing mich nicht, mich zwischen dir und meinem Vater zu entscheiden«, bat Daniel sie leise.

Das saß. Verzweifelt sah Erin ihn an. Erkannte er denn nicht, was hier los war? Vermutlich nicht. Er sehnte sich danach, zumindest einen Elternteil zu haben, den er mögen, vielleicht sogar lieben konnte. Nach der Sache mit Melissa konnte sie es ihm nicht einmal verübeln. Aber sie würde sich auf keinen Fall in die Hände der *Suchenden* begeben. Sie wandte sich Daniel zu und strich ihm sanft über das Gesicht. »Das verlange ich doch gar nicht.«

Unsicher wanderte Daniels Blick zwischen Erin und seinem Vater hin und her.

»Aber, aber«, mischte sich plötzlich der Großmeister wieder ein. Seine Stimme klang auf einmal sehr sanft und verständnisvoll. »Ich wollte dich nur mit deinem Vater zusammenführen, nicht einen Streit unter Liebenden provozieren. Vielleicht hat Erin ja recht. Ihr solltet euch ein wenig ausruhen, eure Gedanken sortieren. Und morgen sprechen wir weiter. Dein Vater wird hier auf dich warten.«

»Das stimmt«, bestätigte dieser. »Ich habe zwanzig Jahre auf dich gewartet, da macht ein weiterer Tag nicht mehr viel aus. Ruhe dich aus, mein Junge. Bis morgen.« Er lächelte fürsorglich.

»Einfach so?«, fragte Erin verdattert. »Sie lassen uns einfach so wieder gehen?« Irgendetwas stimmte hier nicht.

Der Großmeister lachte amüsiert auf. »Du bist ja nie zufrieden. Natürlich seid ihr völlig frei zu gehen, wenn ihr das wollt. Immerhin habe ich euch mein Wort gegeben.«

»Gut, lass uns verschwinden, ja?« Fragend sah sie Daniel an.

Er nickte widerstrebend. »Bis morgen, Vater«, sagte er und reichte ihm zum Abschied seine Hand.

Als sie den Raum verließen, wurden sie von demselben Mann erwartet, der sie dorthin gebracht hatte. »Ihr kennt das ja schon«, sagte er und reichte den beiden die Augenbinden.

»Wir sind frei zu gehen«, wandte Erin schnell ein.

»Ich werde euch überallhin bringen, wo ihr wollt.«

Erin sah Daniel fragend an. Er hing noch immer seinen Gedanken nach, riss sich aber ihr zuliebe zusammen. »Bringen Sie uns zum nächsten Bahnhof. Von dort kommen wir dann allein zurecht.«

Nachdem der Mann sie abgesetzt hatte und wieder weggefahren war, sah Erin sich ratlos um. Das Bahnhofsgelände lag dunkel und verlassen vor ihnen. »Und nun?«

»Nun rufe ich uns ein Taxi«, sagte Daniel, »und lasse uns in ein Hotel fahren.« Er streckte seine Hand aus. »Gibst du mir bitte noch mal kurz dein Handy?«

Erin reichte es ihm und eine Viertelstunde später holte sie ein Taxi ab und brachte sie zum nächsten Hotel. Als sie endlich in ihrem Zimmer waren, ließ Erin sich erschöpft auf das Bett sinken. Sie war zum Umfallen müde, doch ihr Kopf brummte vor all den Gedanken, die unablässig darin kreisten. Neben ihr setzte Daniel sich hin und vergrub sein Gesicht in den Händen.

»Wie geht es dir?« Mitfühlend legte Erin ihm ihre Hand auf den Rücken und versuchte, in sein Gesicht zu schauen.

»Ich weiß es nicht«, gab er leise zu. »Mir kommt es vor, als wäre mein Leben in den letzten 24 Stunden mehr als nur einmal komplett auf den Kopf gestellt worden.«

»Es tut mir leid«, flüsterte sie.

»Mir nicht.« Er hob seinen Kopf und sah ihr fest ins Gesicht. »Denn nun weiß ich zumindest, was zu tun ist.«

314

»Und das wäre?«, fragte Erin vorsichtig.

»Wir müssen uns den *Suchenden* anschließen.«

»Was?!« Entgeistert starrte sie ihn an.

»Mein Vater ist bei ihnen, wo sonst sollte mein Platz sein?«

Erin atmete tief durch, um den Ärger, den sie in sich aufsteigen spürte, unter Kontrolle zu bringen. Sie war müde, sie war gereizt und sie verstand nicht, wieso Daniel nicht auch erkannte, was für ein Spiel der Großmeister mit ihnen trieb. »Hör mal«, versuchte sie, an ihn zu appellieren. »Ich verstehe ja, dass das alles sehr schwierig für dich ist. Jeder Andere wäre da vermutlich komplett durchgedreht. Erst erfährst du, dass deine Mutter eine skrupellose und machthungrige Schlange ist, dann, dass sie gar nicht deine Mutter ist, und dann taucht auch noch dein Vater auf und zieht so eine Darth-Vader-Nummer ab.«

»Das hast du aber schön zusammengefasst«, bemerkte Daniel. Aber immerhin erschien ein kleines Lächeln auf seinen Lippen.

»Glaub mir, wenn ich das gewusst hätte, ich hätte niemals vorgeschlagen, dass wir dorthin gehen.«

»Dann hätte ich aber niemals meinen Vater getroffen. Und jetzt, wo ich ihn endlich kennengelernt habe, muss ich zu ihm stehen.«

»Ich verstehe deinen Wunsch, aber ich fürchte, es wäre ein großer Fehler.«

»Und wieso? Du hast doch selbst bestätigt, dass er uns die Wahrheit gesagt hat.«

»Ja, das hat er.« Erin nickte traurig. »Er liebt dich

und ihm ist der Stern tatsächlich herzlich egal. Es war ihm all die Jahre nur um dich gegangen. Doch er ist bloß eine Spielfigur. Und ich will nicht, dass aus dir auch eine wird. Versteh doch, bisher hatten wir geglaubt, dass es in diesem Kampf die Guten und die Bösen gibt, dass wir nur herausfinden mussten, wer wer ist. Aber wir haben uns geirrt. Beide Seiten sind gleich, es geht ihnen allen nur um Macht. Und wenn wir uns auf die Seite deines Vaters schlagen würden, würden die *Suchenden* bald vier von den fünf Amuletten besitzen. Sie wären nur noch ein Amulett davon entfernt, den Stern zusammensetzen zu können. Willst du diese Macht wirklich in die Hände des Großmeisters legen?«

»Nein«, stimmte Daniel ihr widerstrebend zu. »Aber warum hat er gerade jetzt meinen Vater ins Spiel gebracht?«

Erin zögerte. »Ich denke, dass er über dich an mich herankommen wollte. Er dachte, wenn du auf seiner Seite stehst, würde mir auch nichts Anderes übrig bleiben.« Sie lächelte humorlos. »In dieser Hinsicht ist er Melissa gar nicht so unähnlich.«

»Und was machen wir nun?«

»Ich weiß es auch nicht.« Hilflos lehnte Erin sich an seine Schulter und er zog sie eng an sich. »Aber wie es aussieht, dürfen wir keinem vertrauen und auch von keinem Hilfe erwarten. Es gibt jetzt nur noch uns beide.«

Daniel vergrub sein Gesicht in ihrem Haar. »Ich hätte so gern meinen Vater wirklich kennengelernt. Es ist nicht fair, dass ich ihn getroffen habe, nur um ihn wieder zu verlieren.«

»Ich weiß.« Erin küsste sanft seine Stirn. »Und vielleicht kommt noch die Zeit, wo er wieder Teil deines Lebens sein wird. Aber dazu müssen wir uns selbst in diesem Spiel erst richtig positionieren. Vielleicht können wir ja eine Art Waffenstillstand oder Neutralität aushandeln.«

»Aber nicht heute«, sagte Daniel leise und ließ sich rücklings auf das Bett fallen.

»Nicht heute«, stimmte Erin ihm zu und kuschelte sich gähnend an ihn. »Versuch zu schlafen«, sagte sie sanft und gab ihm einen kleinen Kuss.

»Du auch«, erwiderte er. Dann zog er sie ganz fest an sich. »Ich bin so froh, dass du bei mir bist«, flüsterte er. »Ich liebe dich, du bist das Wichtigste in meinem Leben.«

Erin hob ihren Kopf und sah ihm fest in die Augen. »Du und ich, nur das zählt. Und wir werden es schaffen.«

Ein merkwürdiges Gefühl riss Erin aus dem Schlaf. Sie verspürte eine eigenartige Belustigung und es dauerte einen Augenblick, bis ihr klar wurde, dass es nicht ihre eigenen Gefühle waren. Alarmiert riss sie die Augen auf und sah eine große Männergestalt direkt vor ihrem Bett stehen. Erschrocken schrie Erin auf und weckte damit auch Daniel, der den Neuankömmling einen Moment verwirrt anstarrte. »Was willst du denn hier?«, murmelte er schließlich unwirsch.

»Euch nach Hause holen, was denn sonst«, erklärte der Mann ruhig, doch Erin konnte noch immer seine Heiterkeit spüren.

»Du kennst ihn?«, fragte sie Daniel nervös. Auch wenn von ihm im Augenblick keine Gefahr auszugehen schien, mochte Erin es überhaupt nicht, von fremden Männern im Schlaf überrascht zu werden. Noch dazu von Männern, deren Lederjacke sich so verdächtig ausbeulte, dass sie dort mit Sicherheit mehr als nur eine Waffe versteckten.

»Ja«, bestätigte er. »Jake ist einer der Sicherheitsmänner, die für Me …«, er stockte kurz, »meine Mutter arbeiten.«

Erin schluckte und warf Daniel einen panischen Blick zu. Das war gar nicht gut. Auch er war bleich, doch er bemühte sich, lässig und entspannt zu wirken. »Anscheinend hat man nirgends seine Ruhe«, brummte er und erhob sich. »Wie hast du uns überhaupt gefunden?«

»Wenn du das nächste Mal ganz ungestört mit deiner Freundin sein willst, solltest du dein Handy lieber ausschalten. Das GPS-Signal lässt sich sonst problemlos verfolgen.«

»Ich werd's mir merken.«

»Und wenn du schon dabei bist, schließ beim nächsten Mal zumindest die Tür ab. Nicht, dass mich das viel aufgehalten hätte«, er grinste selbstsicher, »aber es wäre immerhin ein Anfang.«

»Ich muss mich kurz frisch machen«, murmelte Erin und erhob sich.

»Gut, aber mach nicht zu lange. Melissa wartet.«

Falls der Mann sich über ihre zerknitterte Kleidung wunderte, ließ er es sich zumindest nicht anmerken. Nervös dachte Erin über eine mögliche Erklärung nach, denn Daniel und sie sahen bestimmt nicht wie nach einer heißen Liebesnacht aus.

Als sie aus dem Bad wieder herauskam, sah Jake sie spöttisch an. »Was macht dein Kopf?«, fragte er mitfühlend.

»Es geht«, erwiderte sie verwirrt und warf Daniel einen fragenden Blick zu.

»Ich habe nicht gewusst, dass sie so wenig verträgt«, erklärte dieser zerknirscht. »Da bestelle ich extra einen wirklich guten Weißwein, um uns ein wenig auf den Abend einzustimmen, und nach zwei Gläsern will sie nur noch schlafen.« Grinsend knuffte er sie in die Seite.

Erin errötete und warf ihm einen Blick zu, der böse wirken sollte. Doch in Wirklichkeit war sie bloß dankbar und erleichtert, dass Daniel die Situation so einfach erklärt hatte. Es war echt unglaublich, wie cool, einfallsreich und selbstbewusst er doch war.

»Bereit?«, fragte Jake.

Erin und Daniel nickten.

»Und beim nächsten Mal denkst du an das, was du heute gelernt hast, nicht wahr?«, fragte er Daniel wichtigtuerisch. »Obwohl, wenn ich es recht bedenke, wird es wohl so bald kein nächstes Mal mehr geben.« Er gluckste gutgelaunt.

Doch Erins Herz sank. So fröhlich und unbekümmert der junge Sicherheitsmann auch war, damit hatte er verdammt recht. Er schien nett zu sein und Daniel wirklich zu mögen. Und er hatte keine Ahnung, dass er womöglich gerade ihr Schicksal besiegelte, indem er sie Melissa auslieferte.

Ängstlich sah Erin zu Daniel hinüber. Sein Mund war zu einer festen Linie zusammengepresst und seine blauen Augen blickten entschlossen. Er nickte ihr aufmunternd zu und nahm ihre Hand. »Früher oder später musste es ja geschehen«, flüsterte er ihr zu, als sie das Hotelzimmer verließen. »Jetzt ist es eben früher.«

Erin nickte und verschränkte ihre Finger mit den seinen. Sie würden Melissa endlich die Stirn bieten, gemeinsam.

# Kapitel 15

Jake führte sie direkt in Melissas Büro.

»Da seid ihr ja endlich.« Ihre Stimme klang kalt, schneidend. Jede Spur der aufgesetzten Wärme, mit der sie sonst immer sprach, war verschwunden. Erin schauderte. Jetzt würden sie wohl die wahre Melissa zu sehen bekommen. »Du kannst gehen, Jake«, sagte diese und erhob sich von ihrem Schreibtischstuhl. »Wo wart ihr?«, verlangte sie dann zu wissen.

Erin warf Daniel einen verzweifelten Blick zu. Wenn sie sein GPS-Signal verfolgt hatten, wussten sie es ohnehin.

Daniel reckte trotzig sein Kinn empor. »Im Kino«, versuchte er es dennoch.

»So so«, sagte Melissa und ein schlangenartiges Lächeln erschien auf ihren Lippen. Sie drückte auf irgendeinen Knopf auf ihrem Schreibtisch und Erin hörte ein leises Klicken aus Richtung der Tür. Instinktiv wandte sie ihren Kopf, konnte jedoch nichts Besonderes erkennen.

»Eine reine Vorsichtsmaßnahme«, erklärte Melissa ihr.

»Du hast die Tür abgeschlossen?«, fragte Daniel erstaunt.

»Ja. Denn ich kann mich anscheinend nicht darauf verlassen, dass ihr im Raum bleibt, wenn ich euch darum bitte. Immerhin seid ihr schon einmal einfach weggelaufen, obwohl ich euch ausdrücklich gebeten hatte, es nicht zu tun.«

»Nun gut, jetzt sind wir hier. Was willst du von uns? Willst du uns etwa unter Hausarrest stellen, nur weil wir mal im Kino gewesen sind?«

»Nur im Kino?« Wütend starrte Melissa ihn an. »Ich weiß zwar nicht, wo ihr wirklich gewesen seid, denn das GPS-Signal war eine ganze Weile verschwunden, aber es war bestimmt nicht nur das Kino!«

»Stimmt, danach haben wir noch etwas gegessen.«

Melissa fixierte Daniel mit ihrem Blick, den dieser ungerührt erwiderte. Und auf einmal schien ihre ganze Wut zu verpuffen. Ihre Augen weiteten sich, als hätte sie ihn jetzt zum ersten Mal gesehen. Erin spürte, dass es nun kein Zurück mehr geben konnte, nicht einmal zu dem wackligen Scheinfrieden der letzten Tage. Daniel bot seiner Ziehmutter zum ersten Mal ernsthaft die Stirn. Und sie erkannte, dass er kein kleiner Junge mehr war, der um ihre Zuneigung kämpfte, sondern ein erwachsener Mann und ihr ebenbürtig.

Brüsk wandte Melissa ihren Blick ab. »Wenn ihr euch wie zwei unreife Teenager benehmt, muss ich euch wohl auch als solche behandeln.«

»Und das bedeutet, Mutter?« Daniel verengte drohend die Augen.

»Das bedeutet, dass ich nicht zulassen kann, dass ein Amulett der Macht in den verantwortungslosen Händen von Kindern bleibt!«

Daniel machte einen Schritt auf sie zu.

322

Erin wusste, was er vorhatte. Sollte es zum Äußersten kommen, musste er ihr möglichst nah sein, um die Kraft ihres Amuletts anzapfen zu können.

»Wie meinst du das?«, fragte er und machte noch einen weiteren Schritt in ihre Richtung. Irritiert runzelte er seine Stirn und Erin hatte plötzlich das ungute Gefühl, dass etwas ganz und gar nicht stimmte.

»Ganz einfach.« Melissa lächelte triumphierend, als sie seine Verwirrung bemerkte. »Ich werde Erin ihr Amulett leider abnehmen müssen.«

»Das kannst du nicht machen. Es gehört ihr!«

Melissa lachte laut auf. »Wie alle Instrumente der Macht gehört es demjenigen, der stark genug ist, es sich zu nehmen!«

»Das werde ich nicht zulassen!« Wütend starrte Daniel sie an, doch in seinen Augen flackerte auch eine Spur von Angst.

»Ich wüsste nicht, wie du das verhindern solltest. Sieh mal, *mein Sohn*.« Sie betonte ironisch die letzten beiden Worte. Anscheinend hatte sie beschlossen, auch die letzte Maske fallen zu lassen. »Das, wonach du so verzweifelt suchst, ist nicht hier!« Sie öffnete den obersten Knopf ihres Jacketts und zeigte ihm ihren kahlen Hals. Das Saphiramulett war nicht da. Hasserfüllt starrte sie Daniel an. »Glaubst du, ich wüsste nicht, wieso Erin den Anschlag überlebt hat? Es war ein Fehler gewesen, dich bei mir zu behalten, als ich deine Affinität zu dem Amulett entdeckt habe!«, sagte sie bedauernd.

Erin sah, wie Daniels Kiefer mahlten, und wusste,

dass ihn die Worte trotz allem noch hart trafen. Sie war immerhin sein ganzes Leben lang die einzige Mutter gewesen, die er gekannt hatte.

»Nun, dann kannst du diesen Fehler jetzt korrigieren. Lass uns einfach gehen und wir werden dich nie wieder belästigen«, presste er zwischen zusammengebissenen Zähnen hervor.

»Oh, ich fürchte, das wird nicht möglich sein«, widersprach Melissa zuckersüß. »Ihr beide stellt ein gewaltiges Sicherheitsrisiko für mich dar. Ein Risiko, das ich nicht länger hinnehmen werde.« Ihr Blick wanderte zu Erin hinüber. »Hätte dieser Stümper bei der Versammlung seinen Job richtig gemacht, müsste ich mich jetzt nicht mehr mit dir herumärgern.« Sie sah das Mädchen kalt an »Es hätte alles so einfach sein können. Du wärst einen Märtyrertod gestorben, der die *Bruderschaft* aufgerüttelt und zusammengeschweißt hätte. Aber nein, mein Sohn hatte sich ja einmischen müssen. Und es war ihm nicht genug, den Schuss abzulenken. Während ich mich um die Beseitigung der Spuren kümmern musste, hat er sich sogar ganz von mir abgewandt und gegen mich gestellt.« Sie sah Daniel finster an. »Doch ich will dir noch eine Chance geben. Du kannst mir deine Treue beweisen.«

Grimmig starrte Daniel zurück.

»Töte sie«, befahl Melissa kalt, »und bring mir ihr Amulett.«

»Niemals!« Erstaunlicherweise schien Daniels Anspannung und Angst nun von ihm abzufallen.

»Vielleicht hast du mich nicht verstanden.« Melissa lächelte siegessicher. »Es war keine Bitte, es war ein Befehl.«

Daniel schüttelte den Kopf. »Du kannst mir nichts mehr befehlen. Du hast keine Macht über mich.«

Melissas Augen blitzten wütend. »Du wagst es, deinen Eid zu brechen?«, zischte sie.

Erin erbleichte.

»Offensichtlich«, erwiderte Daniel jedoch ruhig. »Ich werde ihr nichts antun. Und du auch nicht.« Er begann, um ihren Schreibtisch herumzugehen.

»Auch gut«, sagte Melissa resigniert und zog plötzlich eine Pistole aus einer Schublade. »Ich merke schon, dass ich alles selber machen muss.« Sie hob die Waffe und zielte direkt auf Erins Herz.

Ein Schuss ertönte.

Im selben Augenblick schrie Daniel verzweifelt »Nein!« und warf sich der Kugel in den Weg.

Mit einem lauten Knall kam er auf dem Boden auf und blieb reglos liegen.

»Oh, mein Gott! Oh nein! Bitte nicht!« Schluchzend warf sich Erin auf ihn und versuchte, ihn zu sich herumzudrehen. Panisch suchte sie ihn nach einer Wunde, nach Blut, nach irgendetwas ab.

»Aua!«, stöhnte Daniel plötzlich und rappelte sich vorsichtig auf.

»Wo?«, fragte Erin panisch.

»Meine Schulter«, murmelte er und richtete sich langsam auf.

»Aber da ist kein Blut«, stellte sie verwirrt fest.

»Ich glaube, sie hat mich nicht getroffen«, sagte er

überrascht. Ich habe mir nur die Schulter am Boden geprellt.«

»Aber wie?«

»Mutter …«, unterbrach er sie.

Erin folgte seinem Blick und sah, dass Melissa nicht länger hinter ihrem Schreibtisch stand. Sie war verschwunden. »Wo ist sie hin?«, fragte Erin überrascht.

»Sie ist noch hier«, mischte sich plötzlich eine weitere Stimme in das Gespräch ein.

Erin wandte den Kopf und sah Erhard im Türrahmen stehen. Der Sicherheitschef steckte gerade eine Pistole zurück in seinen Schultergurt. Dann trat er ins Zimmer und schloss die Tür hinter sich. »Ich wäre früher da gewesen, aber Melissa hatte den Sicherheitscode für ihre Tür geändert. Das hat mich ein wenig aufgehalten.«

»Ich würde sagen, du bist gerade noch rechtzeitig gekommen«, sagte Daniel. Vorsichtig ging er um Melissas Schreibtisch herum und sah auf ihre am Boden liegende Gestalt. »Schau nicht hin«, hielt er Erin, die ihm gefolgt war, sanft zurück.

»Wieso haben Sie das getan?« Erin versuchte mit aller Kraft, die Gefühle des Sicherheitschefs zu lesen. Sie waren zwiespältig und kompliziert, aber zumindest schien von ihm keine unmittelbare Gefahr für Daniel und sie auszugehen.

»Ihr braucht keine Angst vor mir zu haben. Aber wir haben nicht viel Zeit.« Rasch ging er zu einem an der Wand hängenden Bild und nahm es ab. Dahinter kam ein kleiner Safe zum Vorschein. Ohne zu zögern, tippte Erhard eine Zahlenkombination ein und die Tür ging mit einem leisen Klicken auf. Erhard nahm das Amulett aus dem Safe und hielt es einen Augenblick andächtig in der Hand, dann reichte er es mit einem Lächeln an Daniel weiter. »Hier. Ich denke, du solltest das haben.«

»Wer sind Sie?«, fragte Erin fassungslos und auch Daniel sah den Mann, den er seit seiner frühsten Kindheit kannte, verständnislos an.

»Ich bin der Wächter des Sterns.«

Erin stöhnte laut auf. »Noch ein Geheimbund?«

Erhard lächelte trocken. »Nein, kein Bund, nur ich. Es gibt zu jeder Zeit nur einen Wächter. Vor seinem Tod gibt er die Mission an einen würdigen Nachfolger weiter. Seit Jahrhunderten rekrutieren wir uns aus den Reihen der *Bruderschaft des Lichts* oder der *Suchenden im Zeichen des Sterns*, aber wir sind keiner der beiden Organisationen verpflichtet. Die Tradition der Wächter ist viel, viel älter. Wir dienen nur dem Schutz des Sterns, damit er nicht in die falschen Hände fällt. Und Melissas Hände«, er wies bedauernd auf ihren reglosen Körper, »wären mehr als nur falsch gewesen.«

»Dann sind die Anderen doch die Guten?«, fragte Daniel, wobei eine vage Hoffnung in seiner Stimme mitschwang.

»Nein«, erwiderte Erhard gnadenlos. »Sie alle streben nur nach persönlicher Macht.«

»Und warum haben Sie uns geholfen? Warum haben Sie Daniel das Amulett gegeben?«

»Es hat ihn erwählt, genauso wie deins dich erwählt hat. Ich widersetze mich nicht dem Willen des Sterns.«

»Und was machen wir nun?«

»Ich muss zunächst alle Spuren beseitigen. Die *Bruderschaft* hat ihren Kopf sowie ihr Amulett der Macht verloren. In nächster Zeit werden sie wohl kaum handlungsfähig sein. Mit etwas Glück schaffe ich es, Melissas Tod und das Verschwinden des Amuletts den *Suchenden* in die Schuhe zu schieben. Das dürfte beide Organisationen eine Weile beschäftigen.«

»Jake«, fiel es Daniel plötzlich ein. »Er wird wissen, dass nicht die *Suchenden* dahinterstecken können.«

»Um Jakob braucht ihr euch keine Sorgen zu machen«, winkte der Sicherheitschef ruhig ab.

»Du wirst ihn doch nicht …?« Daniel ließ den Schluss bewusst unausgesprochen.

»Natürlich nicht. Er wird nichts verraten. Er ist mein Schüler«, erklärte Erhard rasch. »Aber ihr beiden solltet jetzt wirklich verschwinden. Ich will nicht, dass ihr irgendwie in Zusammenhang mit diesen Vorfällen hier gebracht werdet.«

»Ich auch nicht. Lass uns bitte nach Hause gehen«, wandte Erin sich erleichtert an Daniel. Sie sah ihn an, wie er sein Amulett noch immer unschlüssig in der Hand hielt. »Du solltest es lieber anlegen, anstatt es offen in deiner Hand zu halten. Darf ich?«, fügte sie zögernd hinzu und streckte ehrfürchtig ihre Hand danach aus. Daniel nickte und neigte seinen Kopf, damit Erin ihm die Kette um den Hals legen konnte.

Sobald das Amulett seine Brust berührt hatte, leuchteten die Steine darin mit einem warmen Glühen auf und Erin spürte, dass ihr eigenes sich auch erwärmte. Sie blickte an sich herunter und sah durch ihr Oberteil hindurch ein schwaches rötliches Leuchten.

»Rubin mit Saphir auf ewig vereint«, hörte sie plötzlich Erhard murmeln. Schnell blickte sie zu ihm auf und sah, dass er sie beide mit einer eigenartigen Intensität anstarrte. Rasch wandte er seine Augen ab, doch Erin hatte es genau gesehen.

»Das habe ich schon einmal gehört. Was bedeutet das?« Sie sah ihn forschend an.

Er atmete tief durch und erwiderte nachdenklich ihren Blick. »Es ist ein Teil einer uralten Prophezeiung«, sagte er schließlich.

»Was für eine Prophezeiung?«, fragte Erin und hatte plötzlich ein mulmiges Gefühl.

»Wenn die Herzensglut entflammt und Salomons Fluch Rubin mit Saphir auf ewig vereint, wird aus wahrer Liebe der Stern zur neuen Macht erwachen«, rezitierte Erhard.

»Und was bedeutet das?«

Er lächelte leicht. »Darüber zerbrechen sich die Gelehrten schon seit über zweitausend Jahren den Kopf. Aber zumindest ein Teil scheint auf einmal einen Sinn zu ergeben.« Er sah sie beide bedeutungsvoll an.

»Die Prophezeiung soll sich um uns drehen?«, fragte Daniel skeptisch.

»Vielleicht. Das Rubinamulett hat seine wahre Trägerin gefunden.« Er lächelte leicht. »Die Herzensglut ist also sozusagen entflammt. Und das Rubin- und das Saphiramulett waren sich seit Tausenden von Jahren nicht mehr so nah gewesen wie jetzt. Es wäre also durchaus möglich.«

»Wow«, murmelte Erin alles andere als begeistert. »Das hat uns gerade noch gefehlt.« Aber zumindest ergab die Reaktion des Großmeisters plötzlich einen Sinn.

Daniel legte ihr den Arm um die Schulter und zog sie beruhigend an sich. »Wir allein entscheiden über unser Schicksal, keine geheimnisvolle Prophezeiung«, sagte er fest.

Erin schaute dankbar zu ihm auf und sah eine kleine Sorgenfalte auf seiner Stirn. Als er ihren Blick jedoch bemerkte, setzte er schnell ein unbekümmertes Lächeln auf. »Lass uns hier verschwinden, damit Erhard in Ruhe seine Arbeit machen kann.«

Erin nickte, doch es blieb ein flaues Gefühl in ihrem Magen zurück. Etwas schien Daniel zu bedrücken, etwas, das er ihr nicht sagen wollte.

Mit einer unbewussten Geste strich er sich über die Stirn.

»Alles in Ordnung?«, fragte Erin besorgt.

»Ja, nur ein leichter Kopfschmerz. Ich habe in den letzten Tagen wohl zu viel Aufregung und zu wenig Schlaf gehabt«, erwiderte er leichthin.

»Ich weiß genau, was du meinst«, grinste Erin. »Und in meinem Zimmer wartet ein gemütliches kleines Bett auf uns.«

»Klingt toll«, erwiderte Daniel und lotste sie zur Tür.

»*Ihr müsst das verschollene Amulett der Heilung finden*«, ertönte plötzlich Erhards Stimme in Erins Kopf. »*Sonst ist jede Hoffnung verloren.*«

Überrascht drehte Erin sich um. »Was?« Entgeistert starrte sie den Mann an, der sich gerade über Melissas Computer gebeugt hatte und konzentriert auf der Tatstatur herumtippte.

»Was ist?«, fragte Daniel, der nun ebenfalls stehen geblieben war.

»Ich dachte, ich hätte etwas gehört«, murmelte Erin verwirrt.

»Wenn du schon Stimmen hörst, dann brauchst du den Schlaf wohl noch dringender als ich«, zog Daniel sie auf.

»Ja, vermutlich«, sagte sie abwesend und folgte ihm durch die Tür. Sie hatte es sich bestimmt nur eingebildet, denn sosehr sie sich nun auch bemühte, Erhards Gefühle zu lesen, spürte sie rein gar nichts außer seiner Entschlossenheit, alle Spuren, die zu ihnen führten, zu verwischen.

»Wir haben es geschafft, wir haben es wirklich geschafft«, murmelte Erin ungläubig, als sie das große, düstere Gebäude durch einen Seiteneingang verlassen hatten. »Du bist frei!« Sie lächelte Daniel glücklich an.

»Ja, das bin ich. Zumindest, was die *Bruderschaft* angeht«, erwiderte er zwinkernd. »Dir bin ich jedoch hoffnungslos mit Haut und Haaren verfallen«, sagte er und beugte sich zu ihr herunter, um sie zu küssen.

Erin schlang ihre Arme um ihn und erwiderte voller Leidenschaft seinen Kuss. Sie verlor sich in seinen strahlend blauen Augen und bemerkte dabei nicht den Schatten, der für einen Moment seinen Blick verschleierte.

*Ende Teil 1*

**Die Geschichte um Erin und Daniel geht weiter**
**Teil 2: »Salomons Fluch«**
**Teil 3: »Erwachen«**

# »Salomons Fluch«

Die Glut des Herzens ist entflammt.
Nun droht Salomons Fluch, Erin und Daniel für immer zu trennen. Nur mit dem verschollenen Amulett
der Heilung kann es Erin gelingen, den Mann zu retten, den sie über alles liebt.
Ein gnadenloser Wettlauf gegen die Zeit beginnt ...

### Leserstimmen:

»eine spannende und emotionsgeladene Fortsetzung«
»Das Geschehen fliegt am Leser vorbei wie in einem
grandios arrangierten Film.«
»Bereits bei Band 1 war ich begeistert vom Buch. Und
auch Band 2 hat mich wieder vollends in den Bann
gezogen.«

# Buchempfehlung:

### „Der Fluch der Loreley"
*Ein spannender und gefühlvoller Jugendliebesroman rund um die mystische Legende der Loreley.*

Im letzten Schuljahr treten gleich zwei Jungs in Caras bis dahin eher ruhiges Leben. Der charmante, zuvorkommende, fast perfekt scheinende Erik und Christian, der mit seinen langen blonden Haaren, blauen Augen und seiner atemberaubenden Stimme alle Mädchen in den Bann zieht.
Alle außer Cara. Und aus irgendeinem Grund sucht er ausgerechnet ihre Nähe. Aber gilt sein Interesse wirklich ihr, oder der Tatsache, dass sie anders ist? Allen Zweifeln und Geheimnissen zum Trotz fühlt sich Cara immer stärker zu Christian hingezogen.
Doch auf ihm lastet ein uralter Fluch ...

### Leserstimmen:
*"Spannend, dramatisch, emotional"* - Beara liest
*"Lasst euch verzaubern ..."* - Martina Suhr

# Buchempfehlung:

**„Das Flüstern der Steine"**
*Eine spannende Romantasy-Dilogie rund um
mystische Höhlen, alte Indianerlegenden und die
geheimnisvolle Macht der Steine.*

Steine und Höhlen haben die 21jährige Nell seit jeher
fasziniert. Als sie die Möglichkeit bekommt, den
Sommer als Betreuerin im Gemstone Caverns Camp in
den Rocky Mountains zu verbringen, ist sie daher mit
Begeisterung dabei. Doch bald nach ihrer Ankunft
geschehen merkwürdige Dinge. Nell trifft auf Jeremy,
der ihr von uralten Indianerlegenden erzählt, und auf
Joseph, hinter dessen smaragdgrünen Augen sich mehr
als nur ein Mysterium zu verbergen scheint.
Selbst die Höhlen, die Nell so sehr liebt, offenbaren nach
und nach ein gefährliches Geheimnis …

### Leserstimmen:
*„Mystisch, spannend, mitreißend"* – Süchtig nach Bü-
chern
*„Wunderbare Fantasy"* – Lila Buecherwelten

# Über Elvira Zeißler

Elvira Zeißler (Jahrgang 1980) hat nach dem Abitur BWL an der Westfälischen Wilhelms-Universität Münster und der Copenhagen Business School studiert. Derzeit wohnt sie mit ihrer Familie im malerischen Bergischen Land und schreibt vor allem Fantasy und Mystery Romance-Bücher, die Jugendliche und Erwachsene gleichermaßen begeistern. Lassen Sie sich verzaubern von fantastischen Geschichten voll Abenteuer, Spannung, Gefühl und Magie.

### **Bücher von Elvira Zeißler:**

Jugend Fantasy Romance:
„Gemstone Caverns 1: Das Flüstern der Steine"
„Gemstone Caverns 2: Das Herz des Berges"
„Der Fluch der Loreley"
„Stern der Macht 1: Herzensglut"
„Stern der Macht 2: Salomons Fluch"
„Stern der Macht 3: Erwachen"


Fantasy:
„Edingaard 1 – Der Pfad der Träume"
„Edingaard 2 – Der Klang der Magie"
„Edingaard 3 – Das Vermächtnis der Priesterin"
„Feenkind"
„Die Saga der Drachenrüstung"

Romantic Fantasy:

„Ein Cupido zum Verlieben"

„Echte Männer küssen besser"

„Seelenband"

„Dunkles Feuer"

Humorvolle Liebesromane als Ellen McCoy:

„Unsäglich verliebt – Alaska wieder Willen"

„Verliebt und zugeschneit – Alaska wieder Willen"

„Hin und weg verliebt – Alaska wieder Willen"

Preisgekrönte Familiensaga als Ella Zeiss

„Tage des Sturms: Wie Gräser im Wind"

„Tage des Sturms: Von Hoffnung getragen"

Elvira Zeißler im Internet:

www.elvirazeissler.de

www.facebook.com/elvira.zeissler.autorin

http://www.youtube.com/user/ElviraZeissler